SHAME

Collection New Way dirigée par Dorothy Aubert
Ouvrage dirigé par Dorothy Aubert
Couverture par Camille Decoster

Titre original : *The Way To Game The Walk Of Shame*

34-36, rue La Pérouse
75116 – Paris
www.hugopublishing.fr

ISBN : 9782755696493
Dépôt légal : juillet 2022
Imprimé en France par CPI Brodard et Taupin
N° d' impression : 3046287

JENN P. NGUYEN

SHAME

Traduit de l'anglais (États-Unis)
par Karine Forestier

Hugo Roman
New Way

À mon père,
mon fan numéro un,
le plus grand.
Tu me manques chaque jour.

Con thương bố nhiều lắm.

I
TAYLOR

Avant même d'avoir ouvert les yeux, je savais que quelque chose n'allait pas. Je n'étais pas dans mon lit comme j'aurais dû l'être, entourée de la couette crème que maman et moi avions achetée chez Macy's le mois dernier. Le tissu sous mes doigts était frais et un peu rugueux.

Preuve numéro deux : l'odeur était différente. Pas dans le mauvais sens du terme. Mais ça ne sentait pas le désodorisant pomme-cannelle que maman adorait et vaporisait dans toute la maison, même si papa et moi, on détestait la cannelle. Je contrebalançais généralement en me promenant à travers la maison, armée de bougies à la vanille. Résultat, chez nous, ça sentait plus le sucré que dans la plus grande boulangerie de la ville. Ironique, vu qu'aucun de nous ne savait vraiment cuisiner.

J'ai pris une autre grande inspiration pour être sûre. Non, il n'y avait ni pomme, ni cannelle, ni vanille d'aucune sorte ici. À la place, ça sentait le coton, avec une légère touche de pin et d'herbe.

Mais la preuve la plus accablante de toutes, c'était le dos musclé d'un type à moitié nu – du moins, j'espérais qu'il ne l'était qu'à moitié, puisque je ne pouvais pas voir sous la couverture marine enroulée autour de ses hanches – allongé à côté de moi. Et qui n'aurait absolument pas dû se trouver dans mon lit.

– Oh, mon Dieu. Oh. Mon. Dieu.

Ma voix est sortie dans un couinement rauque. J'ai serré les paupières bien fort, avant de les rouvrir. Une fois. Deux fois. Encore et encore jusqu'à ce que des étoiles scintillent sur le plafond bleu pâle – un plafond qui n'était pas non plus le mien –, mais le mec n'avait toujours pas disparu.

Et les étoiles n'aidaient pas non plus à apaiser le martèlement dans ma tête. Pourquoi personne ne m'avait prévenue que boire me ferait cet effet le lendemain ?

Avec des mains tremblantes, j'ai soulevé les couvertures pour jeter un coup d'œil et – *pfiou !* – un soupir de soulagement m'a échappé. Dieu merci, j'étais entièrement habillée. Si on pouvait qualifier ainsi le débardeur noir en dentelle et le pantacourt que Carly m'avait fait enfiler la veille au soir. Bref, hormis ça, tout semblait normal. À l'exception de la chambre inconnue et du mec à moitié nu avec qui j'étais au lit.

J'étais dans une mouise magistrale. Pourquoi avais-je laissé Carly m'entraîner à cette fête hier soir ? (Note à moi-même : rien de bon ne ressort jamais d'écouter cette fille.) Mais elle m'avait coincée dans un moment de faiblesse. D'accord, j'ai eu un tas de moments de faiblesse depuis que j'ai reçu la lettre comme quoi j'étais sur liste d'attente à Columbia.

Non, mais sérieux, moi, Taylor Simmons. Sur liste d'attente ! Je n'en revenais toujours pas. Ils ne savaient pas qui j'étais ? Ils avaient regardé ma candidature ? Elle était impeccable et ils l'avaient reçue hyper tôt. J'avais même dû ajouter une page supplémentaire pour ma liste de réalisations. J'aurais dû être acceptée les doigts dans le nez.

Mais les mois passaient, aucune lettre d'acceptation n'arrivait et, par-dessus le marché, ils ne répondaient pas à mes mails et mes coups de fil destinés à vérifier si leurs ordinateurs n'étaient pas en panne. Ou si les membres du comité d'acceptation n'étaient pas malades et hospitalisés. Rien. Jusqu'à ce qu'enfin me parvienne une misérable lettre de mise sur liste d'attente, le mois dernier.

Bref, ce n'était pas le sujet. Enfin, pas vraiment. Le sujet, c'était que j'avais été traînée à cette fête... et puis que j'en étais repartie. Forcément. Mais où étais-je maintenant ? Et comment étais-je arrivée ici ? Où était Carly, et pourquoi ne m'avait-elle pas arrêtée ou...

– Pfff.

Le type a roulé sur le ventre, loin de moi.

Mon cœur battait si fort que je pouvais à peine bouger. La poitrine comprimée, je ne respirais plus, ne clignais plus des yeux... jusqu'à ce que les doux ronflements de son côté du lit reprennent. Et même là, je n'arrivais à inspirer-expirer que des moitiés de respirations.

C'était passé près. Trop près. Il fallait que je sorte d'ici. Maintenant.

Je me suis levée du matelas avec précaution, centimètre par centimètre, grimaçant au moindre mouvement qui accentuait les cognements dans ma tête. Mes orteils ont touché la moquette moelleuse et je me suis assise, figée une minute entière chaque fois que le lit grinçait. Allez, encore un centimètre.

Après ce qui m'a semblé durer des heures – ce n'était probablement que quelques minutes –, j'ai glissé du bord du lit pour faire un pas vers la porte. Grosse erreur. Le grincement des gonds a produit l'effet d'une détonation à travers la pièce. Le type a remué, et j'ai plongé au sol, atterrissant sur la moquette marron dans un bruit mat. Je me suis cogné la tête contre mon avant-bras. *Aïe.*

Qu'est-ce que... ? Un nom était écrit sur mon avant-bras gauche, de ma propre écriture ronde. Mon nom. Taylor Simmons. À quel point fallait-il que je sois bourrée pour griffonner mon propre nom sur mon bras ? Sérieusement, qu'est-ce qui s'était passé la nuit dernière, punaise ?

Ce n'était pas le moment d'y réfléchir. Toujours à quatre pattes, j'ai rampé à l'aveuglette dans la pièce sombre, en quête de mes sandales argentées. Le seul bruit qui me parvenait était le doux ronflement de la masse sur le lit.

N'empêche... qui était donc mon complice ? Pouvait-il s'agir de quelqu'un que je connaissais, ou était-ce – oh là là ! – un type lambda rencontré à la fête ? Étais-je une dépravée, comme dans les romans d'amour « Régence » que je cachais au fond de ma table de nuit ?

Ou une « courtisane », c'était ça, le bon mot, non ? Ça sonnait plus classe, au moins.

– Oh, bon Dieu.

J'ai secoué la tête et résisté à l'envie de me frapper le front avec la main. Ce n'était pas le moment de me lancer dans une querelle sémantique.

Un rayon de soleil filtrait à travers le haut des stores de la fenêtre, qui projetait une ombre sur le visage encore partiellement enfoui dans les oreillers. J'ai jeté un coup d'œil par-dessus le bord du matelas, sans parvenir à distinguer autre chose que son dos musclé et très bronzé. Il était brun, m'a-t-il semblé sans que je puisse en être sûre. Même si je savais que je devais me tirer d'ici, une partie de moi hésitait – probablement la partie encore ivre. Il fallait que je sache qui il était. Mais chaque fois que j'essayais de m'approcher, cette foutue porte grinçait.

Bon sang, c'était quoi, cette maison ?

Contre tout bon sens, je me suis mise à fouiner dans la pièce, en prenant soin de ramper sur les coudes et le ventre, tel un soldat en territoire ennemi. Des baskets, des jeux vidéo, des cahiers scolaires aux pages bien rigides, signe qu'ils n'avaient pas été utilisés très souvent, une admirable collection de bandes dessinées à l'ancienne... *Bingo !* Le jackpot est tombé sous la forme d'un magazine coquin, sous lequel j'ai débusqué une pile de photos. J'ai écarté mes cheveux bruns emmêlés de mon visage et me suis approchée un peu plus de la lumière.

Des voitures et des filles. Des tas. De filles, je veux dire. Et beaucoup de peau exhibée à la caméra dans la plupart des cas. Mes joues ont rougi devant la photo d'une fille dans un minuscule bikini qui contenait à peine ses gros seins, qu'elle projetait vers l'appareil avec un sourire timide. Je ne pouvais même pas dire si elle était rousse ou brune. Je ne voyais que des dents, des lèvres et des seins. Et encore !

Une blonde à gros seins. Une autre blonde à gros seins. Une photo des jambes de quelqu'un sur la plage.

– Allez. Montre ton visage, ai-je marmonné en levant rapidement les yeux pour m'assurer que mon partenaire inconnu dormait toujours.

Il dormait.

Finalement, je suis tombée sur une photo avec un gars dessus. Il était debout, de profil, mais son visage était tourné vers l'appareil, baissé vers – devinez ? – des seins. Son nez était plutôt droit, à part une petite, toute petite bosse sur l'arête. Des cheveux blond foncé légèrement ébouriffés. Des yeux gris foncé rieurs qui regardaient sur le côté. Sa mâchoire était un peu large, ce qui pouvait être dû à un menton légèrement en galoche, mais ça lui allait bien. Surtout quand il souriait. Très, très sexy.

Et familier.

J'ai brusquement relevé la tête vers le dos lisse dans le lit. Puis je me suis concentrée sur les minuscules caractères chinois tatoués à l'encre noire le long de son avant-bras gauche. J'avais déjà vu ce tatouage en gros plan. Tout le monde prétendait que ça signifiait « Vis, tout simplement ». Mais pour ce que j'en savais, il pouvait tout aussi bien proclamer « J'adore les chewing-gums ».

J'ai laissé échapper un petit gémissement. *Non, non, non.* Pas lui. N'importe qui d'autre qu'Evan McKinley, le queutard légendaire du lycée Nathan Wilks, en personne. Dont on disait qu'il avait eu tellement de filles qu'il avait dû se racheter une nouvelle planche de surf, car l'ancienne était couverte d'entailles en souvenir de chaque nouvelle conquête.

Comme pour tuer toute trace de l'espoir que je me trompais, s'il m'en restait encore, il a tendu son bras gauche et j'ai vu son nom écrit sur sa peau. Evan McKinley. De mon écriture.

OÙ ÉTAIENT CES SATANÉES SANDALES ?

J'ai rampé si vite que j'allais garder des brûlures permanentes de frottement sur les coudes, à coup sûr. Je m'en fichais. Si on me surprenait à moins d'un mètre d'Evan, la rumeur exploserait. Il avait été assez difficile d'étouffer les ragots qui s'étaient répandus l'année précédente quand j'avais failli me noyer dans la piscine communale de Harrison Parks et qu'il m'avait secourue. Depuis, j'évitais tout ce qui, de près ou de loin, avait un rapport avec lui.

Raison pour laquelle, vraiment, ça craindrait si quelqu'un apprenait que j'avais passé la nuit dans son lit.

Mes chaussures, mes chaussures... Je n'en avais peut-être pas besoin. Papa me les avait achetées quand j'étais devenue rédactrice de l'annuaire de l'école. Il ne remarquerait probablement pas leur disparition, mais maman si. C'est elle qui l'avait persuadé de me les offrir malgré leur prix ridiculement élevé – à croire que les cristaux qui les ornaient étaient des diamants véritables –, plutôt que les modestes ballerines noires dont j'avais besoin pour mon stage dans son cabinet d'avocats l'année prochaine. « Il te faut quelque chose de joli ! Quelque chose de cool ! », répétait-elle à l'envi. Bizarre comme je ressemblais plus à papa, même si je n'étais pas sa fille biologique. La seule chose que j'avais héritée de maman, c'étaient ses yeux marron.

Bref, elle allait me faire vivre l'enfer si je rentrais sans mes chaussures. De plus, je ne savais pas à quelle distance de la maison je me trouvais. Et la perspective de la marche de la honte qui m'attendait ne me réjouissait guère. En me tortillant, j'ai réussi à ramper un peu plus avant sous le lit, les bras écartés pour mieux chercher.

Une voix masculine endormie et apparemment amusée a soudain flotté au-dessus de ma tête.

– Elles sont sous mon bureau.

– Quoi ?

Je suis ressortie fissa et me suis redressée si vite que je me suis cogné l'arrière de la tête contre la mâchoire d'Evan. Il devait être penché par-dessus le lit pour m'observer. Un craquement sonore a retenti dans la pièce et on a tous les deux sursauté, chacun gémissant bruyamment. *Pfiou*, sa mâchoire était aussi dure qu'un marteau, et j'étais le clou qu'il avait planté. OK, la métaphore n'était pas super, mais il m'avait privée de tout sens littéraire, là.

Quand la douleur s'est finalement atténuée, j'ai levé les yeux. Evan était tourné sur le côté, légèrement penché en avant, qui se massait à deux mains les joues et la mâchoire comme pour vérifier que rien n'était cassé. De leur propre chef, mes yeux ont glissé le long de son corps. Je l'avais déjà vu, à la piscine et au gymnase, mais je ne l'avais jamais vraiment regardé. Du moins, pas d'aussi près.

Des taches de rousseur étaient semées là où ses épaules et son dos très bronzés se rejoignaient. Dieu merci, il portait un short kaki froissé, même s'il était descendu un peu trop bas sur ses hanches. Sur un côté, une ligne pâle ressortait sous son bronzage. Un endroit qui n'était probablement jamais exposé au soleil et que personne ne voyait jamais. Du moins, pas ceux avec qui il ne couchait pas.

– Euh…

Ma tête a failli éclater à cause de la chaleur qui a instantanément envahi mes joues. J'ai détourné les yeux illico pour me concentrer sur une carte postale des tropiques accrochée au bord de son miroir, histoire de chasser la déception, indésirable mais pas déraisonnable, née du constat qu'il portait des vêtements. Ce n'était pas le moment de reluquer Evan McKinley.

– Je suppose donc que je devrais dire : bonjour.

Il a étiré les bras au-dessus de sa tête tout en me souriant d'un air moqueur, ravi de ma gêne. Du coin de l'œil, j'ai vu ses biceps rouler sous la peau de façon fort déroutante.

– C'est ce que les gens sont censés dire quand ils se réveillent le matin, non ?

Regarde ailleurs, Taylor. Regarde ailleurs. J'ai détourné les yeux pour me concentrer sur les lignes de ma main.

– Je ne sais pas. Tu connais le protocole du lendemain mieux que moi, non ?

Bon sang, je n'aurais pas dû dire ça.

À ma grande surprise, il a rejeté la tête en arrière et éclaté de rire.

– Ouais, c'est sans doute une vérité indéniable.

J'ai serré la mâchoire avant que quelque chose d'autre et d'inapproprié ne s'échappe de mes lèvres, et jeté un regard envieux vers la porte. J'aurais dû me glisser dehors quand j'en avais l'occasion.

Fallait-il vraiment en passer par les civilités polies ? Est-ce qu'on ne pouvait pas tout simplement oublier l'autre, faire comme si la nuit dernière (et ce matin) n'avait pas eu lieu ? Comme si on ne se connaissait pas ?

Oh, bon Dieu. Lui ne me connaissait probablement pas. Le fait que je sache qui il était ne signifiait pas qu'il savait qui j'étais, moi. À part mon « merci » étranglé quand il m'avait sauvée à la piscine, on ne s'était jamais parlé avant (ni depuis). Sans compter que j'avais l'air d'un rat noyé ce jour-là, du coup j'espérais qu'il ne s'en souvenait pas. Et par-dessus le marché, il avait dû sauver des centaines de filles au cours de l'année passée. J'en avais même vu une faire semblant de se noyer devant lui juste pour se voir offrir une petite séance de bouche-à-bouche.

Non, Evan ne pouvait pas se souvenir de moi. J'étais juste une fille d'un soir... Non, minute, on n'avait pas couché ensemble, alors oubliez ça. J'étais une inconnue ordinaire qui se trouvait par hasard dans sa chambre. Et j'allais le rester.

Je me suis remise sur mes pieds, avec l'intention de m'échapper rapidement, quand une vague de nausée m'a submergée. Ma bouche s'est remplie d'un goût amer. *Beurk.* J'ai pressé une main contre mes lèvres pendant que ma vision se brouillait.

Evan s'est avancé, comme s'il allait m'attraper. Soit moi, soit mon vomi. Machinalement, j'ai reculé de quelques pas jusqu'à ce que mon dos rencontre sa chaise de bureau.

– La salle de bains est par là, a-t-il indiqué avec un signe par-dessus son épaule droite. Je suppose que tu ne tiens pas l'alcool, c'est ça ?

La fierté m'a fait ravaler la bile qui voulait remonter dans ma gorge.

– Si, je vais bien, ai-je réussi à sortir.

– Tu es sûre ? Je veux dire, il vaut mieux ne pas garder ce qui veut sortir. Surtout si tu vas prendre ton petit déjeuner. Tu sais, des œufs, des céréales ou du bacon. Ou des saucisses, si tu préfères. Moi, j'aime le côté croustillant du bacon. Surtout associé à des crêpes chaudes, du beurre fondu et du sirop qui dégouline partout et coule...

Les images qu'il dépeignait m'ont donné envie d'abandonner mon combat et de vomir sur le tapis.

– Non, non, arrête. Je ne peux pas...

J'ai renoncé à essayer de respirer, puisque l'air empirait ma nausée, et j'ai préféré serrer les lèvres. Puis j'ai fermé les yeux. *Je ne vomirai pas. Interdiction de vomir.*

Mes yeux se sont rouverts quand Evan a écarté mes doigts de mon visage. J'étais trop surprise par son contact pour réagir. Ses yeux gris me contemplaient avec une lueur rieuse. Il m'a placé une bouteille d'eau dans la main avant de refermer mes doigts autour.

– Tiens, bois ça. Tu te sentiras mieux.

– Je ne peux pas.

– Fais-moi confiance. Je sais mieux que toi comment gérer une gueule de bois. (Ses mains sont montées jusqu'à mes épaules et il m'a poussée sur le fauteuil en cuir moelleux.) Sérieusement, bois. Ce n'est pas du poison. Je te le promets.

J'ai regardé l'eau.

– Et je suis censée te croire sur parole ?

– Non, mais tu n'as pas d'autre choix, a-t-il répondu avec un ricanement. En plus, si tu vomis ici, je vais devoir nettoyer, donc tu peux parier que je ne ferais rien d'inconsidéré.

Hmm. Il marquait un point. J'ai pris la bouteille et me suis forcée à boire. L'eau a d'abord menacé de remonter, mais je ne me suis pas arrêtée avant de l'avoir vidée. Mon estomac était désormais gonflé de façon inconfortable, mais au moins, je n'avais plus l'impression d'être sur le point de mourir.

Alors qu'Evan me contemplait, ses sourcils se sont froncés jusqu'à ne former qu'une seule ligne blond foncé. Soudain, il a tendu la paume et touché mon front.

J'ai reculé la tête et repoussé sa main d'une tape, même si elle était agréable et chaude contre ma peau moite. J'ai moi-même porté les doigts à mon front, que je me suis mise à masser en priant pour que tout ça disparaisse. Plus que tout, je souhaitais que cette situation ne soit qu'un mauvais cauchemar dont j'allais me réveiller bien au chaud dans mon lit.

– Merde, je suis dans un pétrin pas possible. Je suis censée retrouver Brian pour le discours des anciens élèves. Mais avant ça, je vais TUER Carly et... pourquoi tu souris ?

– Pour rien, c'est juste que... (Son sourire était maintenant si large que ses yeux étaient devenus deux fentes.) Tu n'as pas l'air du genre de fille qui jure beaucoup. C'est un peu bizarre.

Je l'ai dévisagé. Ma vie était sens dessus dessous, et c'était la chose la plus importante qui lui occupait l'esprit ?

– Eh bien, ça m'arrive quand la situation l'exige. Et crois-moi, celle-ci l'exige. Merde. Merde. Merde.

En vrai, je n'avais effectivement pas pour habitude de jurer, mais l'occasion était spéciale, pour le coup. Et j'étais offensée par son commentaire. Il me prenait pour une sainte-nitouche ou quoi ? Mon réveil dans son lit aurait dû l'amener à éliminer cette supposition.

D'ailleurs, pourquoi je me souciais de ce qu'il pensait de moi ?

Evan a laissé échapper un petit sifflement.

– OK, j'ai compris, Taylor. Tu es une dure à cuire. Ne m'oblige pas à te censurer.

– Bref. Je suis sûre que tu as dit bien pire... (Minute, est-ce qu'il venait de...) Tu m'as appelée Taylor.

– Hmm, oui. C'est ton nom.

– Mais comment tu connais mon nom ?

Il a montré mon bras gauche au moment où j'essayais de le cacher.

– Parce qu'il est écrit sur ton bras, par exemple ? En plus, on fréquente le même bahut.

Ma mâchoire s'est décrochée. Merde, il ME connaissait.

Je me suis redressée d'un bond. La nausée et le mal de tête avaient soudain disparu. Comme si la peur et l'anxiété avaient absorbé tout l'alcool de mon système. Le meilleur remède contre la gueule de bois ? Imaginer votre réputation ternie en un instant. Mieux que le jus de tomate, ou tout ce que les gens boivent pour dessoûler.

– Écoute, Evan. Tu dois me promettre que tu ne parleras de ça à personne. Jamais. (J'ai ajouté le dernier mot du ton le plus ferme possible en visualisant mon père dans la salle d'audience quand il intimidait un témoin.) Personne ne doit jamais savoir que j'ai passé la nuit ici. Surtout pas avec toi.

Son front s'est plissé.

– Qu'est-ce que j'ai de si terrible ? Tu sais, c'est peut-être difficile à croire, mais les filles sont généralement plutôt heureuses quand elles se réveillent dans ma chambre.

– Euh... allô ?

J'ai attrapé la photo de la fille seins nus par terre et je la lui ai fourrée sous le nez. Evan a fixé l'image d'un air absent et s'est gratté la tête, ce qui a encore plus ébouriffé ses cheveux. Mon estomac s'est serré.

– Je ne comprends pas.

Même si ce n'était pas possible, je sentais pratiquement monter ma tension artérielle. J'ai passé à mon tour les doigts dans mes cheveux, en secouant un peu les mèches emmêlées.

– Écoute, je suis sûre que tu as raison. Des tas de filles aimeraient être ici en ce moment. Toutes sauf moi. Sérieusement. Je ne suis pas ce genre de fille ! Je suis une fille de Columbia. Une future avocate comme mon père. Je ne veux pas me retrouver cataloguée parmi un groupe de bimbos qui donnent au premier mec venu des photos d'elles en bikini minuscule.

Evan a plissé les yeux, mais je voyais bien qu'il était blessé par ma diatribe. La culpabilité m'a rattrapée.

– Ce n'est pas...

– Je sais que je me comporte comme un con.

J'ai laissé retomber mes mains contre mes flancs. Qui étais-je pour juger ces filles, alors que j'étais dans la même position ? Même si, en fait, c'était lui qui couchait à droite et à gauche, pas elles. Donc s'il y avait quelqu'un à pointer du doigt, ce devait être lui.

– Ce ne sont pas des bimbos. Je suis sûre qu'elles sont toutes très sympas. Et jolies, du peu qu'on en voit. Peut-être que leur appareil photo a glissé et qu'elles ont accidentellement pris une photo de leurs seins. Qu'est-ce que j'en sais ? Dans l'eau, ça glisse.

– Non, je veux dire, là, elle est en soutien-gorge.

Il s'est penché vers moi et a tapoté la photo dans ma main. Je l'ai aussitôt lâchée, comme si elle brûlait, et je l'ai regardée tomber sur le tapis, heureusement, face contre terre.

– Bref, comme je l'ai dit, on devrait juste oublier la nuit dernière. Non pas que je m'en souvienne vraiment, de toute façon... ce n'était rien.

Evan a serré son poing contre son torse nu et s'est plié en deux.

– Aïe. Et moi qui ai sorti toutes mes meilleures acrobaties pour toi.

Mes joues se sont enflammées.

– Désolée, je ne voulais pas...

– Je plaisantais.

– Ah.

– Tu as raison, cela dit. On devrait oublier ça, a-t-il poursuivi en faisant un geste vers le lit, puis vers moi. Quoi que ce soit, ça n'a jamais eu lieu. On ne se connaît même pas. Dis, tu as besoin que je te raccompagne chez toi ?

Je l'ai repoussé quand il a fait quelques pas vers la porte.

– Non, je n'ai pas besoin d'un chauffeur ! Qu'est-ce que tu ne comprends pas dans « il ne s'est rien passé » ? Il n'y aura pas de tu-me-raccompagnes, pas de discussion, pas même un regard entre nous à l'avenir. Compris ?

– Même si je dois te rendre tes sous-vêtements ou autre chose ?

– Tu n'as pas mes... (J'ai baissé les mains sur mes hanches et j'ai presque vérifié là, devant lui.) Ha ha, très drôle !

Les coins de sa bouche se sont à nouveau retroussés.

– J'essaie.

– Bon, à partir de maintenant, il ne sera plus fait mention de mes sous-vêtements ou de tout autre sous-vêtement. À quiconque. Marché conclu ?

Je lui ai tendu la main.

C'était mon imagination, ou bien il a baissé les yeux pour me reluquer ? Son regard étant revenu sur le mien en un instant, je ne pouvais pas être sûre. N'empêche, j'ai tiré sur les fines bretelles de mon débardeur et replié le bras sur ma petite poitrine. Puis j'ai fait un signe de tête vers ma main tendue.

– Marché conclu ? ai-je répété, plus fort cette fois.

Sa main a saisi la mienne, tellement plus grande qu'elle la faisait presque apparaître comme naine. Son pouce a effleuré mes phalanges et envoyé des frissons le long de mon dos. Je me suis forcée à rester immobile et à soutenir son regard, quitte à me faire mal au cou au passage.

– Marché conclu.

2
TAYLOR

Les trois kilomètres à pied pour rentrer à la maison m'ont pris une éternité. Dès les premières minutes, j'ai regretté de ne pas avoir accepté l'offre d'Evan de me raccompagner. Je savais pourquoi ça aurait été une mauvaise idée, mais à chaque pas douloureux, les raisons s'envolaient.

Une chose était sûre, ces sandales n'étaient décidément pas conçues pour la marche.

Enfin à la maison, j'ai tout juste eu le temps de me faufiler dans la salle de bains pour vomir avant que mes parents ne m'attrapent. Kimmy, ma petite sœur de neuf ans, était assise en haut de l'escalier quand je suis passée en trombe. Elle allait m'appeler, mais je lui ai fait signe de se taire. La petite chérie a hoché solennellement la tête et mimé la fermeture Éclair sur ses lèvres.

Quelques minutes plus tard, on a frappé à la porte de la salle de bains.

– Taylor ? Je ne pensais pas que tu rentrerais si tôt. J'ai appelé sur ton téléphone tout à l'heure, mais tu n'as pas décroché, alors j'ai téléphoné à Carly, qui m'a dit que tu dormais encore.

Machinalement, j'ai porté les mains à mes poches, même si je savais que mon téléphone n'y était pas. Je devais l'avoir laissé à la fête.

– Ouais, désolée, maman. Je pense que la sonnerie est coupée ou quelque chose comme ça, ai-je répondu en essayant de paraître aussi normale que possible.

– Pas de souci. Alors, tu t'es amusée à la fête ? Ça t'a aidée à te changer les idées ?

C'était un euphémisme.

– Oui, honnêtement, je peux dire que oui.

– Je savais que ça marcherait ! (J'entendais la joie dans sa voix.) Tu veux un petit déjeuner ? J'ai préparé ce que tu préfères : du pain grillé et des galettes de pommes de terre rissolées aux champignons. Avec beaucoup de champignons.

Beurk, encore de la nourriture. Je me suis rassise comme une masse à côté des toilettes : je me sentais mal à l'intérieur autant qu'à l'extérieur.

– Peut-être un peu plus tard ? Laisse-moi prendre une douche d'abord, OK ?

– Bien sûr.

Il n'y avait pas moyen de cacher cette gueule de bois à maman et papa. Surtout à papa. Cet homme est capable de détecter toute trace de faiblesse et de mensonge. Raison pour laquelle c'est un grand avocat. Dans le cas présent, ces compétences-là ne m'arrangeaient pas.

J'ai passé la tête par la porte de la salle de bains pour vérifier que la voie était libre. Seule Kimmy était encore assise en haut de l'escalier, sorte de chien de garde avec des tresses.

Je me suis raclé la gorge et lui ai fait signe d'approcher.

– Tu peux me prévenir quand maman et papa seront partis ? Je ne veux pas les voir pour le moment.

– Mais...

– Si tu m'aides et que tu gardes ce secret, je te donne mon pain perdu avec supplément sirop d'érable. Marché conclu ?

Je ne sais pas si c'était l'idée de cacher quelque chose à nos parents ou le pot-de-vin, mais son sourire s'est élargi jusqu'à ce qu'on ne voie plus que ses dents brillantes.

– Marché conclu !

Après son départ, j'ai sauté dans la baignoire. Enfin, sauté... plutôt je m'y suis vaguement affalée en me tenant la tête entre les mains pour tenter de faire cesser les élancements. Heureusement, l'eau brûlante a soulagé mon mal de tête, et tout m'est apparu sous un jour meilleur. Pas parfait, mais meilleur.

Je suis restée sous la douche pendant des lustres, jusqu'à ce que l'eau chaude devienne tiède et finalement d'un froid glacé. Rechignant à me transformer en glaçon, je suis finalement sortie. La pointe de mes doigts ressemblait déjà à des pruneaux ridés.

Une épaisse serviette crème drapée autour de moi, j'ai essuyé la condensation sur le miroir et me suis dévisagée. *OK, donc tu as eu un léger contretemps avec Columbia hier et avec Evan ce matin. Youpla !* J'ai plissé les yeux face à mon propre reflet. *Ça ne veut rien dire. Tu es toujours Taylor Simmons. Tu es toujours toi. Tu es toujours aussi géniale. Et l'année prochaine, à la même époque, tu seras sur le campus de Columbia et tu te diras : « Evan qui ? »*

– Tay, maman et papa sont partis. Je peux manger le pain perdu dans ta chambre ?

Un refus horrifié a failli jaillir automatiquement de mes lèvres quand je me suis figuré les miettes et le sirop partout sur mes draps, mais je me suis ravisée face au sérieux de Kimmy. Je lui en devais une pour m'avoir aidée, quoi qu'il en soit.

– Bien sûr, mais euh... prends beaucoup de serviettes.

– OK !

J'ai laissé échapper un lent et profond soupir et j'ai pointé un doigt fripé vers le miroir pour continuer mon petit discours d'encouragement. *Alors tu te ressaisis. Demain, tu vas à l'école et tu fais comme si de rien n'était. En fait, ne fais même pas semblant. Parce qu'il ne s'est RIEN passé.*

Le visage souriant d'Evan est apparu dans mon esprit. Ses yeux gris foncé brillaient d'amusement comme s'il écoutait mon discours. J'ai frissonné et essuyé à nouveau le miroir, en espérant que ça m'aiderait à me vider la tête. *Rien.*

Heureusement que j'ai eu le dimanche pour rester allongée et dormir, sinon je doute que j'aurais pu ne serait-ce qu'arriver jusqu'à l'école. Kimmy et moi, on a traîné dans ma chambre et regardé des films toute la journée. Après qu'elle a eu fini le pain perdu, j'ai ramassé l'assiette sale moi-même et fait comme si c'était moi qui l'avais mangé. Par chance, maman avait des courses à faire ce jour-là, elle n'a pas pu me poser trop de questions sur la fête.

J'aurais aimé qu'il soit aussi facile d'éviter les autres au lycée, le lundi, que d'échapper à mes parents. Tous les yeux étaient braqués sur moi alors que je me dirigeais vers la salle de classe. Sérieusement. Les têtes se tournaient, les gens chuchotaient derrière leurs mains à chaque pas que je faisais. Et le pire, c'est qu'ils n'essayaient même pas d'être subtils.

Pas possible. Il devait y avoir une autre raison pour qu'ils me regardent comme ça. Peut-être que j'avais remporté un prix quelconque. Ou Brian avait raté un contrôle quelconque, et j'étais désormais major de ma promo. (On peut rêver.) À ce stade, ça ne m'aurait même pas dérangée d'être celle qui avait raté cet hypothétique contrôle. N'importe quoi vaudrait mieux que la vérité.

J'ai tâtonné avec la combinaison de mon casier. Du coin de l'œil, j'ai vu une brune dans un sweat-shirt noir de deuxième année se tourner vers un type à côté d'elle et me montrer du doigt. Au début, je n'entendais pas ce qu'ils disaient, mais j'ai tendu l'oreille au nom d'Evan. Je me suis alors penchée davantage, à l'affût.

– Je pense que c'est elle qui est rentrée avec Evan McKinley après la fête, disait-elle d'une voix étouffée.

– Tu rigoles ! C'est pas une intello ? Genre la chouchou du prof ?

– Tout le monde l'appelle la Reine des Glaces. Maintenant, c'est juste une de ses cent cinquante mille conquêtes.

Il a ricané.

– Je suppose que même les reines ne peuvent pas résister à Evan McKinley.

Fête. Evan. Cent cinquante mille conquêtes.

Non, non, non. C'était forcément un rêve. Un cauchemar, plutôt, vraiment nul et atroce.

Même si ma gueule de bois était guérie, j'ai soudain eu envie de vomir à nouveau. Oubliant pourquoi j'étais à mon casier, je suis partie en titubant sans l'ouvrir. Devant moi, tout tournait. Les casiers. Les autres élèves. *Non, dites-moi que ce n'est pas en train de m'arriver.* Ça devait être une sorte de *Quatrième dimension* ou quelque chose comme ça. Ou un mauvais roman d'amour dans lequel j'étais la fille douce, bien élevée et bien née qui voyait sa réputation ruinée à cause d'un râteau scandaleux et notoire.

C'était bien mieux à lire qu'à vivre.

Mais bon sang, comment tout le monde pouvait-il déjà savoir ? Et que savaient-ils exactement ?

Le trajet a été le plus long de ma vie. Comme si quelqu'un avait décidé de rallonger le couloir d'un kilomètre pendant le week-end, à la seule fin de me torturer.

Même Faith Watkins, que tout le monde à l'école surnommait la Vierge Marie réincarnée, m'a jeté un regard compatissant quand je suis passée devant elle. La petite catholique en survêtement blanc avec des autocollants « JÉSUS M'AIME » sur son sac à dos savait. Et si elle savait, ça voulait dire que tout le monde savait.

Une fois que j'ai enfin pu atteindre la salle de mon premier cours, je me suis écroulée à ma place habituelle sans regarder personne autour de moi. Ils continuaient de chuchoter et de me montrer du doigt, mais maintenant, au moins, ils n'étaient que vingt-cinq au lieu de l'école entière.

Je me suis pris le front dans les mains, que j'ai serré fermement comme si ça allait aider à réduire mon mal de tête. Mon Dieu, est-ce que cette journée pourrait encore empirer ?

M. Peters est entré tranquillement en classe et a fermé la porte derrière lui dans un grand fracas.

– Très bien, est-ce que tout le monde a fini sa rédaction sur un événement significatif des années 1900 ?

Gémissements et grognements dans la classe. Quelques élèves ont immédiatement commencé à débiter des excuses pour expliquer pourquoi ils n'avaient pas fait leur devoir.

Heureuse de cette distraction et de voir les choses revenir finalement à la normale, j'ai laissé échapper un soupir de soulagement et ouvert mon sac pour prendre la chemise rouge où j'avais glissé mon travail pour en protéger les feuilles. Il m'a fallu moins d'une minute pour réaliser qu'elle n'était pas là. Où était-elle ? Une fois mon travail fini, je l'avais immédiatement glissé dans ma chemise... et je l'avais laissée sur mon bureau à la maison.

Merde.

J'ai de nouveau feuilleté les papiers en vrac dans mon sac, même si je savais que le dossier était à la maison, soigneusement agrafé et prêt à partir. Je l'avais fini depuis plusieurs jours, mais j'avais oublié de le mettre dans mon sac hier, tellement j'étais mal.

Après avoir pris quelques notes dans son classeur, M. Peters est passé dans les rangs pour ramasser les devoirs. À mesure qu'il se rapprochait de mon siège, la panique montait, qui me vrillait le ventre. Je me suis mise à prier pour qu'arrive un miracle, qu'un tremblement de terre ou un tsunami nous frappe soudain, même si ce genre d'événements ne s'était jamais produit à Wilmington. Ni ailleurs en Caroline du Nord. Mais c'est justement le principe des miracles, non ? Je veux dire, si Evan McKinley et moi avions pu sortir ensemble – ou quoi qu'on ait fait samedi soir –, ça suffisait à prouver que l'impossible était possible !

Mince, même un météore, j'aurais dit « OK », là.

– Mademoiselle Simmons ?

– Euh, oui ?

Avec un froncement de sourcils, il a agité les papiers en l'air.

– Votre devoir.

Baissant les yeux, j'ai suivi du doigt l'inscription P ♡ Q, gravée depuis une éternité sur le coin de mon bureau.

– Vous allez rire, parce que, vous voyez, c'est drôle. Enfin, assez drôle. Le fait est que... (Ma voix s'est muée en murmure.) Je crois que j'ai laissé mon devoir à la maison.

– Vous « croyez » ?

– Je veux dire... je le sais.

Ma tentative de sourire d'excuse faisait forcée et bizarre. Mais ce n'était pas ma faute. Je ne m'étais encore jamais retrouvée dans cette situation. Je ne savais pas quoi faire.

Il a cligné des yeux comme s'il ne comprenait toujours pas.

– Vous n'avez pas votre rédaction ?

– Non.

Pourquoi me faisait-il tout répéter ?

– Vous ne pouvez pas lui en vouloir, Monsieur Peters, a soudain lancé une voix forte depuis le fond de la salle. (Avec un sourire mauvais, Lauren Tillman s'est adossée à sa chaise et a rejeté ses cheveux roux vif sur une épaule fine.) Taylor a eu un week-end très chargé.

Mon sourire faiblard a fondu comme un glaçon sur le trottoir en plein été.

On avait beau être dans la même classe depuis toujours, je pouvais compter le nombre de fois où Lauren m'avait adressé la parole. Ou même parlé de moi. Je ne savais même pas qu'elle connaissait mon nom.

M. Peters a secoué la tête.

– Quand même, ça ne vous ressemble pas, Taylor. Votre travail est impeccable, en général.

– Oh, ne vous inquiétez pas. La petite mademoiselle Parfaite a sali bien plus que son devoir à la fête. Et après la fête, a bruyamment continué Lauren.

Sur quoi, toute la classe a éclaté d'un rire gras. Deux ou trois gars au dernier rang m'ont adressé des clins d'œil et des bisous de loin.

M. Peters a dû abattre son classeur sur le côté de ma table pour obtenir le silence général.

– Très bien, ça suffit. Commençons le cours. (Puis il s'est penché et a baissé un peu la voix.) Vous pouvez me l'apporter demain, mais vous me décevez, Taylor. Vraiment. Je m'attendais à mieux de votre part. Si je ne peux pas vous faire confiance pour rendre un simple devoir à temps, comment suis-je censé vous laisser organiser la Journée des métiers ? Ou la présentation des anciens élèves ?

Mon visage s'est vidé de tout son sang. J'avais la tête qui me tournait.

– Non, je vous jure que j'ai fait mon devoir. Je l'ai centré sur le premier bébé-éprouvette aux

États-Unis : Elizabeth Carr, en Virginie. Si vous voulez, je peux filer chez moi et le récupérer ! Ou ma mère peut me l'apporter à l'école, ou...

Il a fait un geste de la main pour m'interrompre.

– D'accord, d'accord, on parlera de ça plus tard. Venez me voir après le cours.

– Oui, Monsieur.

Et là, j'ai commis l'erreur de me retourner et d'accrocher à nouveau le regard de Lauren. Elle a retroussé les lèvres en signe de fausse compassion et agité les doigts à mon attention, comme une demi-vague.

Les joues en feu, j'ai détourné la tête. Les doigts enfoncés dans les côtés de ma chaise. L'horreur. J'aurais voulu ramper sous mon bureau et mourir. Les moqueries et les ragots, c'était une chose, mais je n'avais jamais déçu un professeur. Encore moins un professeur qui avait des liens avec les anciens élèves et la faculté de Columbia. C'était le pire moment pour figurer sur la liste noire de M. Peters. Une recommandation de sa part à l'orateur invité pourrait faire toute la différence. Et transformer ma place sur liste d'attente en acceptation.

Et maintenant, tout ça partait en cacahuète.

Double merde.

– Toi !

Je n'ai pas levé les yeux. Pas même quand Carly m'a tapé sur le haut du crâne avec un classeur. Deux fois. Même si ça me lançait, j'ai enfoui ma tête encore plus profondément dans mes bras : je voulais disparaître. Ne plus voir tous les yeux de la cafétéria fixés sur moi, comme depuis le début de la matinée. Je pensais que ça se calmerait un peu au déjeuner, mais je ne pouvais même pas manger mon pain de viande au barbecue et mes légumes à la vapeur en paix.

– D'abord, tu ne prends pas mon appel et maintenant tu ne me regardes même pas ?

La voix de Carly devenait plus aiguë à chaque mot. Par expérience, je savais que ce n'était pas bon signe. Elle était comme une bombe à retardement : si je ne réagissais pas, les dames de la cantine repêcheraient les morceaux de moi dans le bac à sauce. Carly était ma meilleure amie et je l'aimais, mais sa curiosité et sa voix haut perchée allaient probablement me tuer.

– Comment tu as pu me laisser tomber à la fête ?

J'ai tourné la tête et remué le nez quand mes cheveux sont tombés sur mon visage. Les mèches se sont écartées sur mon énorme soupir. Son visage est venu planer au-dessus de moi, la mine renfrognée.

– Oh, salut. Comment c'était l'éducation civique ?

– Aussi excitant que peut l'être un cours donné par ma mère. Elle m'a appelée « mon chou » et m'a recoiffée devant tout le monde. (Carly s'est affalée sur le siège en face de moi et a levé au ciel ses yeux sombres, si haut que j'ai eu peur qu'ils restent coincés.) J'ai été tentée de me poignarder avec un stylo, juste histoire d'avoir une excuse pour partir.

D'habitude, je n'amenais pas le sujet de sa mère sur le tapis, mais j'avais besoin de quelque chose pour détourner l'attention de Carly, ne serait-ce qu'un moment, et sa mère était sa kryptonite. Pour une fois, elle pouvait se plaindre d'elle tout l'après-midi si ça lui chantait.

La mère de Carly était enseignante suppléante et, bien qu'elle ait promis à ses enfants de ne jamais travailler dans les écoles qu'ils fréquentaient, la situation économique était si tendue qu'elle ne pouvait pas faire autrement, parfois. C'était toujours de l'argent qui rentrait, après tout. C'était la première fois qu'elle enseignait à la classe de Carly, cependant – chose que sa fille avait redoutée toute la semaine.

J'aimais bien Mme Winters, mais parce qu'elle me gâtait. Carly jurait que sa mère m'aimerait même si je bombardais leur maison avec des œufs chaque semaine, parce qu'elle approuvait mon « choix de carrière ». Dans l'esprit de Mme Winters, docteur, avocat et dentiste, c'était la voie à suivre. Soit pour en devenir un, soit pour en rencontrer un, comme la grande sœur de Carly, Nancy, l'avait fait. Elle a épousé un optométriste. La *crème de la crème*.

L'amour de sa fille cadette pour le théâtre et la musique était donc un sujet délicat entre elles. Même si, avec le caractère hyper exubérant de Carly, le théâtre était un choix évident.

Carly a ouvert un sac de légumes, énième avatar de sa quête sans fin pour perdre du poids.

– Je te le demande à nouveau, Taylor : pourquoi tu m'as laissée tomber à la fête ? Et pourquoi tu m'as menti ?

J'ai levé les yeux vers elle, perplexe.

– Je ne me rappelle pas avoir quitté la fête. Et quand est-ce que je t'ai menti ?

– Ben, après ta disparition, je t'ai envoyé des milliards de textos, et tu as fini par répondre que tu étais déjà à la maison, tu te souviens ? a-t-elle lancé en agitant un bâton de carotte en l'air comme une épée. Imagine ma surprise quand ta mère m'a appelée le lendemain pour me demander de tes nouvelles. Tu as de la chance que je sois brillante en impro et que j'aie pu te couvrir.

Tout en mordillant ma lèvre inférieure, j'ai essayé de me rappeler lui avoir envoyé un texto, mais impossible. Je ne savais toujours pas ce qui s'était passé cette nuit-là.

– Désolée.

Elle a lâché un gros soupir et m'a poussée avec sa carotte.

– Sérieusement, tu imagines comme j'étais inquiète ? Ne disparais plus jamais de cette façon ! Et tu pourrais te tenir droite, s'il te plaît ? J'ai l'impression de parler à un cadavre.

– Désolée, ai-je répété en me redressant, le menton sur ma main. Mais tu sais, rien de tout ça ne serait arrivé si tu ne m'avais pas traînée à cette fête. Et que tu ne m'avais pas fait boire.

Carly a ricané et levé les yeux au ciel.

– Qu'est-ce que j'étais censée faire d'autre, te laisser te morfondre chez toi et camper devant ta boîte aux lettres en attendant des nouvelles de Columbia comme tu l'as fait tout le mois ? Tu vas être acceptée. Ce n'est pas une petite fête qui y changera quoi que ce soit. C'est notre dernière année ! On doit la vivre ! Et c'est ta faute à toi si tu n'avais rien mangé de la journée. C'est pour ça que tu as si mal réagi à l'alcool. En réalité, tu as à peine bu.

Ah oui ? Franchement, j'avais dû boire beaucoup pour me sentir aussi mal. Ou alors, Evan avait peut-être raison. Peut-être que j'étais un poids plume.

Mes doigts tapotaient contre la table. Irritée, je cherchais quelqu'un à qui faire porter le chapeau. N'importe qui. Mais je ne pouvais pas blâmer Carly. Principalement parce que je savais qu'elle m'exploserait à la figure si je le faisais. Et puis, elle avait raison. Ce n'est pas comme si elle m'avait traînée à la fête à coups de pied, en me hurlant dessus. Ou qu'elle m'avait versé les boissons dans le bec. La liste d'attente m'avait fait paniquer et j'étais stupide. Vraiment stupide.

– Désolée, ai-je finalement répété.

Elle s'est essuyé les mains avant de se saisir de son Coca light.

– Je te pardonne. Maintenant qu'on en a fini avec les excuses, il faut que tu me racontes tout : qu'est-ce que tu as fait après avoir quitté la fête avec Evan ?

– Je ne sais pas.

– Tu ne sais pas ou tu ne veux pas le dire ?

– Je ne sais pas. Franchement.

Carly a continué à grignoter un autre bâton de carotte. *Croc. Croc. Croc.*

– Hum. En tant qu'amie, je sais que je suis censée te croire, mais vu comment vous vous embrassiez à la fête, Evan et toi, c'est un peu difficile à avaler. Surtout quand vous avez disparu ensemble après. Tout le monde ne parlait que de ça.

Super, première fois que je sors avec un mec et je ne me souviens de rien ! Au moins maintenant, je savais comment toute l'école était au courant.

J'ai relevé la tête, trop brusquement, et j'ai grimacé. Oh, mon Dieu, et si j'embrassais hyper mal ? Genre trop de salive, haleine à l'ail, atroce ? Je n'avais embrassé que trois types dans ma vie, et aucun pendant plus de dix secondes. Et presque sans la langue. On ne peut pas dire que j'aie de l'expérience. Mais vu qu'Evan m'avait ramenée chez lui, j'imagine que ça n'était pas si mal, non ?

Sans se douter du trouble intérieur que son commentaire avait provoqué, Carly a empoigné ma fourchette inutilisée et poignardé le mystérieux pain de viande froid dans mon assiette.

– Tu es sûre que vous ne l'avez pas fait ?

– Carly !

– Oh, allez ! Tu es obligée de me dire au moins si tu l'as fait. Rappelle-toi que j'ai menti à ta mère pour toi, a-t-elle insisté en agitant sa fourchette vers moi. Tu me dois des détails.

– Je te l'ai dit. Il ne s'est rien passé.

Elle a haussé un sourcil.

– Sérieusement ? Tu es rentrée avec le gars et vous n'avez rien fait ? Comment c'est possible ? C'est Evan McKinley, quand même, mince.

J'ai baissé les yeux sur mon assiette à moitié mangée. Le souvenir de mon réveil dans son lit était encore frais dans ma tête. Et l'image d'un Evan presque nu restait pratiquement gravée dans mon esprit.

– Je ne sais pas. C'est compliqué.

L'excitation a allumé ses prunelles sombres.

– Toutes les meilleures histoires commencent comme ça. Crache le morceau.

J'ai laissé échapper un rire à moitié convaincu. Peu importait que ma journée soit difficile, j'étais heureuse d'avoir Carly à mes côtés. Aussi bruyante et autoritaire qu'elle soit.

– Ben voilà, tout a commencé quand je me suis réveillée et que ça ne sentait pas les pommes...

3
EVAN

– McKinley !

Ben voyons. J'étais là depuis moins d'une heure, et Aaron m'avait déjà trouvé. Il m'avait posé une sorte de capteur ou quelque chose comme ça ? D'habitude, j'aurais été heureux de le voir, mais le déjeuner avec maman et Brandon m'avait donné envie de frapper quelqu'un, et j'étais sûr qu'Aaron n'avait pas envie d'être ce quelqu'un.

Feignant de ne pas l'avoir entendu, j'ai baissé un peu plus la tête et me suis faufilé à travers le couloir bondé. Sauf qu'Aaron n'était pas l'arrière remplaçant de Nathan Wilks pour rien. Il aurait facilement pu être titulaire du poste, d'ailleurs, s'il en avait eu quelque chose à faire de l'équipe et qu'il était assidu aux entraînements.

Il a plongé entre Lucy Kim et son groupe de majorettes pour saisir la sangle de mon sac et me tirer en arrière.

– Désolé, Mesdames. On a une affaire urgente à discuter. Tu étais où toute la matinée, mec ?

J'ai jeté un coup d'œil au groupe de filles, qui écoutaient manifestement notre conversation, et j'ai préféré éluder.

– J'étais occupé, ai-je répondu, prenant délibérément un air mystérieux en adressant un clin d'œil à Lucy.

Tout sourire, elle m'a fait signe de l'appeler, avant de s'éloigner. Hmm, est-ce que j'avais son numéro, au moins ? Elle pensait apparemment que oui. Peut-être qu'elle me l'avait donné et que j'avais oublié.

Aaron m'a donné un coup dans l'épaule gauche.

– Oui, ça, je me doute que tu étais occupé. Alors dis-moi, c'était comment ?

– Hein ?

Super, maintenant j'avais l'air d'un idiot. Au temps pour l'aura de mystère.

– Ben, tu sais...

Au lieu d'expliquer, Aaron a agité les sourcils avec un sourire ironique.

Guère d'humeur pour les devinettes, je me suis dirigé vers les distributeurs automatiques de la cafétéria.

– Mais de quoi tu parles, bon sang ?

– Écoute, je ne sais pas pourquoi tu essaies de te la jouer gentleman. Tout le monde t'a vu quitter la fête avec elle l'autre soir. Ne fais pas le timide.

Je n'ai pas eu besoin de lever les yeux pour savoir qu'un rictus lui barrait le visage. C'était évident dans sa voix. Il s'est avancé jusqu'à bloquer le distributeur de boissons, un bras tendu devant moi.

– Je ne fais pas le timide, c'est juste que je ne comprends pas ce que tu...

Une image de Taylor me souriant alors qu'on se balançait sur une musique rapide a surgi devant mes yeux. Mes mains autour de sa taille, collé-serré. Nos rires, nos corps l'un contre l'autre pendant qu'on parcourait à pied le trajet jusque chez moi. Ces flashs, j'en avais eu tout le week-end : juste de brèves images de nous qui me traversaient l'esprit. Par contre, j'avais beau essayer, je n'arrivais pas à me rappeler ce qui s'était passé une fois chez moi.

À en juger par le sourire abruti sur le visage d'Aaron, pas difficile d'imaginer ce que tout le monde avait supposé.

– T'es un connard. Maintenant, soit tu bouges, soit tu me paies un verre.

Il s'est esclaffé en fouillant dans ses poches en quête de monnaie.

– Bien, je vais me créer les images tout seul, a-t-il ricané en secouant la tête. Mec, je n'arrive toujours pas à croire que tu aies chopé cette Reine des Glaces. Toi, mon pote, tu es un dieu. Un Zeus moderne qui les fait toutes tomber.

À ces mots, un large sourire s'est étiré sur mon visage. Ce n'était pas tout à fait vrai, vu que je ne l'avais pas exactement « chopée », mais qui n'aime pas être comparé à un dieu ? N'importe quel autre jour, j'aurais volontiers accédé à la demande d'Aaron. J'étais même plutôt le genre de mec à me vanter des nanas avec qui je sortais. En détail. Mais mon déjeuner avec Brandon, un peu plus tôt, m'avait laissé un goût amer dans la bouche. Je n'aurais pas dû accepter l'invitation de maman. Je ne savais pas ce qui m'était passé par la tête. En temps normal, j'aurais préféré tondre la pelouse avec les dents plutôt que de manger avec mon beau-père.

C'était déjà assez pénible qu'ils se soient pointés à l'improviste pour me faire passer un test de dépistage de drogues, chose que Brandon – cette tête de nœud – avait exigée après avoir trouvé de la drogue dans ma chambre un jour. Elle ne m'appartenait pas, mais il ne m'a pas cru.

Ma mère le savait, elle. Jamais je n'y aurais touché, surtout depuis que ma cousine Stacey était morte d'une overdose. On était assez proches. Elle me gardait quand maman allait travailler après que papa avait été envoyé en prison. Ça, c'était avant que ma mère ne rencontre Brandon Willard.

Mais au lieu de défendre son propre fils et – mon Dieu surtout pas ! – de se disputer avec son nouveau mari, ce saint, maman avait préféré m'infliger l'embarras d'un test mensuel auprès d'un professionnel du dépistage. Au motif que Brandon me pensait susceptible de falsifier les tests si on les effectuait à domicile. Maman a même parlé au principal et au secrétariat de mes « rendez-vous » pour que je sois excusé de cours.

Qui est-ce qui méritait le « prix de la meilleure maman de l'année » ?

J'avais été tenté de rater le test antidrogue exprès pour énerver encore plus Brandon, mais j'avais finalement opté pour un séchage des cours dès que l'occasion se présentait. Ça le mettait toujours mal à l'aise quand l'école l'appelait au travail pour dénoncer mon absence, ce qui constituait une satisfaction plus que suffisante pour moi.

J'avais presque avalé la moitié de la cannette de Sprite quand des huées et des sifflets ont retenti.

– Qu'est-ce qui se passe ?

Aaron a haussé les épaules et s'est dirigé vers la cafétéria. Je l'ai suivi et me suis arrêté en repérant Taylor, assise avec son amie Carly à quelques tables de l'entrée. Et un groupe de sportifs qui les entouraient.

– Tiens, regardez qui voilà. Quelqu'un a envie de faire la fête ? a demandé un mec. (Un mec de seconde ou quelque chose comme ça, qui a posé les mains au bord de la table pour mieux reluquer les filles du haut de son nez pointu.) Sérieux, Simmons, j'aurais dû te faire découvrir la tequila il y a longtemps. Surtout maintenant que tu as abandonné ta façade de première de la classe.

Je m'attendais à ce qu'elle explose, au lieu de quoi, à ma grande surprise, Taylor s'est juste mordu la lèvre inférieure et s'est détournée de lui. Malgré ses joues en feu, elle n'a rien répondu, pas plus qu'aux autres abrutis qui l'entouraient.

Rien à voir avec la fille avec qui j'avais dansé à la fête. Et encore moins avec celle qui s'était réveillée dans mon lit hier. Cette fille qui m'avait giflé et fait jurer de ne parler à personne de ce qui s'était passé. Non que je sois en mesure de le faire, même si j'avais voulu. Mais bref, cette fille-là, elle était féroce. J'en avais encore mal à la mâchoire.

Là, Taylor serrait et ouvrait les poings, mais ne mouftait toujours pas. Soudain, elle a levé les yeux et nos regards se sont croisés à travers la salle. Sur une grimace, elle a haussé le menton et regardé ailleurs. Le visage encore rouge, elle semblait un peu effrayée. Pas par les types autour d'elle, plutôt par... quelque chose.

Un truc en moi s'est déclenché, une réaction machinale, et j'ai attrapé le bras d'Aaron pour aller casser la gueule à ces enfoirés.

J'avais à peine fait trois pas que Carly s'est retournée sur son siège et les a toisés d'un regard mauvais, même s'ils faisaient tous deux fois sa taille et auraient probablement pu l'écraser comme un insecte.

– Ah ouais, Todd ? Si tu veux parler de « façade », pourquoi ne pas raconter à tout le monde que tu as mouillé ton lit jusqu'à l'âge de douze ans ? Tes parents, ils ont dû jeter combien de matelas avant que tu apprennes enfin à utiliser les toilettes ?

Le visage de Todd s'est empourpré. Pourtant, Carly n'a même pas cillé : elle continuait à le fixer. Bon sang, elle s'est même penchée pour avoir le visage plus près du sien par-dessus la table.

À ma grande surprise, il a marmonné quelque chose et il est parti en trombe. Ses acolytes continuaient à ricaner derrière leurs poings, mais ils l'ont suivi.

Taylor s'est affalée sur la table et a murmuré un truc à Carly. Qui s'est contentée d'un reniflement méprisant en guise de réponse.

– Ne t'inquiète pas pour ça. Maintenant qu'il sait utiliser les toilettes comme grand garçon, il doit se prendre pour un dur à cuire, a-t-elle lancé, sans même baisser la voix.

Je n'ai pas pu m'empêcher de rire. Bon sang, si quelqu'un était dur à cuire, c'était Carly, pour le coup. J'avais envie d'aller la voir et de lui faire un câlin. Et à Taylor, aussi. Mais vu le regard noir qu'elle me jetait, elle m'arracherait probablement les yeux si j'essayais.

Sérieusement, je ne la comprenais pas, cette fille.

Carly m'a fait un signe de la main alors que Taylor la traînait devant nous pour passer la porte. Je les ai suivies des yeux.

Aaron m'a forcé à lui lâcher la main pour croiser les bras. Il affichait son expression niaise.

– Intéressant.

– Quoi ?

– Rien, c'est juste intéressant. Alors c'est pour ça que tu ne veux rien me dire ? Parce que tu as un faible pour elle ?

Je l'ai dévisagé, bouche bée.

– C'est ridicule, je ne sais pas ce que tu... (Cette fois, c'était moi qui poursuivais Aaron à travers les couloirs, direction nos casiers.) Tu te fous de moi ?

Il s'est baissé pour attraper son cadenas à combinaison.

– Eh, c'est cool si tu la kiffes. La Reine des Glaces n'est pas aussi sexy que les filles avec qui tu sors d'habitude, mais elle est quand même assez bien classée. Et en plus, tu parles d'une intouchable.

De toutes les choses folles qu'Aaron pouvait dire, c'était l'entendre surnommer Taylor la Reine des Glaces qui m'irritait le plus.

– Elle s'appelle Taylor.

– Oh, parce que vous vous appelez par vos prénoms, maintenant que vous êtes si proches ? a-t-il répliqué avec un clin d'œil. Y a autre chose que tu as envie de m'apprendre sur elle ?

Un claquement sonore a retenti : quelqu'un qui venait de refermer la porte de son casier... un peu fort. Aaron a regardé par-dessus mes épaules et s'est figé. Ses yeux s'arrondissaient de seconde en seconde. J'ai suivi son regard et découvert Taylor plantée derrière nous, les bras croisés et la mine extrêmement fâchée. Super.

Aaron a toussoté, puis il s'est redressé avec l'agilité d'une grenouille juste au moment où la cloche sonnait. Il a secoué la tête de manière à ce que ses cheveux noirs lui couvrent les yeux, comme pour se protéger de la colère de Taylor. Pour un grand garçon, Aaron avait toujours été mal à l'aise avec les femmes en colère. Et celle qui était devant nous était tellement furax que je n'aurais pas été surpris de voir de la fumée lui sortir des oreilles.

– Euh... je vais vous laisser seuls tous les deux. À tout à l'heure en cours de sport, Evan.

J'ai hoché la tête, même si je ne pouvais m'empêcher de déplorer qu'il m'abandonne le jour de mon exécution. Le traître. Je me suis accroupi pour fermer son casier.

Une fois qu'Aaron, dans le même mouvement que le reste des élèves, a disparu à l'angle du couloir, Taylor m'a percuté l'épaule droite. Fort. Je me suis retenu in extremis en posant la main gauche au sol, ce qui m'a évité de tomber sur les fesses.

– Eh ! Pourquoi tu fais ça ?

Elle a jeté un coup d'œil autour d'elle, mais le hall était déjà plus qu'à moitié vide. Les quelques personnes qui s'attardaient s'éloignaient lentement, sortant déjà leurs téléphones pour envoyer des textos narrant notre douce rencontre.

– Pourquoi tu n'as pas démenti ? Maintenant il pense que quelque chose s'est vraiment passé entre nous, a-t-elle sifflé.

J'ai levé les yeux vers le plafond blanc bosselé. Merde, ce n'était pas mon jour.

– J'ai essayé. Tu as bien vu qu'il ne me croit pas.

Elle a ricané et secoué la tête.

– Tu n'avais pas l'air bien convaincu non plus. Remarque, avec ta réputation, pas étonnant que personne ne croie ce que tu dis.

Me traiter de menteur était une des choses les moins offensantes qu'on pouvait me dire. Franchement, c'était un fait, en réalité.

Quand il est devenu évident que Taylor n'allait pas partir de sitôt, j'ai soupiré et je me suis assis par terre pour me mettre à l'aise. Appuyé contre le casier fermé d'Aaron, une jambe remontée contre le torse, j'ai croisé les bras autour de mon genou gauche.

– Probablement. Alors dis-moi un peu, combien de personnes t'ont crue quand tu leur as dit ce qui s'était passé ? ai-je demandé, un sourcil haussé, car je connaissais déjà la réponse.

Elle a ouvert, puis refermé la bouche, mais aucun son n'en est sorti. Au lieu de quoi, elle s'est mordu la lèvre inférieure et s'est détournée.

– Laisse tomber. Désolée, tu as raison, a-t-elle ajouté en se frottant les tempes. La journée a été très longue. Sans compter que je dois acheter un nouveau téléphone parce que j'ai perdu...

Avant qu'elle ait fini sa phrase, j'ai fouillé dans mon sac et sorti l'appareil que j'avais trouvé au fond de la poche de mon short, hier. Je me suis penché en avant pour le lui glisser dans la main.

– Ta copine a beaucoup appelé.

– C'est ce que j'ai entendu dire. Merci.

Après avoir enfoncé le téléphone dans sa poche arrière, Taylor m'a enfin regardé à nouveau. Ses yeux sont lentement passés de mon visage à mes baskets grises élimées. J'ai haussé un sourcil interrogateur. Si je ne m'y connaissais pas mieux, j'aurais pensé qu'elle me reluquait, mais les filles qui me reluquaient ne plissaient généralement pas le front comme ça.

Je me suis levé et j'ai soutenu son regard. Cette fille était vraiment la même que celle qui avait dansé dans les rues avec moi ? Difficile à croire maintenant qu'elle était en face de moi. Ses longs cheveux noirs étaient dégagés de son visage étroit à l'aide de barrettes. Elle portait un jean décontracté et un tee-shirt ample, rien de décolleté ou de moulant. Son bras gauche était chargé de livres et de classeurs. Aaron avait raison. Elle n'était carrément pas mon type habituel.

Je n'ai pas pu m'empêcher de penser qu'elle était quand même jolie. Malgré sa mine renfrognée. J'ai fait un pas de plus vers elle.

Comme si Taylor avait soudain compris ce que je faisais, elle s'est déplacée vers la droite. Le cou rouge pivoine.

– Faut que j'y aille. J'ai un examen dans mon prochain cours pour lequel je dois réviser, et je ne sais pas si je...

Je me sentais coupable d'avoir joué avec elle. Peut-être à cause des ombres sous ses yeux ou de la façon dont elle n'arrêtait pas de mordiller sa lèvre inférieure, qu'elle rendait ainsi encore plus rose et plus gonflée que la normale sur la peau pâle de son visage. J'avais envie d'appuyer mon index sur sa bouche pour l'obliger à s'arrêter, mais je doutais qu'elle apprécie beaucoup. Et puis, je n'avais pas trop envie de me faire mordre.

Ce n'était pas sa faute si elle était embarquée dans cette rumeur avec moi. J'étais peut-être habitué aux ragots et aux mensonges qui circulaient – surtout parce que je les encourageais, juste pour énerver mon beau-père –, mais pas Taylor. Et de toute évidence, elle ne le prenait pas bien du tout, du tout.

– ... ne bois jamais comme ça. Jamais. Mais est-ce qu'on a... je veux dire, je suis sûre qu'on ne l'a pas fait, mais je voulais juste m'en assurer... parce que tu sais...

Elle respirait lourdement entre chaque mot, comme si on les lui arrachait.

– Il ne s'est rien passé. Entre nous, je veux dire.

J'avais parlé d'une voix assurée, même si, en réalité, je n'en savais rien non plus. Mais j'étais quasi certain qu'il ne s'était rien passé. Je l'aurais senti dans mon corps, qui aurait été bien plus détendu hier si j'avais eu un peu d'action la nuit précédente.

– On a juste dormi. Ou du moins, j'ai essayé. Tu ronfles assez fort pour une petite nana.

À en juger par la façon dont son corps s'est affaissé sous l'effet du soulagement, c'était exactement ce qu'elle voulait entendre.

– Merci. (Elle s'est mise à tripoter la sangle de son sac à dos bleu et s'est éclairci la gorge.) De me l'avoir dit. Bon, ben, on se recroisera sans doute par ici.

Quand elle s'est retournée pour partir, j'ai tendu la main et touché son bras. Pas pour l'attraper ni le tapoter. C'était un contact léger, mais j'ai senti sa peau sous le bout de mes doigts. Douce et chaude. Une chaleur s'est insinuée en moi. Si un simple contact de la pulpe des doigts me faisait cet effet, qu'est-ce que ce serait si j'enroulais toute la main autour de son poignet ?

Malgré ma curiosité, j'ai enfoncé mes deux mains dans mes poches avant qu'elle ne se retourne complètement.

– Écoute, je sais que ça doit être chiant pour toi avec ta réputation, enfin tu sais, de Miss Perfection. Mais ne t'en fais pas trop. Les gens vont se lasser et passer à autre chose au bout d'un moment. Fais-moi confiance. (Je lui ai fait mon sourire innocent, mon sourire « t'inquiète, tout est sous contrôle ».) Je veux dire, qui s'y connaît mieux que moi dans ce domaine ?

– Tu as raison. Ça va passer.

Elle s'est détournée et je l'ai entendue marmonner à mi-voix :

– Avec un peu de chance.

Mes camarades ont continué à me montrer du doigt sur mon trajet vers le gymnase, mais je m'en fichais. En fait, c'était amusant de faire irruption dans un groupe de gens que je ne connaissais pas ou même de fixer les gens du regard et de voir leurs conversations s'éteindre dans un silence gênant. Les joies simples de la vie. En tout cas, ça a contribué à faire passer la journée de cours plus vite.

Je me suis allongé sur la pelouse derrière la cafétéria pour faire une petite sieste. Jill, la coach, profitait de notre cours d'éducation physique après le déjeuner pour s'entraîner avec ses pom-pom girls avant les matchs de football. Tant qu'ils restaient dans son champ de vision, elle ne se souciait pas de ce que fabriquaient ses autres élèves.

Le bras gauche calé sous la tête, j'étais sur le point de m'assoupir quand une ombre est tombée sur mon visage. J'ai ouvert un œil, mais je ne distinguais qu'une silhouette qui me contemplait. À en juger par les cheveux roux et les courbes alléchantes de la silhouette en question, je devinais à peu près qui ça pouvait être.

– Tu me cherches, si tôt ? Je croyais qu'on était censé attendre une heure après avoir mangé pour faire des galipettes ? (J'ai refermé les yeux.) Je crois avoir entendu ça quelque part.

Sur un petit rire, Lauren s'est allongée dans l'herbe à côté de moi.

– Toi et moi, on sait tous les deux que ce n'est pas vrai. On a testé cette théorie assez souvent l'année dernière.

Je lui ai souri.

– C'est vrai, on peut dire ça.

Malgré nos grands mots, Lauren et moi, on ne sortait pas ensemble. Enfin, c'était arrivé l'été dernier, après qu'elle m'avait mis le grappin dessus à la plage, pour présenter la chose de la manière la plus excitante et mémorable possible. C'était sympa, mais on a rompu un mois après. Maintenant, on était des amis qui couchaient ensemble de temps en temps.

J'avais pour règle, en général, de ne jamais sortir ou même coucher deux fois avec la même fille. D'une certaine manière, Lauren était l'exception. Elle avait toujours su se faufiler sous ma peau. Ou plutôt dans mon pantalon. En plus du sexe, génial, elle était plutôt cool. Différente des autres filles que je connaissais. J'aimais bien l'avoir dans ma vie. Et on fonctionnait bien sur ce mode.

– Qu'est-ce que tu fiches ici ?

Au lieu d'être rebutée par la désinvolture de mon ton, elle a roulé sur le flanc, si bien qu'elle s'est retrouvée écrasée contre moi, sans même se soucier du fait que l'herbe humide faisait probablement des taches vertes à l'arrière de son jean. Pour une fille qui se souciait de son apparence, elle ne réfléchissait pas à deux fois avant de s'asseoir dans l'herbe mouillée. Bon sang, elle irait à l'école déguisée en poulet si quelqu'un la mettait au défi.

Lauren a écarté mon bras et posé la tête sur mon ventre. Elle a enveloppé ma main de la sienne, menue et fraîche.

– Je voulais m'excuser d'avoir quitté la fête de bonne heure. Paul voulait m'emmener quelque part.

– Paul ?

– Tu connais Paul. Le type de l'école préparatoire dont je t'ai parlé ?

Ah, d'accord. J'ai haussé les épaules.

– Pas de souci. J'ai trouvé d'autres personnes avec qui traîner.

– J'ai entendu ça.

Elle n'a rien ajouté d'autre, mais je devinais que quelque chose la dérangeait. Elle a pressé ma main contre sa bouche.

– Tu sais, tu pourrais au moins faire semblant d'être jaloux de Paul.

Bizarre. Elle ne me questionnait jamais sur les filles avec qui je sortais et je ne lui posais jamais de questions sur ses mecs. C'était une règle tacite entre nous.

– Désolé, alors comment ça va, le gars de la prépa ? Ça y est, il s'est fait tatouer le sigma de sa fraternité sur le cul ?

Ses lèvres se retroussèrent en un sourire moqueur.

– C'est mieux. Et tout va bien pour Paul. Je le reverrai probablement la semaine prochaine.

– C'est bien de savoir que les cours particuliers payés par tes parents sont utilisés à bon escient.

Lauren a ri et le poids de sa tête a disparu quand elle s'est redressée sur ses coudes, sans lâcher ma main cependant.

– Figure-toi qu'il s'est passé un truc super drôle en classe ce matin.

Je jouais avec ses doigts, caressant sa peau douce et ses ongles lisses.

– Ah ouais ? Je suis surpris d'apprendre que tu es attentive en classe.

Sa main s'est un peu resserrée sur la mienne.

– D'habitude, non, mais je ne manquerais pour rien au monde l'occasion de voir Taylor Simmons dégringoler d'un ou deux échelons.

Ma main s'est figée.

– Comment ça ?

– Figure-toi que la princesse n'avait pas son devoir à rendre, pour une fois, a commencé Lauren en gloussant. Tu aurais dû voir l'angoisse sur son visage quand Monsieur Peters l'a engueulée. Je te jure, j'ai bien cru qu'elle allait fondre en larmes.

Avec un froncement de sourcils, j'ai lâché sa main et me suis rassis. Les bras croisés.

– Franchement, je ne vois pas ce que tu trouves drôle à l'idée de voir une autre fille en train de pleurer.

Elle s'est lentement rassise, elle aussi.

– Parce qu'elle est agaçante. Tout le monde était content de la voir se faire remettre à sa place pour une fois.

L'expression de son visage s'est faite curieuse tandis qu'elle m'observait d'un œil bleu soupçonneux.

– Et qu'est-ce que ça peut bien te faire, d'ailleurs ? C'est juste une fille parmi tant d'autres que tu t'es tapée. Tu ne la connaissais même pas avant la fête.

J'ai esquissé un petit sourire en me rappelant la première fois où j'avais parlé à Taylor.

– En fait, ce n'est pas vrai.

C'était l'été dernier, après que Lauren et moi avions rompu. Je travaillais à mi-temps comme maître-nageur à la piscine quand j'ai vu quelqu'un s'agiter dans la partie profonde. Il m'a fallu quelques secondes pour nager à sa rescousse. Je l'ai sortie de l'eau dans mes bras et elle m'a recraché l'eau de la piscine au visage, avant de s'enfuir en marmonnant quelques remerciements. J'étais sous le choc. Aucune fille ne m'avait jamais traité de cette façon auparavant. J'avais sauvé des dizaines de personnes dans la piscine, surtout des filles, pourtant c'était la seule dont je me souvenais de cet été-là.

– Taylor n'est pas juste une fille parmi tant d'autres. Et pour être honnête, je trouve ça un peu garce de ta part de rire de ses problèmes.

La mâchoire de Lauren s'est décrochée. Même si tout le monde savait qu'elle était une garce, c'était la première fois que je la traitais comme ça. Je n'étais pas complètement fier de mes propos, n'empêche que c'était vrai.

Elle a rejeté ses cheveux en arrière et haussé les épaules.

– Peu importe, oublie que je t'en ai parlé. (Passant une main derrière mon cou, elle m'a attiré vers elle jusqu'à ce que ses lèvres et son souffle me chatouillent l'oreille.) Et si on se voyait ce soir ? Chez moi ? En souvenir du bon vieux temps.

Il y avait un sourire suffisant sur le visage de Lauren. Ses yeux bleus semblaient me défier, m'inciter à céder.

J'ai été tenté. Vraiment tenté. N'importe quel autre jour, je n'aurais même pas attendu le soir. J'aurais enfoui mon visage dans ses cheveux, je l'aurais entraînée dans le vestiaire et j'aurais verrouillé la porte pour le reste de l'heure. Bon Dieu, je détestais l'admettre, mais mes émotions étaient généralement contrôlées par mon entrejambe. Pas aujourd'hui, cela dit. Je n'étais pas d'humeur.

– Désolé, aussi excitant que ça ait l'air, chérie, je pense que je vais passer mon tour.

Elle m'a repoussé et s'est levée.

– Bien. Mais ne te fatigue pas à m'appeler la prochaine fois que tu veux tirer ton coup.

Et sur un soupir, elle s'est éloignée vers le parking, d'un pas tellement déterminé qu'elle a failli renverser Aaron sur son passage.

– Bon sang, c'est quoi son problème ?

– Comme si je savais ce qui se passe dans sa tête. (J'ai laissé échapper un soupir et repêché mes clés dans la poche de mon short de sport.) Allez, tirons-nous d'ici.

Aaron regardait toujours Lauren qui démarrait sa voiture.

– OK, où tu veux aller ?

– N'importe où, mais ailleurs.

4

TAYLOR

Un jour après l'autre. Jusqu'à ce que tout se calme et que les choses reviennent à la normale. À force de me répéter le même mantra en boucle dans ma tête, je commençais – presque – à y croire.

Quand la dernière cloche de la journée a sonné, j'ai sauté de mon siège avec joie. Maintenant, je n'avais plus qu'à rentrer à la maison et me glisser dans mon lit, et cette journée de cauchemar serait terminée.

Comme je sortais de mon cours d'anglais, une fille m'a heurtée à l'épaule, m'envoyant valdinguer contre le cadre de la porte. Mes livres et mon classeur sont tombés par terre et se sont ouverts. Divers articles pour l'édition du journal de la semaine suivante jonchaient le sol. Avec un juron à mi-voix, je me suis agenouillée pour les ramasser, en grimaçant car mon épaule m'élançait. Je me suis retournée pour jeter un regard noir à la coupable, mais elle s'était déjà fondue dans la foule du couloir.

– Elle est sérieuse ? ai-je marmonné en m'étirant pour atteindre mes livres éparpillés.

Mes doigts venaient de se refermer sur mon classeur bleu quand Todd Herbert, le chef tacite de la meute des Néandertaliens du déjeuner, m'a donné une claque sur les fesses.

Je me suis relevée d'un bond. Le gars s'est contenté de sourire et d'échanger un check avec ses potes. Je lui ai adressé mon regard le plus méprisant.

Si les gens n'avaient jamais fait circuler de potins sur moi, c'est que je ne leur en avais jamais donné l'occasion. Je ne faisais jamais rien de travers. Contrairement à Carly, qui se fichait de ce que les gens disaient ou pensaient d'elle. En secret, je l'enviais. Je ne pouvais pas être comme elle. Je frissonnais de fierté quand on me complimentait, et j'avais l'estomac retourné quand on me regardait de travers. Papa disait que ce que les gens pensent de vous affecte qui vous êtes. Bien sûr, il parlait de procès et de jury, mais c'était la même chose pour moi. Peu importait ce que les gens disaient, les apparences comptaient bel et bien.

Mais j'en avais marre. Evan avait tort. Les choses n'allaient et n'iraient pas en s'améliorant. Mon nom avait même été gribouillé au Tipp-Ex sur la porte de la cabine des toilettes, associé aux mots PUTE + SALOPE. J'avais attendu que les w.-c. soient vides pour m'attaquer à la porte – j'avais laissé trois ongles dans le processus. Et j'en avais vraiment marre de tout ça. Mais surtout, j'en avais marre de ne pas réagir. Alors au diable les apparences.

– Eh, ducon !

Sans réfléchir, j'ai arraché mon classeur du sol et je l'ai lancé sur Todd. Il l'a atteint à l'épaule avec un bruit sonore, bien plaisant. Touché ! J'ai levé le poing en l'air en signe de victoire, juste au moment où il se retournait avec une mine renfrognée.

Merde. J'aurais dû réfléchir avant d'agir. J'ai reculé d'un pas quand il s'est approché de moi, mais – telle une rafale de vent – Carly a déboulé et l'a poussé sur le côté avec son épaule. Il est allé percuter les casiers.

– Merde, ça fait mal ! a gémi Carly en se frottant l'épaule droite.

Je l'ai saisie par les bras.

– Carly ! Tu vas bien ?

– Ouais. Mais je te jure qu'il t'arrivera bien pire que ça si tu nous touches, elle ou moi, encore une fois, a-t-elle ajouté à l'attention de Todd, avant de lui faire signe de s'approcher. Viens-y si tu l'oses.

Les narines dilatées, il s'est précipité vers nous.

Avec un glapissement, j'ai attrapé les épaules de Carly pour la tirer en arrière et l'écarter de son chemin, quand un grand dos est venu se planter entre Todd et moi. Un dos très familier qui venait d'apparaître de nulle part.

À quel moment Brian avait-il débarqué ? J'ai levé les yeux vers lui et tâté le centre de ses larges épaules pour m'assurer que je ne rêvais pas. Il s'est retourné et son air mécontent s'est accentué. Il a posé une main sur mon bras.

– Tu vas bien ?

J'ai hoché la tête.

– Ça va.

Carly s'est éclairci la gorge.

– Moi aussi, ça va. Merci de demander.

– Je sais que tu vas bien. Rien ne t'atteint, toi, lui a répondu Brian avec un sourire moqueur, puis il s'est détourné. Tu sais, Herbert, t'en prendre à deux filles, ça te donne l'air d'une mauviette.

Avec un juron, Todd a fait un pas de plus vers nous, pile au moment où M. Peters sortait de sa classe.

– Qu'est-ce qui se passe, ici ?

Le couloir s'était peuplé pendant notre altercation, mais dès qu'un professeur apparaissait, comme par hasard tout le monde s'éclipsait, à croire qu'ils s'évaporaient. Notre groupe est resté silencieux. Mais bon, même sans qu'on ne dise rien, les preuves étaient assez flagrantes. Mes livres étaient encore éparpillés au sol, mon classeur encore aux pieds de Todd, et Carly se frottait encore l'épaule.

– Rien, on a juste eu un petit accident, mais tout le monde va bien maintenant, a tranquillement menti Brian. (Il s'est baissé pour ramasser mes livres.) Pas de quoi s'inquiéter. Pas vrai, les filles ?

– C'est vrai, ce n'est rien, a renchéri Carly avec un sourire radieux.

Les yeux de Todd sont passés tour à tour sur chacun de nous, s'arrêtant principalement sur moi, avant de se poser sur M. Peters. Au bout d'une longue et angoissante minute, il a hoché la tête.

– Oui, oui, tout va bien.

M. Peters n'avait pas l'air convaincu, pourtant il a hoché lui aussi la tête.

– Dans ce cas, pourquoi ne pas rentrer chez vous ? L'école est finie, vous savez. Mademoiselle Simmons, je peux vous parler à nouveau ?

– Euh, oui d'accord. (Je me suis tournée vers Brian et Carly.) Vous voulez m'attendre ?

Carly a froncé les sourcils.

– Je dois aller à ma répétition de théâtre. Mais on se voit plus tard. Prends soin d'elle, d'accord ? a-t-elle lancé à Brian, en exerçant une pression sur mon bras.

– Bien sûr. Je serai là, Taylor.

Sur un hochement de tête, j'ai pris une grande inspiration et j'ai suivi M. Peters dans sa classe. Il s'est assis derrière son bureau, a attrapé un stylo et l'a tapoté contre le côté du meuble. Moi, je tanguais d'un pied sur l'autre en attendant qu'il parle.

– D'abord le devoir en retard et maintenant cet « accident »...

J'ai baissé un peu la tête.

– Vous avez raison. Je suis désolée, ça ne se reproduira pas.

– J'espère bien que non. Mais de toute évidence, vous êtes distraite ces jours-ci. Je pense que vous devriez faire une pause dans la préparation de votre présentation à la Journée des métiers. Passez me déposer votre matériel demain, et je vous ferai remplacer par Lin.

Et voilà, mon rêve d'impressionner les anciens élèves de Columbia – ainsi que mes chances d'aller à Columbia –, tout venait de s'envoler.

– Mais vous ne pouvez pas. Je travaille dessus depuis des siècles ! Vous ne pouvez pas passer la présentation à Lin. Elle va tout foirer.

Il a laissé tomber son stylo dans un bruit sec et croisé les mains sous son menton.

– Je le fais pour vous aider, Taylor. Je sais que la terminale est difficile et que vous avez beaucoup à faire, mais c'est la vie. Tout le monde a des choses à faire. Des obligations à remplir. Des familles à nourrir. Des factures à payer. Ce n'est pas facile pour moi non plus.

À ses mots, je me suis sentie complètement idiote. Et je détestais cette sensation. Mais il ne pouvait pas m'enlever mon discours, comme ça, et le donner à Lin Cheng. Cette fille m'avait dans le collimateur depuis qu'on était à la maternelle. Ce n'était pas ma faute si je coloriais sans dépasser plus vite qu'elle. Ou si elle était toujours en deuxième position. Troisième, depuis que Brian était arrivé en ville et nous avait toutes les deux fait dégringoler d'une place. Ce n'était pas pour autant que je lui en avais gardé de l'amertume à tout bout de champ. Pas toujours.

En me tordant les mains, j'essayai de prendre un air contrit.

– Je suis désolée pour vos obligations et vos factures, mais je peux m'en occuper ! Je vous le jure !

– Ainsi, vous n'aurez plus d'inquiétude à vous faire, a-t-il insisté. Ce n'est pas une punition. Peut-être que, plus tard, Lin et vous pourrez même y travailler ensemble. Vous entraider. Voilà, a-t-il ajouté en se calant contre son dossier pour désigner la porte d'un geste du menton. Vous pouvez y aller maintenant.

Ben voyons, c'est ça, elle allait m'aider. Plutôt s'attribuer tout le mérite de mon dur labeur.

Je brûlais de discuter encore mais, à ma grande horreur, son visage est devenu flou. *Merde. Pas maintenant. Ne pleure pas.* Peut-être une fois que je serais à l'abri à la maison, dans mon pull gris tout doux qui me descendait jusqu'aux genoux, mais je ne pouvais pas pleurer ici. Pas devant tout le monde.

Je ne sais ni comment ni quand j'ai quitté la classe, mais tout à coup, Brian se tenait devant moi, comme un bouclier protecteur face aux autres personnes qui s'attardaient encore dans les couloirs. Sans rien dire, il a passé un bras autour de mes épaules et m'a conduite dans la salle multimédia vide de la bibliothèque. Je voulais me laisser aller contre son épaule chaude – mon Dieu, j'étais si fatiguée –, au lieu de quoi j'ai gardé le dos raide, déterminée à ne pas montrer de faiblesse. Il a fermé la porte et s'est planté devant, les bras croisés. Pour m'empêcher de partir ou empêcher quelqu'un d'autre d'entrer ?

Je me suis appuyée contre l'une des bibliothèques et j'ai gratté les restes de vernis sur mes ongles. Il ne restait presque rien de la fois où ma mère m'avait excusée de l'école pour un rendez-vous mère-fille chez la manucure. J'avais été hyper énervée, après coup, parce que j'avais manqué la séance de révision en calcul et qu'à cause de ça je n'avais obtenu qu'un B au contrôle. D'autant plus que c'était la première fois que Brian ne s'en sortait qu'avec un A. Si j'avais assisté à la révision, j'aurais eu un A+ et j'aurais pu le battre pour une fois.

Ironie du sort, j'aurais tué pour quitter l'école maintenant. Allez, à la pédicure ! Bon sang, je serais même allée me faire faire une permanente comme un caniche pour sortir d'ici.

J'ai laissé échapper un profond soupir et roulé mes épaules fatiguées avant de me redresser.

– Bon, ben, merci pour, enfin tu sais, tout à l'heure, ai-je finalement dit à Brian.

J'ai tendu la main vers mes affaires qu'il avait dans les bras. Il a relâché mon classeur et les papiers, avant de hausser les épaules.

– Pas de problème. Désolé d'être indiscret et si je dépasse les bornes, mais qu'est-ce que tu fous, Taylor ?

J'ai baissé les yeux vers la chemise remplie d'articles que j'avais entre les mains.

– Je vais organiser certaines idées que j'ai eues pour le prochain numéro de *New Voices*. On devrait se concentrer sur les personnes à l'arrière-plan cette fois. Les machinistes des pièces de théâtre, les porteurs d'eau pendant les matchs. Ce genre de choses.

– C'est une bonne idée, mais ce n'était pas le sens de ma question, a-t-il répliqué en enfonçant les mains dans les poches de son jean. Je veux parler de tous ces trucs à propos d'Evan.

– Je ne vois pas ce que tu insinues.

– Tu es une très mauvaise menteuse, Taylor.

Bien sûr, je voyais à quoi il faisait allusion. À ce dont tout le monde parlait. Si seulement Brian était assez intuitif pour comprendre que je ne voulais pas aborder le sujet. Pour un gars intelligent, il pouvait être carrément crétin parfois.

On n'était amis que depuis un peu plus d'un an, mais ça me semblait une éternité. Surprenant, vu que je l'avais méprisé au départ. Brian avait été transféré dans notre école au début de l'année. Et en l'espace d'un semestre, j'étais passée de première de la classe – une place que j'avais pour moi toute seule depuis deux ans – à la deuxième place. Et le plus exaspérant, c'était qu'il n'avait même pas à faire d'effort spécial pour être premier. Il ne se réveillait pas de bonne heure chaque jour pour étudier à la bibliothèque, n'arrivait pas à l'école avec des cernes sous les yeux pour avoir bachoté toute la nuit comme moi.

C'était aussi assez ennuyeux qu'il soit si sympathique avec tout le monde, bon sang. Il était super doué à l'école et il était moyen en sport. Assez bon pour que les gens l'invitent aux matchs, mais pas assez bon pour être la star et que tout le monde le déteste parce qu'il était parfait.

Même si je le haïssais de m'avoir volé ma place, je l'aimais bien. Il me comprenait et me supportait. Et il était parfait pour moi. J'avais toujours pensé qu'on se mettrait ensemble un jour. C'était logique. De préférence après qu'on se serait installés à la fac et sur notre chemin de carrière.

Brian n'était pas à tomber par terre comme Evan, mais il était beau à sa façon : grand et mince, avec de larges épaules et des cheveux noirs raides hérissés dans toutes les directions. Son look ébouriffé contrastait avec ses vêtements impeccables et bien taillés. Il préférait les jeans sombres et les chemises boutonnées aux tee-shirts et pantalons cargo kaki.

En dessous du cou, il ressemblait à un mannequin pour *GQ*. Du cou vers le haut, on aurait dit qu'il venait de sortir du lit. Pourtant, sur lui ça fonctionnait. J'aimais les mecs bien habillés, avec une cravate et tout. Ajoutez-y un gilet, et je me répandais comme une flaque sur ses souliers vernis. Carly s'était toujours moquée de moi : alors que les autres filles fantasmaient sur les footballeurs et les pompiers, je me pâmais sur le genre homme d'affaires en costume. Qu'est-ce que je peux dire ? J'avais des goûts plus mûrs. Il avait aussi des yeux sombres et pleins d'âme qui me faisaient flageoler les genoux, bien que les siens soient noirs et non gris comme ceux d'Evan.

J'ai fermé les yeux, déterminée à chasser ces images. Pourquoi est-ce que je n'arrivais pas à me sortir Evan de la tête ? Il n'était pas mon type, lui dont l'uniforme se bornait à un ensemble tee-shirt et jean troué.

Cela dit... je parie qu'Evan serait super sexy en jean foncé et gilet décontracté à fines rayures. Peut-être associé à une chemise gris foncé avec des manches retroussées qui s'accorderait parfaitement à ses yeux orageux et... *paf !* Je me suis frappé le front avec la main. Pourquoi diable est-ce que j'habillais Evan dans ma tête comme s'il était ma poupée Ken ? La plupart des filles feraient le contraire.

Une main est apparue devant mon visage, brisant net le cours de mes pensées. Brian me considérait avec une expression inquiète. Je ne lui en voulais pas, moi-même je ne savais pas ce qui m'arrivait aujourd'hui.

Je me suis affalée sur une chaise, devant la longue table de l'allée qui accueillait habituellement le projecteur.

– Toi, mieux que quiconque, tu devrais savoir qu'il ne faut pas croire les rumeurs.

Ses deux sourcils se sont élevés si haut qu'ils ont disparu sous les cheveux bruns qui lui tombaient sur le front.

– Ouais, après mon arrivée ici, tout le monde a été hyper déçu quand j'ai annoncé que je ne connaissais rien au karaté. Et que je n'avais aucun lien de parenté avec Jackie Chan. Ben oui, il fallait bien que quelqu'un brise le stéréotype. (Quelque chose a éclairé son visage alors qu'il détournait la tête, l'air soudain distant, voire un peu froid.) Alors c'est vraiment juste une rumeur ? Evan et toi n'avez pas...

– Non, on n'a pas.

Il a laissé échapper un gros soupir de soulagement. Un demi-sourire est brièvement apparu sur son visage et il a toussé dans sa main avant de la fourrer dans sa poche arrière.

– Je pensais bien que non. Je veux dire, il n'est même pas ton genre ni rien. Et tu es plus intelligente que ça. J'étais juste inquiet... (Brian a secoué la tête et s'est mis à rire.) Peu importe. Alors qu'est-ce que tu vas faire à propos de tous ces ragots ?

J'ai donné un coup de pied dans les montants métalliques du bureau devant moi.

– J'ai décidé de faire profil bas et de rester tranquille jusqu'à ce qu'ils se calment.

En ricanant, Brian a traversé la pièce pour venir se percher à côté de moi sur le bureau, son bras collé contre le mien.

– Toi ? Faire profil bas ? Voyons, Taylor. Tu es la fille qui a refusé d'admettre sa défaite lors de l'élection des délégués de classe, l'année dernière. Et même après avoir gagné, tu as insisté pour qu'on refasse les élections quand tous les élèves seraient présents, histoire que personne ne puisse t'accuser de tricher. Alors même que personne n'avait rien fait de tel.

J'ai ébauché un sourire malgré moi.

– Ouais. Personne n'était ravi de rester après l'école pour voter, d'ailleurs.

Brian a ri et cogné son épaule contre la mienne.

– Non, on n'était pas méga contents.

On est restés assis en silence quelques minutes, tous les deux perdus dans nos pensées. Finalement, il s'est redressé et s'est planté devant moi, les bras croisés comme un parent qui fait la morale à son enfant.

– Écoute, je vais juste te dire les choses telles qu'elles sont. Te taire, c'est une idée stupide. Ça ne te ressemble pas ! Tu dois te défendre. (Il s'est penché en avant jusqu'à me fixer dans les yeux.) Sérieusement, montre à tout le monde qui tu es et que tu mérites tout ce pour quoi tu as travaillé si dur. Ne laisse pas cette rumeur ridicule tout gâcher pour toi.

Brian se tenait si près que je pouvais voir tous les détails de son visage. La ligne parfaitement droite de son nez, les petits plis autour de ses yeux. Il avait même une ridule au-dessus du sourcil gauche.

Ses paroles me faisaient peur, pourtant j'ai essayé d'en rire.

– Tu n'exagères pas un peu ? Je veux dire, c'est juste une petite rumeur de rien du tout, Brian.

Il a levé les yeux au ciel avec un « pff » incrédule.

– Ah oui ? Regarde ce qu'elle a déjà déclenché. Arrête un peu, Taylor. Pourquoi tu crois que tout le monde s'en prend à toi ? Ils utilisent cette « petite rumeur de rien du tout » pour t'obliger à descendre de ton piédestal et te piétiner.

Les images qu'il dépeignait étaient si vivaces que j'ai dû secouer la tête pour m'en débarrasser. Surtout après ma discussion avec M. Peters. Effectivement, j'avais bel et bien l'impression que tout me filait entre les doigts.

– Et donc, tu penses que je devrais faire quoi ?

– Leur prouver qu'ils ont tort. Flanquer une bonne raclée à quelqu'un. Je ne sais pas. Quelque chose.

Ses mots m'ont frappée comme la foudre. Il avait raison. J'étais fatiguée de me faire harceler. Je devais réagir. Mon avenir, ma vie en dépendaient.

Restait la question majeure : quoi faire ?

– Alors, tu en penses quoi ? ai-je demandé à Carly au téléphone plus tard ce soir-là.

Je tenais le combiné en équilibre entre mon oreille et mon épaule tandis que je glissais soigneusement mon devoir dans mon sac. Pas question de l'oublier à nouveau, plutôt aller vivre en enfer.

– À part faire buter Evan, je ne vois pas ce qui pourrait faire oublier cette histoire à tout le monde.

– Pourquoi vouloir que les gens oublient ? C'est la chose la plus excitante qui te soit arrivée de toute l'année. Rectification : de toute ta vie.

– Mais je ne veux pas que ma vie soit aussi excitante. Dis-moi quoi faire.

– Eh bien, pour commencer, je pense que tu aurais dû coucher avec lui.

J'ai failli faire tomber le téléphone par terre.

– Tu peux être sérieuse, s'il te plaît ?

– Quoi ? Je trouve juste que c'est du gâchis que tu subisses toute cette souffrance alors que tu n'en as même pas profité. Pas même une fois. Je veux dire, merde !

J'ai entendu un bruit de porte qui claquait et compris que Carly s'était enfermée dans sa chambre pour avoir un peu d'intimité. Ironiquement, sa porte fermait mal, donc quand elle claquait, sa mère savait qu'elle mijotait quelque chose de pas net.

Il ne lui restait probablement qu'une minute de conversation avant que sa mère ne débarque pour « voir si ça allait ».

– Sérieusement, si tu ne couches pas avec lui, alors sors au moins avec, ou quelque chose comme ça. En plus, les gens s'en ficheraient que vous sortiez ensemble.

– Tu es impossible, ai-je commenté en levant les yeux vers mon reflet dans le miroir, de l'autre côté de la pièce.

– Impossiblement adorable. Bon, je dois raccrocher. Je crois que j'entends ma mère au bout du couloir. Réfléchis-y. Le vilain garçon s'amende toujours au contact de l'innocente débutante à la fin de l'histoire, tu sais.

Même si elle était folle, ses paroles me trottaient dans la tête. *Et si... ?*

Plus tard cette nuit-là, pendant que tout le monde dormait, j'ai descendu l'escalier vers le bureau de papa. Je ne sais pas si c'était dû aux tentures en tweed vert foncé ou aux étagères poussiéreuses remplies de livres de droit, mais c'était le seul endroit où je parvenais à réfléchir clairement. C'était son domaine, qu'il avait décoré lui-même. Et par « décoré », je veux dire qu'il avait pris la voiture jusqu'au magasin d'ameublement, désigné quelques meubles et indiqué au personnel où les expédier. Le tout en cinq minutes, maxi.

Le reste de la maison, à part ma chambre, Dieu merci, était paré de couleurs vives et joyeuses. Genre la maison de rêve de Barbie en grand modèle. Et vu que papa s'en fichait, j'étais en minorité quand il s'agissait de choisir la couleur des rideaux. Quant à Kimmy, elle était encore à l'âge où elle adorait le rose et les paillettes. J'espérais qu'elle dépasserait les trucs de fille d'ici deux ans, quand elle aurait onze ans. Je l'avais fait, moi. Bien sûr, j'avais dépassé beaucoup de choses cette année-là.

Même si je n'avais pas fait de bruit en me glissant dans le bureau, c'était comme si Oreo avait senti que quelqu'un était réveillé et devenait donc un pourvoyeur potentiel de nourriture. Ce chien avait beau être un teckel nourri trois fois par jour, il avait toujours faim. Toujours.

J'ai fermé la porte du bureau juste au moment où j'entendais le bruit de ses pattes dans le couloir. Son museau noir n'a pas tardé à passer sous la porte et il a gémi. Des aboiements aigus qui pouvaient laisser croire qu'on le soumettait à la torture.

De peur que maman ou papa ne se réveillent, j'ai rouvert d'un coup sec. Oreo était étalé sur le tapis, le nez collé au sol, comme s'il essayait encore de passer sous la porte. Dès qu'il m'a vu, il s'est figé quelques secondes avant de se tourner lentement sur le dos. Ses yeux bruns me fixaient, comme pour me persuader de me pencher pour lui gratter le ventre.

J'ai lâché un petit rire et frotté son flanc quelques secondes, avant de me redresser.

– Allez, viens, tu peux me tenir compagnie pendant que je travaille.

Avant de commencer, j'ai fait le tour du bureau et réarrangé quelques trucs : l'alignement des livres sur les étagères pour qu'ils soient tous orientés vers l'extérieur, l'ajustement des stores pour que la bonne quantité de clair de lune filtre par les fenêtres. Les trucs qui détourneraient mon attention s'ils étaient positionnés autrement.

J'ai travaillé toute la nuit. La lumière du soleil commençait à percer à travers les fenêtres lorsque j'ai terminé d'imprimer l'exemplaire final du contrat. J'ai étiré les bras au-dessus de ma tête sur un bâillement. Enfin, c'était fait. Maintenant, restait la partie la plus difficile : obtenir la coopération d'Evan. Et pour cela, il me fallait son numéro.

J'ai immédiatement appelé Carly. Cette fille savait tout et n'importe quoi de ce qui se passait dans cette école. Dommage qu'elle soit aussi trop curieuse pour son propre bien.

– Tu as changé d'avis ? Tu vas coucher avec lui ?

Sentant mes joues rougir, j'ai remercié Dieu que personne ne puisse me voir. J'ai tapé mon stylo contre la table, si fort que la pointe s'est détachée et a roulé quelque part sous le bureau.

– Carly, ce n'est vraiment pas le moment, ai-je grondé en m'agenouillant pour chercher le capuchon. (Les stylos sans capuchon, c'était l'une de mes pires bêtes noires.) Trouve-moi juste son numéro, d'accord ?

– J'ai un train d'avance sur toi. J'ai envoyé un message à une fille qui l'a et je te l'ai déjà envoyé par texto. Bon, tu vas me révéler ton plan ou quoi ?

– Laisse-moi le peaufiner d'abord et je te tiens au courant.

Croisons les doigts. Si ça se passait comme prévu, tout devait aller mieux d'ici demain matin.

– Bon, je vais m'en contenter pour le moment. Appelle-moi si tu as besoin du numéro d'autres beaux gosses.

Maman et papa avaient déjà emmené Kimmy à l'école, la maison était donc bien calme quand je me suis glissée hors du bureau. Oreo s'est réveillé au moment où j'atteignais presque le bout du couloir. Il a poussé un jappement aigu et m'a couru après, me mordillant les chevilles à chaque pas que je faisais. J'ai sorti une boîte de nourriture pour chien du garde-manger, lui en ai versé une bonne quantité dans son bol et j'ai changé son eau. Pour moi, j'ai pris un grand verre de jus d'orange et fait griller une tranche du pain de la corbeille.

Quand j'ai eu nourri Oreo, et que ma propre serviette n'a plus contenu que des miettes, j'ai considéré que je ne pouvais plus repousser l'appel. J'ai fermé les yeux, compté jusqu'à dix, puis j'ai tapé les chiffres avant que mon sang-froid ne m'abandonne. Evan a décroché au bout de deux sonneries.

– Allô ?

Du bout des doigts, j'ai essuyé la condensation sur le verre.

– Salut, Evan ? C'est, euh, c'est Taylor. (Silence.) Taylor Simmons ? Tu sais, la fille qui, euh, on... euh... on a...

Un gloussement guttural a interrompu mes bégaiements.

Je me suis rendu compte que je tenais le verre à deux mains et me suis forcée à le reposer. *Respire, Taylor. Tu peux le faire.* J'ai frotté mes paumes sur mon jean pour les sécher.

– Écoute, je pense qu'il faut qu'on parle de l'autre nuit.

– Ah bon, et où est passé la règle du « Ne parle pas de ce qui est arrivé à qui que ce soit » ?

Punaise, j'entendais pratiquement le sourire narquois dans sa voix.

– Je ne suis pas... qui que ce soit, ai-je répliqué.

Oui, je sais, pas très spirituel, mais je n'avais pas trouvé meilleure repartie.

– Ça, c'est sûr.

C'était un compliment ou une insulte ? J'ai secoué la tête même s'il ne pouvait pas me voir.

– Recommençons depuis le début. J'ai besoin de te parler. Maintenant. Tu peux venir chez moi ?

– Tu n'es pas à l'école ?

Cette fois, la surprise était évidente dans sa voix.

– Non, j'ai un trou ce matin.

J'ai secoué la tête, comprenant qu'Evan ne prenait pas de cours supplémentaires à l'année comme moi. Il n'avait probablement pas de trous dans son emploi du temps.

– Ou alors, je pourrais te retrouver quelque part après les cours.

– Non, c'est bon. Je ne suis pas au bahut non plus.

– Ah bon ? Pourquoi ça ?

Un bruissement m'est parvenu, comme s'il déplaçait le téléphone.

– Disons que tu as tes secrets et que j'ai les miens. Je te retrouve chez toi.

– OK. Tu as de quoi noter ? Je te donne mon adresse.

– Ne te tracasse pas pour ça. Si j'ai de la chance et que c'est le destin, je trouverai ta maison d'une manière ou d'une autre.

J'ai poussé un soupir d'agacement : il ne me prenait pas au sérieux. Tout bien réfléchi, ce serait peut-être plus facile d'engager un tueur à gages. J'étais sûre que papa serait heureux de me défendre au tribunal. Si je me faisais prendre, bien sûr. J'avais appris une chose ou deux en regardant *Les Experts*.

– Qu'est-ce que tu...

Evan a ricané.

– Garde ta culotte, je ne faisais que plaisanter. Je sais où tu habites, je suis en route.

Je me suis détournée du combiné pour jurer, mais il a dû m'entendre, parce que j'ai été obligée d'écarter le téléphone de mon oreille de peur que son rire tonitruant ne me rende définitivement sourde.

– Désolé, j'ai oublié qu'il était interdit de parler de sous-vêtements. Je ne recommencerai plus.

Oreo est venu me donner un coup de museau dans le mollet pour réclamer encore à manger et je me suis assise à côté de lui sur le carrelage froid. Mes doigts jouaient avec ses oreilles tombantes pendant que je fixais la porte du réfrigérateur gris argent.

– Hum-hum. Donc à dans une demi-heure ?

– Disons vingt minutes. Et ne t'inquiète pas, je vais sauter par-dessus la clôture, histoire que personne ne me voie.

Et sur un nouvel éclat de rire, il a raccroché sans dire au revoir.

Evan est arrivé avec seulement cinq minutes de retard. Et il s'est effectivement présenté à la porte de derrière – même si je ne suis pas sûre de savoir comment il a réussi à sauter le mètre cinquante de la clôture en acier – avec deux grosses branches de chaque côté de sa tête. Même ses joues étaient striées de boue, brune et de noire : tenue de camouflage.

Malgré mon humeur, je n'ai pas pu réprimer un sourire.

– J'espère que ces branches ne viennent pas de mon jardin.

Il a souri en les jetant. Ses dents semblaient encore plus blanches que d'habitude au milieu de son visage couvert de boue.

– Bien sûr que non. Pour qui tu me prends ? Je les ai prises dans le jardin du voisin.

– Tu m'en vois soulagée.

Dès que je l'ai fait entrer, des aboiements forts et féroces ont rempli la pièce. Evan a regardé autour de lui, mais Oreo n'était nulle part en vue. J'ai étouffé mon ricanement derrière une toux. Malgré des jappements qui donnaient à penser qu'il était prêt à déchiqueter Evan membre par membre, je savais qu'il était probablement recroquevillé dans un endroit sûr et hors de portée. Il se comportait toujours ainsi dès qu'un étranger entrait dans la maison. La définition parfaite de qui aboie mais ne mord pas.

Mais je n'en ai rien dit à Evan. À la place, j'ai mouillé des serviettes de table et les lui ai tendues.

– Tiens.

– Merci. OK, soit ton chien est vraiment petit et c'est pour ça que je ne le vois pas, soit c'est un chien fantôme et je deviens dingue. Lequel des deux ?

Ses yeux continuaient à parcourir la pièce alors que les aboiements d'Oreo se transformaient en grognements menaçants, dignes d'un démon de l'enfer. Mon Dieu, ce que j'aimais ce chien parfois !

– Quel chien ? ai-je demandé, en ouvrant de grands yeux innocents, mais devant sa panique, je n'ai pas pu me retenir longtemps. Il s'est probablement faufilé entre le bord du fauteuil et le coin, là-bas, me suis-je esclaffée.

Evan s'est mis à quatre pattes et a rampé sous la table de la cuisine. Immédiatement, la pièce est devenue silencieuse.

– Ah, le voilà.

Appuyée contre le comptoir, j'ai attendu qu'il se relève, histoire de ne pas avoir à m'adresser à ses fesses. Le processus a pris quelques minutes, mais ça ne m'a pas dérangée.

Il a marmonné quelque chose à Oreo. Je n'entendais pas quoi, mais ça n'y aurait rien changé, de toute façon : Oreo n'allait jamais vers les inconnus, pas avant de les avoir côtoyés quelques heures, ou s'ils avaient des saucisses ou du bacon dans les mains.

Bien sûr, compte tenu de la déception de ces derniers jours, j'aurais dû me douter que ce chien que j'avais depuis plus de deux ans ne ferait pas ce qu'on attendait de lui. Il n'a pas fallu longtemps à Evan pour le tirer de sa cachette et l'installer joyeusement sur ses genoux. Je pensais qu'il n'avait un don qu'avec les filles. Il fallait croire qu'il en avait aussi un avec les chiens.

– Alors tu voulais parler ?

J'ai croisé les bras en m'efforçant de poser les yeux n'importe où, sauf sur le superbe garçon devant moi et mon traître de chien. Dans mon ventre, les papillons se sont affolés. Ma bouche s'est ouverte et refermée, sans que rien n'en sorte. Non que je n'aie rien à dire, mais j'étais distraite. Encore une fois.

Ce n'était vraiment pas juste. Surfeur, Evan avait le corps d'un sportif avec tout ce qu'il fallait où il fallait. Mais était-il obligé en plus d'avoir les yeux de l'âme, genre « je comprends et je ressens ta douleur » ? J'ai toujours eu un faible pour les yeux gris foncé.

Toute ma confiance s'est évanouie. J'ai détourné la tête pour diminuer le pouvoir de ses yeux.

– OK, alors j'ai réfléchi à ce que tu as dit après le déjeuner, et je pense que tu avais tort. À propos de la rumeur et tout ça. Parce que même si tout le monde oublie, ça n'y changera rien. Le mal aura déjà été fait. Les souvenirs ne sont jamais totalement oubliés. La seule solution, c'est donc d'altérer ces souvenirs, de les changer en quelque chose dont on ne veut pas que ce soit oublié. Tu vois ce que je veux dire ?

Au regard vide qu'il affichait, il était évident qu'il n'en avait pas la moindre idée.

– Toi oui ?

Pour être honnête, je n'étais pas vraiment sûre, pourtant j'ai entrepris de m'expliquer :

– Ce que je veux dire, c'est qu'à mon avis, on devrait juste faire avec.

– C'est-à-dire ?

J'ai laissé échapper un profond soupir. C'était maintenant ou jamais.

– C'est-à-dire qu'on devrait commencer à sortir ensemble. Qu'est-ce que tu en penses ?

5
EVAN

Qu'est-ce que j'en pensais ? En tout premier lieu, dans l'ordre d'arrivée des réactions, qu'elle était folle. En deuxième... qu'elle était super folle, genre folle-j'ai-reçu-un-coup-sur-la-tête.

J'ai levé une main.

– Attends, pas plus tard qu'hier matin, tu insistais pour qu'on s'ignore et maintenant tu veux qu'on sorte ensemble ? (Sur mes genoux, le chien a lâché un aboiement aigu et planté ses griffes dans mon short.) Ooooh. Tu vois ? Même le chien trouve que c'est une idée stupide.

Taylor a souri et me l'a pris.

– Il s'appelle Oreo et ce n'est pas ce que je voulais dire.

J'ai contemplé les deux oreilles noires de l'animal et son museau blanc.

– Malin, comme nom.

– Merci. Une idée de ma petite sœur.

Elle l'a porté dehors et reposé dans un geste délicat. Planté devant la porte, il nous a regardés une minute ou deux avant de trotter s'allonger sous le soleil de la terrasse, ventre en l'air.

– Et donc, qu'est-ce que tu entendais par cette histoire de sortir ensemble ?

J'ai descendu le regard le long de son corps, découvrant son pyjama à rayures violettes et bleues, fripé et bouffant. Le pantalon était si long qu'il lui couvrait les orteils et faisait pratiquement office de chaussettes.

– Parce que, sans vouloir t'offenser, tu n'es pas exactement mon type, ai-je ajouté avec un clin d'œil.

J'ai vu ses narines se dilater, deux fois, avant de devenir aussi rouges que le reste de son visage. Elle s'est déplacée de l'autre côté du comptoir de la cuisine, de façon à ce que le bas de son corps disparaisse de ma vue.

– Pas de problème, parce que Dieu sait que tu n'es pas mon type non plus.

Aïe. Apparemment, la Reine des Glaces avait des griffes, comme son chien.

– Tu n'as toujours pas répondu à ma question.

Elle s'est appuyée en arrière et mise à observer ses ongles avec une profonde concentration.

– Je voulais juste dire qu'on devrait faire semblant de sortir ensemble.

J'ai porté une main à mon torse et soupiré, feignant le soulagement.

– Merci, mon Dieu ! J'ai cru un instant que tu t'étais souvenue de mon incroyable sex-appeal et que tu avais réalisé que je te plaisais, tout compte fait. Ou que tu étais enceinte et avais décidé d'élever cet enfant correctement. Tu sais, je pense qu'Elizabeth est un joli prénom pour un bébé. On pourrait l'appeler Lizzie. Je suis sorti une fois avec une serveuse qui s'appelait Lizzie. Une fille vraiment adorable.

Son visage tout entier avait viré au violet, à ce stade. Elle s'est penchée en avant. Ses yeux sombres semblaient plus brillants que d'habitude alors qu'elle me fixait méchamment, les mains agrippées au plan de travail pour garder son équilibre.

– Je ne t'aime pas. Et nous n'allons pas avoir de bébé. On n'a même pas eu de relation sexuelle !

– Ah ah, mais tu ne nies pas que tu es sensible à mon sex-appeal.

Sa bouche s'est ouverte en grand et j'ai cru qu'elle allait encore me crier dessus. Au lieu de quoi, elle s'est couvert le visage de ses deux mains et a ri. Un rire sonore et incontrôlable, à la fois profond et aigu, aussi bizarre que ça puisse paraître. Le plus étrange, c'est que ce grelot m'a plu. Il m'a fait sourire.

Elle riait si fort que des larmes ont commencé à lui couler sur les joues, elle avait toutes les peines du monde à recouvrer son souffle. Alarmé, je me suis levé à moitié et j'ai tendu la main vers elle, mais Taylor l'a juste balayée du revers de la sienne et elle a attrapé des serviettes pour s'essuyer le visage. Je n'ai pas pu m'empêcher de sourire en la regardant faire. Elle était si différente de toutes les autres filles que je fréquentais. Visage naturel, simple, la fille normale.

J'ai attendu qu'elle avale un peu de son jus d'orange avant de continuer – pas besoin qu'elle m'asperge de jus et de postillons.

– OK, maintenant que je sais que tu ne vas pas mourir d'une de mes saillies, tu peux m'expliquer ?

– Eh bien, le fait est que tout le monde sait que nous étions ensemble l'autre nuit. Même si rien ne s'est passé, s'est-elle empressée d'ajouter quand j'ai ouvert la bouche, prêt à lâcher un autre jeu de mots sur les aventures d'un soir, personne ne va nous croire. Donc, pour sauver notre réputation à tous les deux, j'ai pensé qu'on pourrait prétendre qu'on sort ensemble depuis le début. Comme ça, ils ne verront pas le mal dans le fait qu'on ait été ensemble à la fête et la nuit suivante.

– Tu parles de réputation ? Sérieusement ? On est au XIXe siècle ou quoi ? Ma machine à remonter le temps a fini par fonctionner ?

À ma grande surprise, elle a ramassé quelques pages agrafées que je n'avais pas remarquées sur le plan de travail et me les a tendues.

– Tout est listé ici, donc ce sera plus facile si tu veux bien le lire.

J'ai feuilleté les pages avec de grands yeux. Cinq pages dactylographiées, s'il vous plaît ! Je répète, cinq pages. Elle plaisantait, ou quoi ? De quoi elle avait besoin de parler qui dure si longtemps ?

– Tu ne laisses rien au hasard, dis donc.

Elle faisait les cent pas.

– Merci.

– Ce n'était pas vraiment un compliment. (J'ai survolé la première page.) Donc tu veux que je signe ce contrat et que je fasse semblant de sortir avec toi pendant les deux prochaines semaines ?

– Ce n'est pas vraiment un contrat officiel.

– Il y a quand même une ligne pour nos signatures.

– Eh bien, c'est plus une formalité, disons, pour qu'on sache tous les deux où on se place dans cette...

relation. (Taylor s'est immobilisée face à moi, les mains aux hanches dans une position défensive.) Allez, ça pourrait nous être utile à tous les deux.

J'ai lâché un rire incrédule.

– Vraiment ? Parce que tout ce que j'entends, c'est toi, toi, toi. Honnêtement, je ne vois pas pourquoi je devrais accepter ça.

– Parce que tu es une personne généreuse et serviable ? (Elle a ricané devant mon expression choquée.) Je suis désolée, je ne le pensais pas. Je ne sais pas à quoi je pensais.

Hum, *touché*. Apparemment, son extérieur doux n'était qu'une façade. Un constat qui m'amenait à me demander quels autres secrets elle cachait au reste du monde.

– Si c'est comme ça que tu comptes me convaincre, je peux te dire tout de suite que tu échoues lamentablement, ai-je ironisé.

– Tu as raison. Je suis désolée. Encore une fois. (Elle a toussé et essayé de prendre un air sérieux. Raté.) Réfléchissons-y de manière rationnelle. Pense au respect que tu gagneras auprès de tes professeurs lorsqu'ils découvriront que tu sors avec moi. Tous les profs de Nathan Wilks m'adorent.

– OK, primo, tu ferais mieux de te calmer, côté ego. Tu n'es pas aussi géniale que tu le penses. Et deuzio, ai-je ajouté plus fort quand elle a ouvert la bouche pour répliquer, les profs m'aiment bien, figure-toi. Je n'ai peut-être pas vingt sur vingt ou je ne sais quelle moyenne dingue que tu as avec tes cours supplémentaires et ta personnalité ultra performante, mais j'ai la moyenne. Au-dessus de la moyenne, en fait, puisque j'ai majoritairement des B.

– Tu mens, on est d'accord ?

– Pourquoi je te mentirais ? Tu n'es pas ma mère.

Elle a eu l'air perplexe.

– Mais comment c'est possible ? J'ai entendu dire que tu séchais la moitié de tes cours. Tu n'étais même pas à l'école aujourd'hui !

– Ne crois pas tout ce que tu entends. Je ne rate qu'un cours sur quatre, à peu près. Et pendant les cours auxquels j'assiste, je suis très exemplaire.

– Juste exemplaire.

– Quoi ?

– Tu es juste « exemplaire » et pas « très exemplaire », a-t-elle corrigé avec un grand sourire. J'imagine que la grammaire ne fait pas partie des matières où tu as un B ?

Pfff. Plus je découvrais le côté sarcastique de Taylor, plus je l'appréciais.

– Je suppose qu'on peut dire ça. Donc, comme je te l'expliquais avant que tu ne m'interrompes grossièrement pour une leçon de grammaire impromptue, je n'ai pas besoin d'être en classe pour comprendre ce qui se passe, ai-je précisé en haussant les épaules.

Je pourrais probablement me faire l'école à la maison moi-même, si je n'avais pas à supporter de voir le visage de Brandon tout le temps.

Taylor continuait à me fixer d'un air incertain, comme si elle ne savait pas si je plaisantais ou non. Ce scepticisme, j'y étais souvent confronté quand les gens découvraient que j'étais un peu plus qu'un play-boy glandeur. Je n'étais pas non plus un intello refoulé, mais je n'avais pas de difficulté particulière à consentir un minimum d'effort sur mon travail scolaire. OK, un peu plus qu'un minimum. Histoire de ne pas provoquer la satisfaction de mon beau-père par des mauvaises notes qui prouveraient qu'il avait raison depuis le début. À savoir que j'étais un bon à rien comme mon père. Même si je ne voyais pas ce qu'il y avait de mal à être un bon à rien, cela dit. C'était mieux que d'être un connard prétentieux comme lui.

Je me suis adossé contre la chaise, tapant le sol avec mon pied gauche.

– Et qu'est-ce que tu as d'autre ?

Elle s'est mordillé la lèvre inférieure une seconde, avant de claquer des doigts.

– Et l'université ? Je pourrais t'aider avec tes candidatures pour l'université. C'est un peu tard pour s'inscrire, mais avec mon appui, tu pourrais toujours intégrer l'école que tu veux.

– N'importe laquelle ?

– N'importe laquelle... dans la limite du raisonnable.

Avec un sourire ironique, je lui ai adressé un pouce baissé.

– Désolé, aussi attrayant que ça puisse paraître, ça ne va pas marcher. Je me fiche de l'université.

Ses yeux se sont arrondis sous l'effet du choc.

– Comment peut-on s'en ficher de l'université ?

– Je ne sais pas. Ça me semble trop loin.

– Euh... on est à la moitié de notre année de terminale. Il ne reste presque plus de temps.

– On n'est même pas en février. On a tout le temps. Et puis, je ne pense pas que l'université, ce soit pour moi, alors pourquoi s'embêter ?

Je mentais. J'avais envisagé plusieurs fois l'université. Mais je n'étais toujours pas sûr de ce que j'allais faire. Intégrer une université me permettrait de partir de chez moi et m'éloignerait de Brandon, mais ne pas y aller le rendrait furieux. Objectif auquel j'avais déjà consacré des années.

C'était une décision difficile à prendre.

En faisant tourner son verre vide dans sa main, Taylor a rayé deux ou trois items sur la liste à côté d'elle. Après un rapide coup d'œil vers moi, elle en a rayé quelques-uns de plus en fronçant les sourcils, avant de froisser entièrement la première feuille.

– Non, ça ne serait pas... non... et si...

J'étais assez curieux de voir quelles autres raisons elle avait notées là-dessus.

Enfin, elle a laissé échapper un soupir.

– Bon, c'est un peu tiré par les cheveux, mais tu n'en as pas marre que les filles se jettent sur toi tout le temps ?

J'ai éclaté de rire.

– Tu t'attends vraiment à ce que je réponde à cette question ?

Elle a eu l'air un peu hésitante, mais elle a quand même continué.

– Sérieusement, tu as sans doute en permanence un chapelet de filles à tes basques. Et bien sûr, c'est amusant au début. Le sexe à volonté et tout ça. Mais au bout d'un moment, ça doit être usant. Chaque fille devient identique à la précédente. Des conquêtes sans visage et des partenaires de lit. (Ses lèvres se sont pincées et elle m'a jeté un regard de pitié.) Quand est-ce que tu as du temps pour toi, avec tout ça ? Quand est-ce qu'on te traite comme une personne au lieu d'un morceau de viande ? Quand est-ce que tu peux être juste Evan ?

Elle plaisantait, là ? Je ravalai mon rire et m'efforçai de garder un visage impassible.

– Et donc, selon toi, comment je devrais gérer ce problème ?

Son visage s'est éclairé, comme si ma question était un feu vert, un encouragement.

– Eh bien, si tu avais une petite amie stable, tu n'aurais plus à te soucier de toutes les autres filles. Quelqu'un qui pourrait te servir de bouclier, de défense contre les séances de drague permanentes.

Nous y voilà.

– Et ce quelqu'un, ce serait toi.

– Disons que je suis disponible et disposée à te rendre ce service.

À ses mots, je n'ai pas pu m'empêcher de la jauger à nouveau de la tête aux pieds. En prenant tout mon temps, cette fois. Au bout du compte, c'était peut-être une idée. Même si Taylor était plus mignonne que sexy, elle avait quelque chose. Pour une raison qui m'échappait, j'étais attiré par elle. Peut-être Aaron avait-il raison. Elle était une Reine des Glaces, intouchable, et j'étais curieux de savoir jusqu'où je devrais aller pour la faire fondre.

Remarquant enfin où mes yeux se posaient, elle a claqué des doigts devant mon visage, avant de croiser les bras pour se couvrir la poitrine.

– Pas de cette façon, alors ne va pas te faire de fausses idées.

– Dommage. J'étais en train de me dire que les choses pourraient devenir assez intéressantes.

Et il n'en a pas fallu davantage pour qu'elle rougisse de nouveau. Dieu, ce que c'était amusant. Tout sourire, j'ai repassé le document en revue.

– OK, admettons que je l'envisage. Il est dit ici que tant qu'on est tenus par cet accord, je ne peux pas « sortir ou avoir des interactions inappropriées avec le sexe opposé », sauf approbation de ta part, ai-je repris, incapable de masquer l'amusement dans ma voix. C'est une façon détournée de dire que je ne peux pas te tromper ?

Taylor s'est éloignée de moi pour retourner près du plan de travail, comme si c'était son refuge. D'une main, elle tapotait son stylo bleu contre le comptoir, tandis que de l'autre, elle suivait le contour des fleurs et des feuilles gravées sur la bordure en bois.

– Bien sûr. Je veux dire, ça ne ferait que provoquer plus de ragots. (*Clic. Clic.*) Or le but de cet arrangement est justement de les atténuer. Je promets la même chose. C'est une demande totalement raisonnable.

Bien sûr, c'était une demande raisonnable. Pour elle. Si j'acceptais ses conditions, je me retrouverais à passer les prochaines semaines dans ma version personnelle de l'enfer. Elle était folle si elle s'attendait à ce que je vive comme un moine. J'ai lâché les papiers sur le plan de travail, sans même prendre la peine de les rattraper lorsqu'ils ont voleté par-dessus bord.

– Et à la fin, il se passe quoi ? Une fois que les gens auront arrêté de parler sur nous et que notre réputation sera restaurée ?

– Alors on se séparera. On dira qu'on a décidé qu'on est trop différents et qu'une séparation à l'amiable est ce qu'il y a de mieux pour tout le monde, a-t-elle récité, comme si on évoluait dans un feuilleton type tribunal de divorce.

Elle m'a tendu son stylo, jugeant à l'évidence que sa réponse devait me suffire, en matière d'assurance.

Une rupture à l'amiable ? Ce serait une première. J'avais eu des tonnes de ruptures dans ma vie et aucune n'avait été à l'amiable. La plus civile avait été celle où la fille m'avait jeté un verre dessus, dans le jacuzzi de ses parents. Avec le recul, j'aurais vraiment dû m'habiller avant de mentionner que je voyais d'autres personnes. Elle avait failli me couper des choses qui m'auraient vraiment, vraiment fait mal.

J'ai décapuchonné et recapuchonné le stylo pour la faire bisquer.

– Hmm.

Elle a haussé les sourcils, ce qui a eu pour effet d'allonger son visage.

– Hmm ? Ça veut dire quoi, « hmm » ?

– Ça veut dire que je vais devoir y réfléchir d'abord.

– Tu... (Elle en est restée comme deux ronds de flan.) Qu'est-ce qu'il y a à réfléchir ? Et combien de temps ça va te prendre ?

J'ai lutté pour ne pas montrer mon fichu sourire et je me suis levé. Elle aurait flippé comme jamais, si elle avait vu à quel point ça m'amusait. Mais je ne pouvais pas la prendre au sérieux. Elle déconnait, forcément. Un contrat ?

– Je ne sais pas. Je veux dire, tu parles de me retirer du marché pour Dieu sait combien de temps, là. (J'ai secoué la tête avec un froncement de sourcils exagéré et je lui ai tendu son stylo.) C'est une décision vachement importante.

– Mais...

– Mais je te ferai savoir quand je serai décidé.

Sur une impulsion, je me suis penché et je l'ai embrassée sur le front. Juste à l'endroit où une veine pulsait comme une folle.

– Ne t'inquiète pas, je ne pense pas que ça prendra trop longtemps.

6
EVAN

Je l'ai fait attendre trois jours. Comme Jésus, avant de ressusciter. Enfin, à peine trois jours. Elle m'avait donné le contrat le mardi matin et, dès le jeudi après-midi, elle a commencé à me pister. Me traquer, je dirais même, comme un chasseur de primes.

Le troisième jour, j'étais en retard – comme d'habitude –, donc je ne m'attendais pas à la voir avant le déjeuner. Cinq minutes après avoir garé la voiture et atteint mon casier, j'ai vu Taylor surgir comme le « fantôme des Noël passés » dans Dickens.

– Tu t'es décidé ?

Ma main a retiré le cadenas, mais n'a pas ouvert le casier. J'ai jeté un coup d'œil suspicieux à droite et à gauche dans le couloir, avant de me retourner. Elle avait des cernes sous les yeux, assortis à ses iris sombres et à son air renfrogné.

– Tu as placé une caméra de surveillance sur moi ou quoi ? Comment tu as su que j'étais ici ?

Elle grattait la lanière de son sac de la pointe des ongles, les yeux baissés vers ses pieds.

– Pas du tout. Je me rendais au bureau et je t'ai vu par hasard.

– Ben voyons.

J'ai souri de voir son froncement de sourcils et j'ai ouvert mon casier. Quelques messages en sont tombés, tous couverts d'une écriture soignée et de points d'exclamation.

– Je vois que tu as eu une matinée chargée, ai-je commenté.

Clignant rapidement des yeux, Taylor m'a arraché les messages des mains et les a fourrés dans son sac.

– Une erreur de jugement passagère. Tu ne répondais pas à mes textos, alors je me suis dit que je devais attirer ton attention d'une autre manière.

En la regardant se balancer d'avant en arrière sur ses talons, je me suis demandé comment on avait pu la surnommer la Reine des Glaces : cette fille était une vraie tornade d'émotions. Sous stéroïdes.

– Mission accomplie, ai-je répliqué. Écoute, je sais que tu es anxieuse et pressée, mais je suis sûr que ton attitude pourrait être considérée comme du harcèlement. Il faut que je mette une ordonnance restrictive sur toi ou quelque chose comme ça ?

C'était une blague, pourtant son regard est aussitôt retombé sur ses pieds. Elle avait l'air vulnérable comme pas possible.

– Bon Dieu, tu as raison. Punaise, qu'est-ce qui ne va pas chez moi ? C'est tellement stupide. Toute cette histoire. Oublie... oublie tout ça.

Mon sourire s'est effacé. Je lui ai donné une petite tape sur l'épaule.

– Non, mais, je n'ai pas... je veux dire, oui, c'est assez bête, mais c'est, euh...

Je ne savais pas ce que j'essayais de dire. Je ne voulais pas qu'elle éclate en sanglots, voilà. Je déteste quand les filles pleurent.

Les yeux toujours baissés, elle s'est mordu la lèvre inférieure comme une gamine à qui on viendrait d'annoncer qu'elle n'aura plus jamais de dessert.

– Je ferais mieux de filer.

Je l'ai attrapée par le bras avant qu'elle puisse s'éloigner.

– Je ne voulais pas...

Un groupe de filles est passé devant nous et, automatiquement, j'ai levé mon autre main pour les saluer. Deux d'entre elles m'ont adressé un timide sourire, avant de tourner les yeux vers Taylor. Et là, leur sourire s'est élargi, sauf que cette fois, c'était manifestement hypocrite.

– Tu penses pouvoir venir à la réunion du Club des meilleurs élèves, ce week-end, Taylor ? lui a demandé une petite Asiatique, en clignant des paupières d'un air faussement innocent. Je sais à quel point tu es occupée ces jours-ci, alors je serais ravie d'animer la réunion à ta place.

Taylor a dégluti et redressé les épaules. Son menton s'est relevé pour donner l'impression qu'elle regardait les autres filles de haut, même si la plupart d'entre elles étaient de sa taille.

– Je serai là, mais merci de proposer, Lin. Peut-être que si tu étais plus attentive à tes cours qu'à ma vie sociale, tu serais passée présidente du Club au lieu d'en être simplement secrétaire.

Et sur un jeté de cheveux par-dessus son épaule, Taylor s'est détournée du groupe comme pour leur signifier leur renvoi.

Lin a considéré son dos pendant quelques secondes, bouche bée, avant de s'éloigner avec ses copines.

Admiratif, je me suis mis à applaudir lentement Taylor.

– Bien joué.

Elle a laissé échapper un soupir hésitant et a haussé les épaules.

– Je peux gérer quelques pestes. Donc ne t'inquiète pas pour moi. Je dois aller en cours.

– Taylor...

J'ai poussé un soupir sonore et me suis cogné le front contre mon casier après son départ. Ben voilà, elle venait de me priver de tout le plaisir que je trouvais à me moquer un peu d'elle. Où était passée la mitraillette à sarcasmes qui était là, quelques secondes plus tôt ? Je l'aurais carrément préférée furax et m'aboyant dessus plutôt que triste et vaincue.

Une main s'est abattue contre le casier à côté de moi, me faisant sursauter.

– Mec, qu'est-ce que tu as fait à ta nouvelle copine ? Ne me dis pas que tu l'as déjà jetée sur le trottoir ?

J'ai tiré sur mes oreilles pour qu'elles arrêtent de siffler.

– Non, faudrait d'abord qu'il y ait eu quelque chose entre nous, pour que je la jette.

Aaron a grimacé.

– Aïe. Donc tu vas juste faire comme si rien ne s'était passé ? Merde, c'est dur, mec. Même venant de toi. Pas étonnant que la Reine des Glaces ait eu l'air en larmes quand je suis passé devant elle.

– Elle s'appelle… (Je me suis interrompu et tourné pour le dévisager.) Attends, elle pleurait vraiment ?

Il s'est frotté le menton.

– Je ne sais pas. Je veux dire, elle avait la tête baissée, donc peut-être, oui… Je me sens mal pour elle, quand même. Y a des tas de gens qui la détestent, là, dit-il en haussant les épaules.

– Vraiment ?

Je n'avais rien entendu. Mais bon, je n'avais jamais prêté attention aux qu'en-dira-t'on. J'ai repensé aux deux derniers jours. Aux abrutis à la cafétéria et aux petites prétentieuses, à l'instant. C'était peut-être ça, la véritable raison de la requête de Taylor. C'était pour ça aussi qu'elle insistait autant auprès de moi. Je n'avais pas vraiment compris ce qu'elle entendait par là quand elle avait dit vouloir sauver sa « réputation », mais peut-être que j'aurais dû lui poser la question, au lieu de me moquer d'elle.

– Ouais, mais tu sais comment peuvent être les filles parfois. Émotives et garces. Surtout entre elles. C'est probablement une bonne chose que tu l'envoies promener alors, non ? Juste au cas où elle deviendrait folle de toi. (Son rire tonitruant a retenti dans le couloir.) Tu viens d'esquiver une balle, là. Crois-moi, avoir une vraie petite amie, c'est compliqué.

Je n'ai pas réussi à rire avec Aaron. Bon sang, j'arrivais tout juste à me concentrer sur ce qu'il me disait. Tout ce que je voyais, c'était le visage déçu de Taylor. Ses grands yeux marron pleins de tristesse, qui scintillaient comme la mer sous la lune, et ses épaules basses qui lui donnaient un air de petite fille vulnérable.

– Tu as entendu autre chose ?

Aaron a haussé les épaules, l'air d'hésiter.

– Ça discutait aussi dans les vestiaires, tout à l'heure, genre qui serait le prochain à la mettre dans son lit, mais tu sais comment ils sont, ces salauds. C'est à cause de ça que je ne veux pas faire officiellement partie de l'équipe. Passer trop de temps avec eux, ça tuerait mon amour du football. Et de la vie.

J'ai serré les poings contre mes flancs à l'idée que ces connards se moquent de Taylor.

– Faut qu'on y aille.

– On va où ?

J'ai passé mon bras autour de son épaule et je l'ai entraîné dans le couloir.

– Aux vestiaires, discuter avec des idiots et leur botter le cul. Tu vas me dire exactement qui a dit quoi.

– D'accord, espèce de folle, je vais le faire.

Même si j'avais pris ma décision au moment où Aaron m'avait informé de ce qui se passait, je n'arrivais toujours pas à en revenir des mots qui sortaient de ma bouche.

Taylor m'a d'abord dévisagé, puis elle a parcouru la pièce du regard, comme si elle n'était pas sûre que ce soit bien réel. Que je me tenais réellement devant sa porte. Elle avait des miettes de cookies partout sur les lèvres, Oreo remuait la queue en courant autour de nos pieds.

– Euh... quoi ?

Je l'ai poussée pour entrer et j'ai sorti son fichu contrat de ma poche arrière.

– J'ai dit oui : je serai ton petit ami.

Ses yeux marron se sont arrondis sous l'effet du choc.

– C'est vrai ? Je veux dire, sérieusement ? Tu acceptes ?

Bon Dieu, combien de fois allait-elle me le faire répéter ?

J'ai griffonné ma signature en grand sur la ligne du bas, avant de lui remettre la liasse.

– Ouais.

Je n'ai pas pu m'empêcher de glousser devant l'expression médusée de son visage et la façon dont elle a serré les feuilles comme si j'allais les lui reprendre. Rien que pour ce spectacle, ma décision ridicule valait presque la peine. Presque.

– Je pensais que tu serais extatique de savoir que tu as finalement obtenu ce que tu voulais.

– Je le suis, mais... (Taylor a fixé les papiers entre ses mains.) Je ne pensais pas vraiment que tu accepterais.

Pour être honnête, je ne le pensais pas non plus. Mais bon, je n'avais rien de mieux à faire pour le moment – ou plutôt, personne de mieux avec qui sortir –, donc je ne perdais rien. De plus, j'éprouvais de la compassion pour Taylor. Et un féroce besoin de la protéger. Comme je l'avais dit aux autres abrutis dans les vestiaires, ils n'avaient pas intérêt à lui chercher des noises. À moins de vouloir en subir les conséquences. Il a suffi de quelques coups de poing contre un casier vide pour qu'ils comprennent que j'étais sérieux.

J'ai frotté mes articulations douloureuses contre ma paume.

– Qui sait ? Ce sera peut-être amusant.

– Amusant ? elle a répété lentement, comme si elle n'avait jamais entendu ce mot.

Je me suis appuyé contre le cadre de la porte ouverte, puisqu'elle ne m'avait pas exactement invité à entrer.

– Ouais, amusant. C'est ce que le dictionnaire décrit comme une façon de rendre la vie agréable. Par exemple, si je voulais m'amuser, j'irais à la plage, alors que ton idée de l'amusement serait plutôt de passer tout le week-end à la bibliothèque à tailler tes crayons et à plastifier tes devoirs.

Une lueur est apparue dans ses yeux. Elle a imité ma posture, adossée contre le mur face à la porte.

– Mais maintenant qu'on sort ensemble, ça veut dire que tu vas devoir venir à la bibliothèque avec moi.

Je commençais à aimer la façon dont elle changeait de personnalité aussi rapidement. Bon sang, j'étais peut-être vraiment en train de devenir fou.

– Pourquoi ?

– C'est écrit là, en tout petit. (Elle a agité le papier devant mon visage avant de le fourrer dans sa poche arrière.) Tu aurais dû le lire avant de signer. Personne ne t'a appris ça ? Que ça te serve de leçon pour l'avenir.

Je l'ai regardée d'un air dubitatif, mais son visage est resté imperturbable. Juste un peu plus rayonnant : elle jubilait.

– Tu bluffes.

– Peut-être. Peut-être pas.

Hmm. Si on se lançait là-dedans, j'allais devoir lui faire comprendre qui était le patron.

Je me suis penché vers elle. Ma main gauche a brossé les miettes restantes sur ses lèvres charnues, avant de se poser sur le papier peint à côté de sa taille pour qu'elle soit prisonnière de mes bras. Un soupçon de panique a traversé son visage, mais elle a continué à soutenir mon regard, sans broncher ni s'écarter. Pas même quand je me suis penché de façon à ce que ma bouche soit juste à côté de son oreille. Je l'ai laissée prendre une profonde inspiration avant de murmurer :

– Alors je vais avoir besoin d'une copie de ce contrat.

Taylor a laissé échapper un autre soupir, puis elle a tourné la tête pour me faire face. Ses paupières étaient baissées, je ne voyais que ses cils. Comme attirés l'un vers l'autre par une force invisible, nos corps se sont rapprochés jusqu'à ce que ses lèvres ne soient plus qu'à un centimètre des miennes. Elle a touché mon torse et j'ai senti la chaleur de sa main à travers mon tee-shirt, ce qui a causé une tension générale dans tout mon corps. L'espace d'une fraction de seconde, j'ai baissé les yeux vers sa bouche, avant de les relever.

Juste avant que je n'incline la tête pour l'embrasser, Taylor m'a souri. Une lueur triomphale dans les yeux.

– Je t'en donnerai une copie ce week-end, quand tu me rejoindras pour notre rendez-vous de travail.

Avant que je puisse répliquer ou faire quoi que ce soit, elle a posé son autre main sur mon torse et m'a repoussé.

Même si j'étais encore bouillant et agacé par ses taquineries, je n'ai pas pu m'empêcher de glousser en reprenant la porte.

– Tu sais que ça va probablement se retourner contre toi.

– Comment ?

– Tu pourrais tomber amoureuse de moi et ne plus vouloir me lâcher, au bout du compte.

Taylor a ricané.

– Ouais, fais-moi savoir quand tu auras fini de rêver.

– On va devoir attendre pour voir ce qui se passe. Je te préviens juste. Ça pourrait arriver. À demain, alors, chérie, ai-je conclu avec un clin d'œil.

7

TAYLOR

Malgré les prévisions météo qui annonçaient une température moyenne, environ quinze degrés, ce matin, j'ai quand même enfilé des bottes, un manteau et une écharpe. Je m'étais fait avoir trop souvent par les prévisions pour prendre le risque.

Et bien sûr, je n'étais pas parvenue à mi-chemin de l'arrêt de bus que je ne sentais déjà plus mes doigts. Quinze degrés, mes fesses. Il devait faire au plus sept, huit degrés si on tenait compte du vent. Si ce temps fou n'était pas un signe du dérèglement climatique, je ne savais pas ce que c'était.

Un bâillement sonore m'a échappé, déchirant l'air calme du matin. J'avais à peine dormi, Carly m'ayant gardée au téléphone pratiquement toute la nuit. Après le départ d'Evan, j'étais restée frappée d'incrédulité un si long moment que je n'avais appelé Carly pour lui annoncer ma nouvelle relation qu'après le dîner. Mes oreilles sifflaient encore de ses cris et de ses applaudissements. Je vous jure, je ne l'avais pas vue aussi excitée depuis qu'on s'était faufilées dans les coulisses de la comédie musicale *Wicked* l'année précédente.

Je faisais toujours les cent pas autour du banc en resserrant mon écharpe rouge autour de mon cou quand un moteur a rugi en bas de la rue. On aurait dit un gros camion, mais il s'agissait en fait d'un vieux tacot gris-vert, plutôt petit, qui s'est arrêté à côté de moi. Et après un claquement sourd, on a coupé le moteur. La vitre côté conducteur s'est baissée et une tête blonde ébouriffée en est sortie.

– Allez, monte, je te conduis à l'école.

Evan.

Je savais qu'il me parlait à moi et pas aux deux vieilles dames derrière nous, pourtant j'ai quand même dû jeter un coup d'œil par-dessus mon épaule pour vérifier. Parler avec lui, ça faisait bizarre. C'était bizarre. Comme si ce n'était pas réel.

J'ai enfoncé les mains dans mes poches et repris mes va-et-vient.

– C'est bon. J'aime bien le bus.

Lorsqu'il est devenu évident que je n'allais pas changer d'avis et sauter dans son tacot, Evan a laissé échapper un soupir, remonté sa vitre et il est sorti de la voiture. Malgré le froid, il ne portait qu'un tee-shirt bleu, un jean et un sweat à capuche, gris foncé et blanc.

En quelques secondes, il était à mes côtés, les mains dans les poches. Et on arpentait le trottoir. Peu importe si je marchais lentement ou rapidement, il ajustait son rythme.

– On va faire comme si on ne se connaissait pas ?

Je lui ai jeté un regard en coin.

– Bien sûr que non. On se connaît.

– Ouais. D'ailleurs, c'est dommage qu'on ne se rappelle pas exactement à quel point.

J'ai senti mes joues s'enflammer. Pour aggraver les choses, le vent portait sa voix, et j'étais sûre que tout le monde à l'arrêt de bus s'était tu. Evan a continué comme s'il n'avait pas remarqué les deux vieilles curieuses qui épiaient notre conversation, de toute évidence.

– Donc on est censés être juste « sympas » quand on a un public, ou est-ce qu'on peut au moins être amis ? De vrais amis ?

– On est amis.

Le mot sonnait comme un mot fantasque sur ma langue. Comme « baragouiner ». Ou « emberlificoter ». J'ai secoué la tête et j'ai réessayé en accentuant chaque syllabe.

– Vraiment amis.

Evan m'a touché le poignet pour m'inciter à m'arrêter.

– OK, alors en tant qu'amis, on devrait aller à l'école ensemble. Allez, j'ai dit que je t'emmenais.

Malgré toutes les couches que je portais, il a réussi à trouver la minuscule bande de peau dénudée entre mes moufles et mon manteau. Je ne sais pas si c'était un hasard ou un de ses nombreux talents, mais j'ai senti la chaleur irradier du bout de ses doigts. Comment diable faisait-il pour rester aussi chaud avec si peu de vêtements ?

– Et j'ai répondu : « non merci ».

À ce stade, les deux vieilles fouines nous reluquaient sans se cacher. J'ai résisté à l'envie de leur faire signe de détourner au moins les yeux, préférant baisser la voix.

– Il me semble te l'avoir dit, j'aime bien le bus. Ça me donne le temps de... réfléchir.

À ma surprise, Evan a éclaté de rire, comme si je venais de lui raconter la plus drôle des blagues, et il m'a enlacée, serrée, d'un bras. Choquée par sa proximité, j'ai cligné des yeux et suis restée immobile tandis que son souffle me chatouillait l'oreille.

– Bon Dieu, tu es têtue, a-t-il marmonné entre ses dents brillantes. Tu as oublié qu'on est censés sortir ensemble, maintenant ? De quoi j'aurais l'air si je laissais ma « petite amie » prendre le bus alors que j'ai une voiture parfaitement en état et confortable à sa disposition ?

Ah oui... Beurk. Par-dessus son épaule, j'ai jeté un coup d'œil à la voiture susmentionnée et j'ai grimacé en voyant les taches de rouille partout sur la portière côté passager.

– Tu es sûr de connaître la définition de « confortable » ?

– Allez, tu réfléchiras dans la voiture. Je ne peux pas te laisser arriver en retard en classe, maintenant.

Il m'a lâchée, mais pas avant de m'avoir donné une tape à l'arrière du crâne.

Aïe ! J'ai jeté un regard noir à son dos et me suis frotté la tête pendant qu'il s'éloignait. Ça ne m'avait pas fait très mal, parce que mon bonnet en tricot avait amorti la claque, mais ça aurait pu. J'ai croisé les bras et suis restée là où j'étais.

Evan n'est pas monté dans la voiture. Non, il s'est mis à sauter sur place en se frottant les mains l'une contre l'autre, soufflant dessus pour se réchauffer pendant qu'il attendait. Mon agacement face à son arrogance s'est lentement estompé. Il faisait des efforts. Et c'était gentil de sa part d'avoir pensé à me conduire à l'école. D'autant qu'il n'était vraiment pas obligé. On aurait pu commencer notre jeu de rôle en arrivant au lycée.

Malgré son extérieur miteux, l'intérieur de la voiture était effectivement confortable. Et propre, aussi. Je devais lui accorder ça. Les sièges gris m'ont enveloppée dans leurs coussins. Ça m'a rappelé le canapé de papa, dans le bureau. Un peu bosselé, comme s'il avait été fait maison. Pas joli à regarder, mais doux au toucher. Du moins à mon toucher.

Et il faisait chaud. Comme si, en entrant dans l'habitacle, je m'étais glissée dans un feu. Tout mon corps me picotait à cause du brusque changement de température, mais ça ne me dérangeait pas. J'ai fourré mon sac sous le siège, de manière à ce que seuls le haut et les bretelles en dépassent. Puis j'ai enlevé mes vêtements couche après couche en soupirant d'aise.

Pour une si petite voiture, les sièges étaient anormalement larges. Mes jambes dépassaient bizarrement, comme un enfant aux genoux cagneux qui n'arrivait pas à atteindre le sol. Un coup d'œil dans le rétroviseur m'a tiré une grimace. Mes cheveux les plus courts dépassaient de ma tresse coincée sous mon bonnet. J'ai essayé de les lisser pendant quelques secondes, avant d'abandonner. Ils se redressaient chaque fois comme les épines d'un buisson. Au moins, je n'avais pas à m'inquiéter qu'Evan essaie de me séduire. Passez-moi une sucette et j'aurais eu l'air de fréquenter l'école primaire.

Ouais, bon. J'ai replié une jambe sous moi et posé l'autre sur mon sac.

– Tiens, on pourrait utiliser ce laps de temps pour apprendre à se connaître, si tu veux.

– Ça a l'air génial.

J'adore le sarcasme. J'ai tambouriné des doigts contre ma cuisse.

– Il va être assez difficile de convaincre les gens qu'on sort ensemble si on ne sait presque rien l'un de l'autre.

Le côté droit de sa bouche s'est retroussé.

– C'est comme ça que fonctionnent la plupart de mes relations, mais bien sûr, tu veux faire différemment. Alors qu'est-ce que tu veux savoir ?

Avec lui, je ne savais jamais si je devais me sentir flattée ou insultée.

– Tu as des frères ou des sœurs ? Que font tes parents dans la vie ?

– Je suis fils unique. Ma mère est infirmière.

– Et ton père ?

Son sourire s'est lentement effacé.

– Ma… ma mère est mariée à un médecin. Un anesthésiste.

– Ton père est anesthésiste et tu conduis ce vieux tacot ?

Sa mâchoire s'est crispée et ses doigts ont tapoté sur le klaxon au centre du volant, mais pas assez fort pour le faire klaxonner.

– Tout d'abord, pour ton information, ce n'est pas un vieux tacot. C'est une BMW 325i de 1989.

Je me suis mise à me ronger l'ongle du pouce, troublée par la tension soudaine qui régnait dans la voiture.

– Euh… ça ne veut littéralement rien dire pour moi.

Evan a mis le clignotant à gauche et doublé la voiture gris argent devant nous.

– Deuzio, a-t-il poursuivi comme si je n'avais pas répondu, ce n'est pas mon père. C'est mon beau-père. Grosse différence. Et troisièmement, cette voiture, un modèle classique, appartenait à mon vrai père, alors interdiction de la critiquer. Je n'échangerais Rudy pour rien au monde.

Oh oh.

– Rudy ? j'ai répété bêtement.

– Oui, Rudy.

Aucune explication supplémentaire. J'aurais juré, cependant, qu'il avait rougi avant de détourner la tête. Sujet clos.

– Alors tes parents sont divorcés ?

Pourquoi je ne pouvais pas arrêter de poser les questions les plus stupides qui soient ?

– Oui, et ma mère s'est remariée avec un connard.

J'ai attendu qu'il continue, mais c'était tout. Fin de la discussion. Apparemment, ma question avait tué la conversation plus efficacement qu'une bombe nucléaire. *Boum !*

La tension dans l'air a enflé au point que je me suis sentie réellement suffoquer. Evan n'a pas semblé le remarquer, cependant. Il regardait droit devant lui et continuait à conduire. Sa main droite tenait si fermement le volant que ses jointures en avaient blanchi. Ma curiosité m'incitait à en demander plus, mais mes nerfs m'en empêchaient.

Pourquoi est-ce que je n'ai pas pris le bus ?

Il a accéléré, zigzaguant entre les voitures au lieu de ralentir, à mesure qu'on approchait du pont de la Highway 8. Nerveuse, je tripotais la boucle de ma ceinture de sécurité pour m'assurer qu'elle était bien fixée. Je souffrais d'acrophobie sévère. Même une légère inclinaison du pont suffisait pour que mon ventre se serre de peur. Surtout lorsqu'en plus, je me trouvais enfermée dans une coque de métal lancée à grande vitesse.

– Mes parents aussi sont divorcés, ai-je lâché pour nous distraire tous les deux.

Ça a marché. Un petit grincement a accompagné le relâchement – léger – de l'accélérateur. Je sentais son regard sur moi, mais je n'ai pas levé les yeux. J'avais assez à faire à me concentrer sur l'abaissement de mon rythme cardiaque.

– Ton beau-père est un abruti, lui aussi ?

J'ai tapoté l'index contre la couche écaillée qui teintait le carreau, les yeux fixés sur le petit parc à canidés de l'autre côté de la rue. Des chiens jouant à la baballe et faisant rouler des monticules verts parsemés de fleurs jaunes filaient par la vitre.

– Non, il est génial. Le titre d'abruti reviendrait plutôt à mon vrai père.

– Ah bon ?

– Ouais.

On s'est tus à nouveau. N'ayant rien d'autre à faire, j'ai entrepris d'arranger les boîtiers de CD entassés dans le vide-poches dans la portière. Je les ai tournés et empilés soigneusement pour que tous les titres soient dans le même sens. Enfin, j'ai levé les yeux et noté un froncement de sourcils confus sur le beau visage d'Evan. Je voyais quasiment les rouages tourner dans sa tête alors qu'il cherchait un moyen subtil de me questionner sur mon père sans avoir l'air trop curieux.

– Qu'est-ce qui cloche, chez ton vrai père ?

Au diable la subtilité.

– C'est compliqué.

Je me suis penchée en avant et j'ai passé mon doigt le long du tableau de bord, ramassant la fine couche de poussière qui s'accrochait au plastique. Qu'est-ce qui m'avait pris de lancer ce sujet de conversation ? L'école, les livres, même les magazines cochons qu'il avait dans sa chambre, ç'aurait été mieux. Je détestais parler de papa. Ou même penser à lui. Et à l'autre femme.

– Ne te sens pas obligée de me répondre si tu n'en as pas envie.

Le choix qu'il me laissait m'a donné envie de lui répondre, au contraire. Au moins dans la version courte. Ça et le fait qu'il avait suffisamment ralenti pour que je n'aie plus peur qu'on meure dans un accident de voiture.

– À part tromper ma mère tous les deux mois et oublier qu'il avait deux filles, il était parfait. Un vrai beau parleur qui arrivait toujours à ses fins. (J'ai laissé échapper un petit rire.) Mais il n'était pas professeur d'anglais à l'université pour rien.

Evan a émis un petit sifflement.

– Ouais, décrit comme ça, je lui décernerais le trophée du Meilleur père de l'année, a-t-il convenu. Et il est où maintenant ?

Ma lèvre inférieure commençait à être douloureuse à force de la serrer entre mes dents. Je me suis forcée à arrêter.

– Je ne sais pas et, pour être honnête, je m'en fiche. Le meilleur jour de notre vie, c'est quand il nous a enfin fait la faveur de partir. Enfin, le deuxième meilleur. Le meilleur jour, c'est quand maman a épousé mon beau-père.

– Le ténor du barreau ? (Evan a souri à mon expression de surprise.) Tu as parlé de lui et de tes aspirations le matin où on... enfin, tu sais.

J'ai laissé échapper un profond soupir et j'ai croisé les bras.

– Ah. D'autres questions ?

– Ouais, juste une, a-t-il répondu en me jetant un regard de côté, le nez plissé. Pourquoi tu prends toujours le bus alors que tu as dix-sept ans ? Tu n'as pas le permis[1] ?

Je me suis adossée au siège, pas mécontente que l'interrogatoire sur mon père soit terminé. Sa seule évocation me rappelait les disputes entre mes parents, tous les soirs du début de ma vie. Et les larmes de maman.

– Au sens strict, ça fait deux questions, mais je vais répondre aux deux. Si, j'ai le permis, mais je prends le bus parce que je n'ai pas de voiture. Et je n'ai pas de voiture, parce que j'ai décidé de garder l'argent que mes parents allaient dépenser pour m'en acheter une et de le mettre sur mon compte épargne à la place. Pour m'aider à payer mes frais du quotidien quand j'irai à Columbia.

– Alors tu veux essayer de devenir avocate, toi aussi ?

– Non. Je serai avocate.

Evan a laissé échapper un nouveau sifflement.

– Waouh. Elle *sera* avocate. Heureusement que j'aime les femmes qui ont confiance en elles.

Ce n'était pas seulement de la confiance en moi. Le « si » n'était tout simplement pas une option.

1. Aux États-Unis, on peut passer son permis de conduire dès l'âge de 16 ans. (NdE)

Je devais devenir avocate. J'en rêvais depuis que mon beau-père avait épousé ma mère. Je ne savais même pas ce que je ferais si je n'étais pas acceptée. Je n'avais pas de plan B. Hors de question.

Avec à nouveau des fourmis dans les doigts, je me suis penchée pour tripoter les boutons en plastique de la radio, incapable de trouver une station valable. Ou une station tout court, en fait. La seule chose que j'entendais, c'était des grésillements.

– Et donc toi, c'est sérieux, tu ne vas pas du tout aller à la fac ? Je veux dire, qu'est-ce que tu vas faire du reste de ta vie ?

– Tu essaies de vérifier si je coche tous les critères du bon prétendant ? (Il avait prononcé le dernier mot avec un faux accent snobinard.) Je ne serai pas un pauvre garçon d'écurie, si c'est le sens de ta question.

J'ai ri de l'expression pleine d'espoir qui s'était peinte sur son visage et je me suis reculée, puis j'ai pivoté sur mon siège, afin de lui faire face.

– Crois-moi, tu as un long chemin à parcourir si tu espères répondre à mes exigences.

– Eh bien, c'est une bonne chose que je ne postule pas, alors, a-t-il répliqué avec une tête triste et en agitant les sourcils jusqu'à ce que je rie à nouveau.

Je ne savais pas quoi dire. Tous les gens que je connaissais se préparaient pour l'avenir. Brian hésitait encore entre devenir médecin, comme ses parents le souhaitaient, et journaliste, mais il avait déjà postulé dans tout un tas d'écoles et avait été accepté dans chacune. Et même si Carly allait prendre une année de césure après l'obtention de son diplôme – ce qu'elle n'avait pas encore avoué à ses parents –, elle avait déjà contacté plusieurs théâtres pour du travail en attendant.

L'idée de ne pas savoir quoi faire de sa vie, surtout maintenant, me semblait folle.

Evan avait beau s'agiter d'avant en arrière sur son siège, j'aurais juré qu'il évitait mon regard. Finalement, j'ai dû lui donner une tape sur l'épaule pour qu'il me regarde.

– Je pourrais peut-être t'aider à réfléchir à quelque chose. Une spécialité dans laquelle tu pourrais t'épanouir.

Evan a rigolé.

– Parce que ça fait partie du marché, c'est ça ? Je fais semblant d'être ton petit ami et toi, tu ordonnes ma vie et tu tiens les excitées à l'écart ?

– J'ai juste proposé de t'aider pour tes demandes d'inscription à l'université. Je ne fais aucune promesse au-delà. (J'ai souri quand il s'est mis à rire encore plus fort.) Sérieusement, il y a bien quelque chose qui t'intéresse ?

– Eh bien, j'aime la mer, a-t-il admis après un moment.

– OK, parce que tu es surfeur.

Je m'efforçais de prendre un ton motivant, mais j'ai compris que j'avais échoué lamentablement quand il a ricané.

– Je veux dire, la vraie mer. Les animaux. Les plantes. Tu sais, ces trucs-là. Tu savais que la plupart de la vie sur notre planète se passe sous l'eau ? Ou que la mer est si vaste qu'on en a à peine découvert dix pour cent ? Le reste est intact, jamais exploré.

Je ne pouvais pas m'empêcher de contempler Evan. Non pas parce qu'il était trop beau (car il l'était), mais lorsqu'il a parlé de la mer, son visage s'est empli d'un tel enthousiasme qu'il s'est littéralement illuminé. Il a jeté un coup d'œil dans ma direction et j'ai rougi, me forçant à détourner le regard.

– C'est vraiment cool.

– Ouais, ben, c'est ça que j'aime. J'ai pensé devenir biologiste marin ou quelque chose comme ça. Peut-être.

– Waouh. Biologiste marin ?

Je ne voulais pas paraître aussi médusée mais, à la vérité, je l'étais. Si je ne savais pas quelle réponse j'avais attendue de la part d'Evan, « biologiste marin » ne figurait certainement pas sur la liste. Mannequin de catalogue, là d'accord.

– Je ne pensais pas que tu serais... enfin, pas que tu sois...

– Pourquoi ? J'ai l'air de vouloir devenir comptable ou quoi ?

Evan a abaissé le pare-soleil et fait semblant de recoiffer ses cheveux dans le miroir.

– C'est débile, de toute façon, a-t-il repris. Je doute que ça marche. Je vais sans doute devoir me contenter d'être beau.

– Non, ce que je voulais dire, c'est que je ne connais personne qui veuille faire ça. Tous les autres rêvent de se lancer dans les affaires. Ou de devenir docteur ou dentiste ou...

– Avocat ? (Il a rigolé quand je lui ai donné un coup de poing dans le bras, sans ciller d'un iota.) Comme je te l'ai dit, c'est juste un truc auquel j'ai pensé. Je n'ai pas vraiment décidé quoi que ce soit.

Si ça se trouve, je vais devenir médecin, dentiste ou homme d'affaires comme tout le monde. Mais pas avocat. Bon Dieu, je ne les supporte pas, ces vautours.

Paf ! Je l'ai frappé à nouveau. Plus fort cette fois.

– Bref, tu avais dit que tu n'avais jamais pensé à l'université ou à l'avenir, il me semble, lui ai-je fait remarquer, incapable de réprimer mon sourire moqueur. Que ce n'était pas pour toi.

Evan a souri et secoué la tête en signe de défaite.

– OK, tu as gagné. J'y ai effectivement pensé, mais ça ne veut pas dire que je vais faire quoi que ce soit.

– Je ne vois pas pourquoi. Ça doit être génial, biologiste marin. Je ne sais pas quelles universités proposent cette spécialité mais, à mon avis, le conseiller d'orientation saurait te renseigner.

Il a haussé les épaules, à croire qu'il s'en fichait, et a ralenti.

– Ouais, enfin, comme je l'ai dit, il sera toujours temps de s'inquiéter de ça plus tard. La seule chose dont on doit se soucier maintenant, c'est le bahut, parce qu'on y est.

Il avait raison. On était effectivement devant la cour du lycée. Et en avance, en plus. Aucun des bus n'était encore arrivé. Seuls quelques élèves traînaient sur les marches en attendant leurs camarades.

Evan s'est concentré sur son créneau, comme s'il allait gagner un prix si la voiture était parfaitement droite. Enfin, il a coupé le moteur et s'est tourné vers moi pour me toucher le bras quand j'ai ouvert la portière.

– Attends.

– Quoi ?

Il s'est penché par-dessus mes genoux pour refermer la portière. Pendant quelques secondes, son large torse et ses bras ont été en contact avec mon corps. Et même si on avait au moins quatre couches de vêtements entre nous, j'ai retenu ma respiration, je n'ai pas pu m'en empêcher. Mon cœur battait si fort dans ma poitrine qu'il devait le sentir. Je me suis enfoncée aussi loin que possible dans les coussins.

Evan n'a pas semblé remarquer quoi que ce soit de mon trouble.

– Je pense qu'on devrait y aller ensemble. Genre, marcher main dans la main jusqu'à notre classe. Tu pourrais porter mes livres, m'offrir le déjeuner, enfin tu sais, toutes les choses qu'une petite amie sympa ferait, quoi.

– Ha ha.

Hormis le portage de livres et le déjeuner, c'était une bonne idée, cela dit. Il se prenait vraiment au jeu.

– Oui, je sais, a-t-il répondu comme si j'avais parlé tout haut. Tiens, tu devrais porter ça.

C'était un collier. Avec une vieille pièce en argent de la taille de l'ongle de mon pouce accrochée au bout. Elle avait été tordue avec des pinces ou quelque chose du genre pour prendre une forme étrange, ressemblant vaguement au chiffre huit. Il m'a tendu le bijou pour que je l'examine.

– C'est mon père qui me l'a offert.

J'ai touché la surface lisse de la pièce.

– Je ne le porte même pas à la plage de peur de le perdre, alors tu as intérêt à en prendre soin. Ta vie ne suffira pas pour le remplacer. Tu pourras me le rendre quand tout ça sera fini. (Sans attendre ma réponse, il a fait un mouvement circulaire de l'index dans ma direction.) Retourne-toi.

Je lui ai rendu le collier, mais je n'ai pas bougé.

Evan a laissé échapper un gros soupir en me voyant hésiter.

– Si je voulais te faire quoi que ce soit, je l'aurais fait quand tu étais dans mon lit. Désolé ! s'est-il écrié, détournant vivement la tête quand j'ai tendu les mains pour lui couvrir la bouche. J'avais oublié que je n'étais pas censé mentionner l'« incident ».

Le siège a grincé quand il s'est penché en avant pour me passer la chaîne autour du cou. Il était si près que son souffle me chatouillait la nuque. C'était... agréable, même si mes nerfs crépitaient quasiment comme sous l'effet d'un courant électrique. Puis ses doigts ont été sur mon cou, pleins de douceur, pendant qu'il actionnait soigneusement le fermoir. Ses doigts qui ont ensuite glissé le long de la chaîne et sur ma peau pendant un bref instant. C'était chaud et ça chatouillait. J'ai frissonné malgré moi et, juste comme ça, le contact s'est rompu avant que l'électricité ne puisse s'emballer de trop.

Embarrassée, j'ai attendu qu'il soit réinstallé sur son siège avant de me retourner, dissimulant ma gêne en renfilant mon manteau et mon bonnet.

– Et donc... combien de filles ont vu ce collier ?

Il a regardé par la fenêtre.

– Beaucoup. Mais le plus important, c'est qu'une seule personne à part moi l'a porté. Et c'est toi.

Mon cœur s'est un peu emballé à cette révélation. J'étais surprise qu'il se donne autant de mal juste pour prouver aux gens qu'on sortait ensemble.

Evan m'a ramenée au présent quand il a noué mon écharpe autour de mon cou.

– Prête ?

Je suis sortie brusquement de ma stupeur et, déjà, sa portière était à moitié ouverte. Des gens tournaient autour de la voiture, qui essayaient de zieuter à l'intérieur. Je savais que les vitres étaient teintées, en revanche je ne savais pas s'ils pouvaient me voir. Non que ce soit embêtant, puisque c'était le but, justement.

C'était maintenant ou jamais. J'ai touché la longue chaîne, explorant les petits maillons du bout des doigts. Le métal était frais et étrangement réconfortant autour de mon cou.

– Allez, on y va.

8

TAYLOR

Dire qu'on a causé une certaine agitation serait un euphémisme. Les autres élèves s'arrêtaient sur notre passage alors qu'on déambulait dans le couloir ensemble, main dans la main moite.

Ça me gêne de l'avouer, mais je dois admettre que la main moite était la mienne. J'avais déjà affronté une foule, seulement c'était plutôt lors de cérémonies de remise de prix, où les gens me prêtaient à peine attention. Ils étaient juste ravis de rater une heure de cours.

Alors que là, tout le monde était hyper attentif. Même si une partie de l'attention était due au fait qu'ils n'avaient jamais vu Evan arriver en avance au bahut.

C'est comme le rêve où tu débarques à l'école toute nue, sauf que je ne l'étais pas. Nue. J'ai été jusqu'à vérifier que mon jean était bien boutonné. Oui, la braguette était fermée. J'ai baissé la tête et, intimidée, j'ai relevé ma frange de devant mes yeux, pour réaliser que la main d'Evan tenait toujours la mienne. Les joues en feu, j'ai laissé retomber nos mains comme une patate chaude.

Evan, cependant, n'a même pas sourcillé devant ma maladresse. Mieux, il l'a exploitée au maximum. Il a lâché ma paume humide pour écarter lui-même la frange qui me balayait les yeux. Il a même glissé une mèche derrière mes oreilles avant de se pencher pour m'embrasser sur la joue. On aurait pu croire que le rôle du petit ami tenait de la routine pour lui.

Quelqu'un a poussé un cri derrière nous.

Il a souri contre mon visage avant de me reprendre la main. Ses yeux pétillaient d'amusement. J'aurais ri avec lui si je n'avais pas été aussi nerveuse.

Et puis, comme ça, soudain je ne l'étais plus. Surtout quand sa main, qui était auparavant sur ma taille, est descendue plus bas. Beaucoup plus bas.

Je lui ai lancé un regard furieux.

– Qu'est-ce que tu fais ? j'ai sifflé.

– Je vérifie où sont nos limites. (Sa main est remontée jusqu'à mes épaules et il m'a serrée contre lui en étouffant un rire.) OK, bien noté.

La foule a avancé avec nous jusqu'à ce qu'on arrive devant les casiers. Evan m'a lâchée et s'est agenouillé pour ouvrir le sien. J'en ai profité pour essuyer mes mains sur mon jean. Tout ce dont j'avais besoin se trouvait déjà dans mon sac, alors j'ai essayé de prendre l'air décontracté pendant que j'attendais. Comme s'il n'y avait pas une bande d'élèves qui nous examinaient sous toutes les coutures comme des bêtes de cirque. « Une occasion unique dans une vie ! Venez admirer l'intello et le dieu du sexe ! »

La seule personne qui était plus naturelle qu'Evan, c'était Carly. Ses talents d'actrice lui ont été très utiles, en l'occurrence.

– Salut, débauché repenti, a-t-elle lancé avec un clin d'œil dans ma direction, avant de taper dans la main d'Evan.

Sans la moindre hésitation, il l'a enlacée d'un bras, comme s'il retrouvait en elle une vieille amie. J'ai remarqué qu'elle s'est appuyée contre son épaule musclée quelques secondes de plus que nécessaire, néanmoins.

– Débauché repenti ? a-t-il répété, l'air perplexe. Qu'est-ce que ça veut dire ?

Je me suis empourprée et j'ai agité les deux mains.

– Ne t'inquiète pas pour ça. Elle est folle.

À cet instant précis, M. Peters est passé devant nous avec une pile de dossiers dans les bras.

– Bonjour, Taylor. Carly.

Il nous a à peine jeté un regard avant de s'arrêter net. Reculant d'un pas, il a louché sur Evan, comme s'il ne comprenait pas ce qui se passait. Je pense que personne ne comprenait.

– Monsieur McKinley. Vous êtes... là. Avant la sonnerie.

– Je sais, moi non plus je n'en reviens pas. Vous n'êtes pas le seul surpris, a répliqué Evan, hilare, avant de passer un bras autour de mes épaules. Mais je n'ai pas su dire non à Taylor. Vous la connaissez, quand elle a une idée en tête, il n'y a rien que cette fille ne puisse réussir.

M. Peters nous a regardés tour à tour plusieurs fois avant de secouer la tête et de s'éloigner.

– Eh bien, c'est un plaisir de vous voir. Tous.

J'ai adressé un sourire reconnaissant à Evan. Il n'était pas au courant de mes problèmes avec M. Peters ni de l'anxiété que me causaient les préparatifs de la Journée des métiers, pourtant il venait de tout arranger. Il fallait croire qu'il n'était pas si mauvais, après tout.

Il m'a répondu d'un petit clin d'œil comme s'il devinait mes pensées.

– Je vais aller en classe. Tu as probablement envie de discuter un peu avec Carly, pas vrai, bébé ?

– Euh, d'accord... chéri, j'ai lâché, ajoutant le petit mot doux après coup, car j'avais l'impression qu'il attendait quelque chose. On se retrouve plus tard pour déjeuner ?

– Bien sûr.

Je m'attendais à ce qu'il me prenne dans ses bras ou même qu'il m'embrasse sur la joue avant de partir, au lieu de quoi, il m'a donné une petite tape sur la tête comme si j'étais un animal de compagnie qui méritait une friandise pour avoir été sage. Ma gêne est passée en mode super nova et je lui ai décoché un regard furax. Très content de lui, Evan a gloussé et m'a tapoté le bout du nez avant de partir.

Carly a attendu qu'il se soit éloigné dans le couloir avant de me tirer la langue.

– Donc il t'a conduite à l'école ? Tu ne m'avais pas parlé de cette partie du plan hier soir.

– Parce que ça ne faisait pas partie du plan. C'est juste... arrivé.

– Genre, un bonus agréable ? a-t-elle demandé sans quitter des yeux le large dos d'Evan qui s'éloignait. (Comme moi, d'ailleurs.) Tu pourras me remercier plus tard, pour la bonne idée.

Je me suis frotté le nez. Qui picotait encore là où il m'avait touchée.

– Allez, en cours.

Carly avait raison, cependant. Le plan dit du « débauché repenti » fonctionnait comme un charme. C'était incroyable. En quelques heures, les filles ont arrêté d'agir comme si j'étais la prostituée de Babylone. En fait, elles étaient même impressionnées que je me sois fait un canon absolu comme Evan. (L'expression est de Carly, pas de moi.) Une fille m'a même tenu la porte des toilettes.

Quant aux garçons, ils ont tout simplement arrêté de me parler. Non que ça m'ait dérangée, vu qu'ils ne me parlaient pas beaucoup avant.

Les élèves n'étaient pas les seuls à l'avoir remarqué. Mme Hines, la secrétaire du lycée, m'a tapé sur l'épaule quand je suis arrivée pour faire les annonces du matin. Non seulement ma réputation était restaurée mais j'étais maintenant sur un piédestal encore plus élevé qu'avant.

Cela dit, je n'étais pas étonnée que tout le monde croie qu'on était un vrai couple. Le jeu d'Evan était si juste que, même moi, j'aurais pu me laisser berner.

C'était étrangement naturel, quand il s'est assis à côté de moi à la cafétéria. Bon, je lui ai tout de même frappé la main quand il m'a volé une chips, mais sans omettre de lui adresser un sourire énamouré, évidemment.

Brian s'est figé quand il nous a vus assis ensemble. Il m'a jeté un regard interrogateur, mais je n'ai rien pu faire de plus que hausser les épaules. D'autant plus qu'il y avait un tas de gens autour de nous. Carly a dû lui tirer sur le bras pour qu'il s'assoie. Il avait la mâchoire crispée, mais il n'a rien dit et s'est installé en face de moi, puisque Evan occupait la place qui lui était habituellement dévolue à côté de moi.

Sans rien remarquer de ce moment de trouble, Evan mangeait ses chips goût barbecue et s'est tourné vers Carly pour lui parler du club de théâtre. Ou plutôt, il a demandé ce qu'ils avaient prévu, et elle a commencé à déblatérer en long, en large et en travers sur la prochaine comédie musicale à laquelle ils travaillaient.

– Alors, Brian, je pense que la disposition originale pour le club des arts est assez bonne. Mais qu'est-ce que tu penses des autres clubs ? ai-je demandé, en m'efforçant d'agir comme si le fait qu'Evan s'assoie avec nous pour le déjeuner n'avait rien d'extraordinaire.

Brian a jeté un autre regard vers mon « petit ami ».

– Qu'est-ce que tu veux dire ?

– Eh bien, les petits clubs ne peuvent pas tous être entassés sur quatre pages seulement. Le hic, c'est qu'il n'y a plus de place pour eux nulle part. On va à peine avoir la place d'ajouter un remerciement aux enseignants à la fin.

Je me suis mordillé la lèvre en tapant mon stylo contre la table, réfléchissant à une solution. Le budget de l'annuaire était déjà poussé au maximum, on ne pouvait donc pas y ajouter une seule page.

Sur un hochement de tête, Brian s'est penché sur la table jusqu'à planer au-dessus de mon cahier, puis il a refermé sa main autour de la mienne pour guider le stylo et, en traçant des lignes, relier certains groupes.

– On pourrait toujours déplacer le Club des meilleurs élèves au début et combiner le Club poésie avec le groupe Nouvelles voix. Je ne pense pas que ça les dérange.

– Mais on a quand même… Aïe !

Quelqu'un venait de me donner un coup de pied dans le genou sous la table, et ma main s'est échappée de celle de Brian. J'ai d'abord cru que c'était Carly, mais elle avait l'air aussi choquée que moi. Et ses yeux étaient rivés sur une certaine personne, qui secouait son sac de chips même s'il était vide. Fusillant Evan du regard, je me suis frotté la jambe.

– C'était pour quoi ça ?

– Quoi ? Je n'ai rien fait.

Mon regard s'est tourné vers Carly quand elle a ricané, mais elle s'est contentée d'un haussement d'épaules et d'un sourire innocent. Trop innocent.

– OK, donc je pense…

J'ai laissé ma phrase en suspens, distraite par Evan qui retirait les champignons de sa pizza avec une fourchette. Un par un. Quand il a eu fini, il a déposé le petit tas sur ma propre pizza comme une offrande de paix.

– Et qu'est-ce que tu fais maintenant ?

– Hmm ?

Il a pris une grosse bouchée de sa pizza avant de me regarder. J'ai tendu un doigt accusateur vers mon assiette.

– Tu n'aimes pas les légumes ?

– Oh, si, si, je les aime bien, a-t-il répondu. Mais je sais que tu adores les champignons.

C'était vrai. Je les a-do-rais. Ma mère disait que j'étais née dans un champ de champignons, même si ça n'existe pas – si ? Fallait que j'en visite un, si ça existait.

Enfin bref, que ce soit sur les pizzas, les salades ou même dans la sauce des spaghettis, je mangeais toujours les champignons en premier. C'était juste bizarre qu'Evan soit au courant. Personne d'autre ne l'avait jamais remarqué, les gens s'en fichaient. Jusqu'à maintenant. Ce qui était à la fois surprenant et presque flippant. Même Carly eut l'air sidérée de cette révélation.

Brian tapotait la liste sur la table avec une mine agacée. Je me sentais mal pour lui. Les deadlines, ça le stressait toujours.

Ne sachant trop quoi dire, j'ai offert à Evan le reste de mes chips. Il m'a adressé un grand sourire et en a aussitôt fourré une dans sa bouche, ce qui m'a amenée à me demander si tel n'était pas son objectif depuis le début.

– Comment tu sais que j'aime les champignons ?

Evan a toussoté et détourné le regard, avant d'enfoncer la main dans ses cheveux blond foncé. Moins hérissés et moins enduits de gel que d'habitude – probablement parce qu'il avait dû se lever tôt pour me conduire à l'école –, ils étaient même un peu bouclés.

– Euh... je t'ai vu en chiper dans l'assiette de Carly, une fois, pendant le déjeuner.

Carly m'a décoché un regard noir.

– Tu as fait quoi ? s'est-elle offusquée.

– Oh, ça va, tu ne t'en es même pas aperçue. (Je lui ai tiré la langue avant de reporter mon attention sur Evan.) Et pourquoi tu me reluquais pendant le déjeuner ?

Au lieu de répondre, il a esquivé mon regard et baissé les yeux sur une montre invisible à son poignet droit.

– Oh, regarde l'heure. C'est mon cours, non ? Faut que j'y aille...

Et, d'un bond, il s'est levé de table et a quitté la cafétéria presque au pas de course.

Je l'ai suivi des yeux, suspicieuse. Oh, il n'allait pas s'échapper si facilement !

– Je reviens.

Brian était déjà en train de ramasser mes affaires, puisqu'on passait généralement l'heure après le déjeuner à planifier le journal de l'école.

– Mais Taylor, on était censés...

– Je sais. Je n'en ai que pour quelques minutes.

Avant qu'il ait pu ajouter autre chose, j'étais partie. En zigzaguant entre les autres élèves, j'ai finalement rattrapé Evan juste au moment où il arrivait à la bibliothèque au bout du couloir. Il a jeté un coup d'œil par-dessus son épaule et m'a vue, mais il n'a rien dit. Il n'a pas non plus ralenti.

Faisant en sorte de rester à son niveau, j'ai jeté un coup d'œil par-dessus mon épaule pour m'assurer que Mme Stills, la bibliothécaire et responsable de la salle d'étude, ne me voyait pas. Elle était occupée à enregistrer les livres qu'empruntait un élève de seconde. Cachée derrière le grand porte-magazines, je me suis glissée sur le siège en face d'Evan. Il a poussé un gémissement sonore et, passant par-dessus ma tête, il s'est saisi d'un magazine au hasard, qu'il a commencé à feuilleter. Je savais qu'il ne lisait pas, en réalité. À moins qu'il ait été vraiment intéressé par les dix façons différentes de porter un foulard, comme l'annonçait la couverture.

– Tu n'as pas cours ? a-t-il marmonné sans lever les yeux.

– Donc tu m'avais remarquée ? ai-je répliqué en m'appuyant sur les coudes devant lui. Depuis quand ?

Au lieu d'une pique incisive comme je m'y attendais, Evan a plongé sa tête plus bas dans le magazine.

– Depuis que je t'ai sauvée à la piscine.

OK, je ne m'attendais pas à cette réponse.

– Pourquoi ?

– Je ne sais pas.

Il a volontairement incliné le magazine pour que je ne puisse plus voir son visage, mais le bout de ses oreilles était d'un rose suspect, sous leur hâle profond. C'était assez mignon.

– Faut croire que tu as fait ta petite impression, a-t-il finalement lâché.

C'était la chose la plus gentille qu'on m'ait jamais dite. Je savais que je devais partir retrouver Brian, mais je n'arrivais pas à me décider à abandonner Evan. Je lui ai donné une tape sur le bras, de plus en plus forte jusqu'à ce qu'il lève les yeux. Des yeux méfiants, par-dessus les pages du magazine.

– Devine ce que j'ai fait aujourd'hui ?

– Tu as rencontré Madonna ? Non, Bill Gates ? (Il a claqué des doigts.) Non, je sais ! Jésus !

J'ai ricané.

– Comment tu as deviné ? J'ai fait une expérience de mort imminente et Jésus m'a dit que Madonna et Bill Gates me cherchaient dans le jardin.

Ses yeux pétillaient tant, de toute évidence sous l'effet de l'amusement, qu'ils semblaient d'un gris plus clair que d'habitude.

– Je le savais.

Secouant la tête, j'ai sorti les brochures et les candidatures que j'avais récupérées au bureau du conseiller d'orientation avant le déjeuner. Classées en fonction de la difficulté des lettres de motivation exigées. Je les ai étalées devant lui.

– Je sais que tu as dit que tu te fichais de tous ces « trucs », ai-je commencé en mimant des guillemets avec mes doigts autour du mot truc. Mais je me suis dit que ça ne fait pas de mal d'y penser, non ? Alors voilà quelques bricoles à regarder quand tu t'ennuieras. Il y a même des universités avec des dates d'inscription tardives. En plus, j'ai pris des notes sur celles qui proposent les meilleurs cours de biologie marine.

Le magazine est tombé et les doigts d'Evan ont farfouillé parmi les papiers.

– Est-ce que cette obsession de me voir aller à l'université est en lien avec le truc du débauché repenti dont Carly parlait tout à l'heure ? a-t-il demandé, se penchant en avant jusqu'à ce que nos nez se touchent presque.

Sa soudaine proximité m'a tiré un profond soupir, mais je n'ai pas reculé. Au contraire, je me suis peut-être penchée un tout petit peu plus.

– J'avais juste du temps libre.

Il m'a répondu par un petit sourire narquois qui a attiré mon regard sur ses lèvres, et je n'ai plus été en mesure d'en détourner les yeux.

– On devrait peut-être occuper notre temps libre autrement qu'en faisant des recherches sur un tas de fichues universités.

– Comme... ?

– Mademoiselle Simmons ?

Mer... credi. J'avais oublié de rester cachée. J'ai pivoté sur mon siège, comme tirée par un élastique invisible.

– Oui ?

Mme Stills baissait sur moi un regard mécontent. Même ses rides avaient l'air menaçantes. Contrairement aux autres membres du corps enseignant, qui m'adoraient, elle ne m'avait jamais traitée qu'avec une politesse mesurée, sans que je comprenne pourquoi. Je n'étais pas fière de l'admettre, mais j'étais vraiment la plus grosse lèche-bottes du monde. À la maternelle, je passais mes récréations à tailler des crayons pour la maîtresse. Oui, j'étais ce genre d'élève.

N'empêche, la façon dont Mme Stills me traitait était quand même un cran au-dessus de son attitude vis-à-vis des autres élèves, c'était donc au moins un point positif.

– Je ne crois pas que vous soyez autorisée à être ici. Avez-vous besoin de mon aide pour quoi que ce soit ?

– Euh... non.

Je me suis aussitôt levée.

– Alors je vous suggère de partir.

– Oui, M'dame.

J'ai ramassé tous les papiers et brochures, m'arrêtant seulement pour m'éventer le visage avec et me rafraîchir.

Evan m'a attrapée par la main avant que je puisse m'éloigner. Il y a exercé une légère pression.

– Tu peux laisser ça ici. Je les jetterai à ta place en partant.

Surprise, je me suis arrêtée pour le dévisager, mais il regardait les brochures. Son autre main les feuilletait rapidement.

J'ai réprimé le sourire qui menaçait. Plus j'apprenais à connaître Evan, plus je voyais que sa façade de play-boy n'était vraiment rien que ça. Une façade. Et en dessous, il n'était pas si mal. Évidemment, je ne risquais pas de le lui avouer. Sûrement pas. Il avait déjà bien assez la grosse tête.

– Si tu le dis...

– Ouais. Et merci quand même. C'était gentil de ta part de me procurer tout ça. Même si je n'en ai pas besoin, a-t-il rapidement ajouté.

– Pas de problème.

Je ne sais pas si c'étaient les champignons ou les candidatures à l'université mais, sur une impulsion, j'ai jeté un coup d'œil derrière moi pour m'assurer que Mme Stills était de retour à son bureau. Constatant que la voie était libre, je me suis penchée par-dessus son épaule gauche et je lui ai fait une petite bise sur la joue. Il a sursauté et tourné la tête pour me regarder. Ses yeux étaient plissés sur une mine perplexe.

Je lui ai lancé un clin d'œil.

– À plus tard, bébé.

9

EVAN

En quelques jours, on est tombés dans une routine confortable. Je passais chercher Taylor avant les cours, on allait en classe, on déjeunait ensemble et ensuite je la ramenais chez moi.

Bon, ce n'était pas aussi excitant que ça en a l'air.

Comme aujourd'hui, tiens. J'étais affalé sur le canapé à combattre des aliens sur ma Xbox. Taylor était dans la cuisine, qui faisait ses devoirs. Je l'ai invitée à se joindre à moi, mais elle a refusé. Sans lever les yeux de son travail, elle m'a juste fait promettre de la sauver quand il y aurait une invasion d'aliens ou une apocalypse de zombies. Celle qui arriverait en premier. Cette fille pouvait être très drôle quand elle voulait.

Aller chez moi après l'école, c'était mon idée et c'était une sacrée bonne idée. D'autant plus que ma voisine n'était autre qu'Alesha Brant, cheffe de la rubrique des potins de l'école. Je suis à peu près certain que c'est comme ça que la nouvelle de notre relation s'est répandue si rapidement.

Quiconque avait des doutes s'est tu dès le lendemain. Et il avait suffi que je ramène Taylor à la maison à 18 h 30 chaque soir, avant que ma mère et Brandon rentrent.

Taylor a posé une condition, cependant. Même si elle était déjà venue dans ma chambre auparavant – évidemment, vu qu'elle s'était réveillée dans mon lit –, elle refusait d'y monter maintenant. Alors, on a fait un compromis – et par compromis, je veux dire que je me suis laissé convaincre de céder – et j'ai descendu ma Xbox pour la brancher sur la télé du salon pendant qu'elle étudiait et faisait ses devoirs dans la cuisine.

J'étais à deux doigts d'abattre le vaisseau-mère quand une portière de voiture a claqué dehors. On aurait dit que ça venait directement de mon allée. Mauvais signe.

Un sentiment d'effroi m'a envahi. J'ai mis le jeu en pause et me suis penché par-dessus l'accoudoir du canapé pour regarder dehors. Oh oui, très mauvais ! Par les grandes fenêtres qui flanquaient la porte d'entrée, et malgré leurs rideaux de dentelle crème, j'ai vu deux silhouettes, deux ombres qui remontaient l'allée, les bras chargés de courses.

– Merde !

Taylor est apparue à la porte.

– Qu'est-ce qu'il y a ?

– Mon beau-père et ma mère sont là.

Elle a ouvert de grands yeux ronds. Blême, elle est restée figée dans l'embrasure de la porte du salon.

– Mais... mais tu as dit qu'ils ne rentraient jamais avant 19 h un jour de semaine !

J'ai éteint mon jeu à contrecœur. En plus, j'étais tout près de passer au niveau supérieur.

– Eh bien, de toute évidence, aujourd'hui est une exception. Et on est sur le point de se faire coincer.

– C'est-à-dire ?

– C'est-à-dire que ma mère est la plus grande commère des réunions de parents d'élèves, et si tu ne te bouges pas les fesses pour venir me faire un câlin, notre couverture est foutue !

À mes mots, Taylor a bondi vers le canapé, si vite que je m'attendais à voir sortir de la fumée sous ses pieds. *Ding-dong.* Les clés ont déverrouillé la porte. *Paf.* J'ai passé mon bras autour de ses petites épaules et l'ai serrée contre mon torse. Elle a à peine eu le temps de replier les jambes sous ses fesses et de poser la tête sur mon épaule que la porte s'ouvrait.

Réalisant trop tard qu'on ne pouvait pas faire semblant de regarder la télé puisqu'elle était éteinte, j'ai tourné la tête et pressé mes lèvres sur les siennes. Elle m'a fixé de ses yeux écarquillés, mais elle ne m'a pas repoussé. Même si je savais ma mère juste là, je n'ai pas pu m'empêcher de remarquer à quel point les lèvres de Taylor étaient douces. Les doigts enfoncés dans le coussin du canapé, j'ai combattu l'envie d'approfondir le baiser.

– Chérie, on est rentrés. Je vais bientôt lancer le dîner, j'espère que tu as pensé à mettre le poulet à décongeler... Oh !

Je me suis écarté juste au moment où ma mère s'arrêtait dans son élan. Brandon, qui arrivait derrière elle, a dû jongler avec les sacs sur ses bras.

– Oh, salut, maman. Oui, non, désolé, j'ai oublié de sortir le poulet.

Sa voix est devenue un peu plus aiguë.

– C'est bon, je vois que tu étais... que tu es occupé.

Brandon est passé devant elle pour gagner la cuisine sans rien dire. Comportement de gros con, comme d'habitude. Il aurait au moins pu faire semblant d'être civilisé devant Taylor. Je suppose que c'était trop demander à Son Altesse Royale.

J'ai pris la main de Taylor et l'ai aidée à se mettre debout, avant de la pousser vers maman. Ses joues étaient encore rouges, soit parce qu'elle était gênée de rencontrer ma mère, soit parce qu'elle avait été surprise en train de m'embrasser.

– Maman, je te présente ma petite amie, Taylor. Taylor, voici ma mère.

– Bonjour.

En entendant son nom, ma mère a ouvert de grands yeux sur une expression intéressée.

– Taylor ? Tu veux dire, Taylor Simmons ? La major de la promo, qui va faire le discours d'adieu lors de la cérémonie de remise des diplômes ?

– Eh bien, ça n'a pas encore été décidé. L'année scolaire n'est pas terminée.

Maman a claqué des doigts.

– Certes. Tu te bats toujours avec Brian Long pour la première place. Mais j'ai entendu dire que tu postulais à Columbia. Tu as déjà reçu la lettre d'acceptation ?

Taylor a tiqué, mais le sourire poli est resté bien accroché sur son visage.

– Je l'espère d'un jour à l'autre maintenant.

– Et comment vont tes parents ? Ton père n'est pas diplômé de Columbia, lui aussi ?

– Ils vont bien. Eh oui, il l'est.

Taylor m'a jeté un regard paniqué par-dessus son épaule, à quoi je me suis contenté de hausser les épaules. Je l'avais prévenue.

Je ne sais pas comment ni où maman dégotait toutes ses informations, en tout cas elle en savait toujours plus que moi sur les élèves de l'école. Ce qui n'était pas génial, puisque ça voulait dire qu'elle en savait aussi beaucoup trop sur mes fréquentations. Du coup, j'étais assez étonné qu'elle découvre seulement maintenant que je « sortais » avec Taylor. J'aurais pensé qu'elle l'avait appris dans l'heure, dès le premier jour. Elle devait se relâcher.

– Simmons ?

Soudain, Brandon a surgi de nulle part comme un diable à ressort. Planté à côté de maman. Les paupières plissées, il scrutait Taylor.

– Tu parles de Cole Simmons, de Winchester & Hewitt ?

– Oui.

Et il n'en a pas fallu davantage pour que sa façade écœurante faussement charmante se mette en place. *Beurk.* Le large sourire faux qui avait piégé ma mère bien accroché aux lèvres, il est venu serrer la main de Taylor, pour l'attirer plus près de lui.

– Je l'ai rencontré à plusieurs reprises lors des collectes de fonds de Hope for Cancer. C'est un homme brillant. Absolument brillant. J'aurais dû deviner que tu étais sa fille. Tu es son portrait craché.

– Merci. C'est mon beau-père.

J'ai dû faire passer mon ricanement pour une toux. Bien joué, chérie ! J'ai adressé à Taylor un sourire fier auquel elle a répondu par un petit clin d'œil.

– Bien sûr. Cole et ta mère se sont rencontrés après que ton père est parti... (Ma mère s'est interrompue au milieu de sa phrase et elle a levé la main pour se couvrir la bouche.) Je suis désolée, je ne voulais pas aborder le... eh bien, l'incident.

L'expression de Taylor n'a pas changé d'un iota.

– Ce n'est pas grave, Madame McKinley. C'est arrivé il y a longte

Maman a ancé un regard à Brandon.

– Bien sûr. Et je suis Madame Willard, maintenant.

Taylor a cligné des yeux.

– Mais Evan...

– Ma mère a changé de nom après s'être remariée, mais j'ai gardé le mien, ai-je expliqué, les bras croisés.

De la tête, j'ai désigné Brandon, qui semblait faire de son mieux pour m'ignorer. Il ne cessait de se gratter la jambe, comme si j'étais une démangeaison dont il n'arrivait pas à se débarrasser.

– Je ne voudrais pas contaminer le nom de Willard de quelque manière que ce soit, ai-je terminé.

Brandon ne s'est pas laissé décontenancer pour autant.

– Alors, Taylor, qu'est-ce qu'une fille intelligente comme toi fait avec Evan ? a-t-il demandé avec un rire, comme si c'était la saillie la plus drôle du monde. Tu n'as pas le bon sens de rester à l'écart de ce vaurien ? Certains d'entre nous n'ont pas le choix, mais toi au moins, tu l'as.

Maman a ri aussi, mais ses yeux se sont tournés vers moi et j'y ai lu sa nervosité. Mes poings se sont serrés contre mes flancs. J'étais sur le point de lui dire où il pouvait se fourrer ses bonnes blagues quand Taylor a pris la parole.

– C'est vrai. Je ne savais pas dans quoi je m'engageais quand j'ai rencontré Evan.

Elle m'a offert un sourire si sincèrement doux que, machinalement, j'ai fait un pas vers elle. J'ai senti ma colère s'éteindre lentement lorsqu'elle a tendu la main pour prendre la mienne, la droite, et la serrer ferme.

– Ou plutôt, ce que j'avais manqué jusque-là.

– C'est... mignon.

Sur son visage, le dégoût était évident. Sans doute qu'il n'en revenait pas qu'un bon à rien comme moi ait pu séduire une fille comme Taylor. Dieu merci, il ne savait pas que c'était du bidon.

J'ai passé un bras autour des épaules de ma « copine ».

– J'ai dû lui faire un lavage de cerveau ou quelque chose comme ça. Mais bon, il faut croire que j'ai appris quelque chose de toi, tout compte fait, non ?

Incapable de m'en empêcher, j'ai adressé un signe de tête à ma mère, qui étudiait attentivement la moquette beige sous nos pieds : elle avait le don bien commode de devenir sourde lorsque Brandon et moi nous disputions. Une vraie pro pour ignorer la réalité.

Les narines de Brandon se sont dilatées et il a pris une vilaine teinte violette avant de s'éloigner à grands pas furieux.

– Je dois appeler l'hôpital pour prendre des nouvelles de certains patients. Fais-moi signe quand tu veux que je t'aide à préparer le dîner, Eva.

Maman n'a ni levé les yeux ni même répondu, jusqu'à ce que la porte de son bureau se ferme avec fracas. Alors elle a lâché un profond soupir et nous a souri comme si les trois minutes précédentes n'avaient pas eu lieu.

– Je suis ravie de te rencontrer. Evan ne me présente jamais aucune de ses petites copines.

– J'imagine qu'il n'osait pas les ramener à la maison.

– Oh, je suis sûre qu'il ramène plein de filles à la maison. Je dis juste qu'il s'est toujours arrangé pour que je ne les rencontre pas, avant.

Cette fois, le rire de Taylor était sincère. Il est même devenu plus fort quand je me suis assis sur le bras du canapé et que j'ai laissé tomber ma tête entre mes genoux avec un bruit mat.

Elle m'a tapoté l'épaule en signe de sympathie.

– Vous avez mangé ? a demandé ma mère. Je peux préparer une fournée de cookies aux pépites de chocolat. Ou peut-être que tu pourrais rester dîner, Taylor ?

Son empressement était manifeste.

– Je suis désolée, Madame Willard, mais je vais bientôt devoir rentrer dîner avec mes parents. En revanche, je veux bien rapporter quelques cookies à la maison, s'est-elle empressée d'ajouter quand le visage de maman s'est décomposé. Mon père est très gourmand.

– Merveilleux ! Je les prépare tout de suite. Ça ne prendra pas longtemps.

À bout et refusant de supporter encore la flagornerie de maman, j'ai pris la main de Taylor pour l'entraîner vers l'escalier.

– Viens. On redescend vite.

– Bien sûr, mon cœur.

Et ma mère a filé vers la cuisine, flottant pratiquement sur son petit nuage. Si je ne savais pas que Brandon était un con hyper coincé, j'aurais pu croire qu'ils s'étaient arrêtés dans un bar en rentrant.

J'ai secoué la tête.

– Tu ferais mieux de t'enfuir tant que tu le peux encore. Si tu la laisses faire, elle va essayer de te gaver de cookies jusqu'à ce que tu sois trop énorme pour repartir et obligée de m'épouser.

Taylor a trébuché et elle est tombée contre mon dos, j'ai failli m'affaler à mon tour sur les marches. Je me suis rattrapé contre le mur et retourné aussitôt pour lui saisir le bras afin qu'elle ne se blesse pas. Les joues un peu roses, elle a redescendu quelques marches pour échapper à mon contact. Une main bien accrochée à la rampe, elle m'a fait signe de l'autre de continuer à avancer. Alors, amusé, je me suis remis à monter l'escalier.

– Ta mère n'est pas si affreuse que tu le prétends, a-t-elle repris comme si on ne venait pas d'échapper à une chute dans l'escalier. En fait, elle me rappelle beaucoup la mienne. La cuisine en moins : ma mère serait incapable de cuisiner, même s'il fallait sauver le monde. (Elle a arrêté de rigoler quand on a atteint le palier et que je me suis dirigé vers ma chambre.) Attends, où est-ce qu'on va ?

– À ton avis ?

– Mais... mais on était d'accord : on ne va pas dans ta chambre.

– Ouais, ben moi, tout ce que je sais, c'est que j'ai besoin de mettre autant de distance avec ce type que possible, ai-je répliqué en désignant l'escalier derrière elle. Mais si tu veux rester avec eux, fais-toi plaisir.

Sur quoi, je suis entré dans ma chambre sans regarder si elle me suivait.

Elle m'a suivi. Lentement. Comme si elle avait peur que la porte se referme brusquement et l'enferme à l'intérieur. Je me suis affalé sur le lit, histoire de voir ce qu'elle allait faire.

Une fois certaine que je n'allais pas la jeter sur le lit ni l'obliger à jouer au docteur ou je ne sais quoi d'autre, elle s'est avancée dans la pièce. Du bout des doigts, elle a suivi les vagues peintes sur ma planche de surf, avant de se diriger vers la commode et les étagères. Elle a observé toutes les photos une à une, en sautant néanmoins toutes celles où je figurais avec des filles pour s'attarder sur celles d'un récif corallien, que j'avais prises quelques semaines plus tôt en faisant de la plongée sous-marine.

Finalement, elle s'est assise sur ma chaise de bureau et s'est mise à faire tournicoter le siège dans tous les sens.

– Ta chambre est différente.

– Qu'est-ce que tu veux dire ?

– Je ne sais pas. Elle ne ressemble pas à ce dont je me souvenais.

J'ai jeté un coup d'œil à la ronde, mais elle m'a paru identique, à moi. Ce n'est pas comme si j'avais des sous-vêtements et des soutiens-gorge qui traînaient partout. En fait, je ne pensais pas qu'une autre fille soit venue ici depuis Lauren, quelques mois plus tôt. À part Taylor.

Au bout d'un moment, elle a fait pivoter le fauteuil vers moi.

– Donc tu avais raison. Ton beau-père est vraiment un abruti.

J'ai rigolé et haussé les épaules.

– Malheureusement, il traite plutôt bien ma mère, ce qui m'interdit de lui botter le cul comme je le voudrais.

Elle a fait la moue.

– Vraiment ? Parce qu'il m'a l'air du genre à tout vouloir contrôler.

– Oh ça, crois-moi, c'est bien le cas. Mais comparé à ce qu'elle a connu avant, vivre avec lui est un conte de fées.

– Pourquoi ? C'était comment avant ?

Je me suis redressé pour installer mon poids sur mes coudes et je l'ai observée attentivement, histoire de jauger sa réaction quand j'ai répondu :

– Difficile. Comme mon père était souvent en prison, elle devait gérer tout le reste, les factures, et s'occuper de moi tout en finissant son diplôme d'infirmière.

Taylor ne m'a pas demandé pourquoi mon père avait fait de la prison, contrairement à ce que je pensais. Je n'aurais pas pu le lui dire, même si elle l'avait demandé. Pour la bonne raison que je n'ai jamais su le pourquoi du comment. Ses allers-retours en prison étaient probablement liés à des délits mineurs plutôt qu'à quelque chose de grave, puisqu'il n'était jamais absent trop longtemps. Du moins pas jusqu'à la dernière fois, il y a presque quatre ans, où ma mère en a eu assez et qu'elle a divorcé. Brandon n'a pas mis longtemps à débarquer et à profiter de sa situation.

N'empêche, Taylor ne réagissait pas comme les gens le font habituellement quand ils apprennent, pour mon père. La pitié. Le dégoût. Ou même une forme de respect mêlé de crainte chez quelques filles qui me voyaient comme un garçon brisé ayant besoin d'être réparé. En fait, Taylor a à peine réagi. Elle a un peu battu des cils, mais c'est tout.

– Il est où maintenant ?

J'ai noué les mains sous ma tête et levé les yeux au plafond.

– Je n'ai pas eu de nouvelles de lui depuis un moment. Mais je pense qu'il vit en Floride. Ou du moins, c'est ce que dit ma mère.

Le bord du matelas s'est un peu enfoncé quand elle s'est assise à côté de moi.

– Je ne comprends pas. C'est juste... tu as eu l'air surpris quand j'ai dit que mon père était un con. En l'occurrence, on dirait que ton père n'est pas trop génial non plus. Pourtant, tu n'es pas en colère contre lui ? Pas du tout ?

En colère ? J'avais plein de raisons d'être en colère, mais en effet je ne l'étais pas contre lui. Pas du tout.

C'était stupide, seulement, si nul qu'il ait été comme mari, c'était un père formidable. Il m'emmenait aux matchs et aux courses automobiles. Il m'écoutait radoter jusque tard dans la nuit sur les dessins animés que j'avais vus à la télé ou les bandes dessinées que je lisais au magasin. Il m'avait même emmené à l'aquarium pour la première fois quand j'avais dix ans, et de nouveau plusieurs fois par an, quand il avait vu à quel point j'aimais ça.

C'est difficile d'être en furax contre quelqu'un quand tous vos meilleurs souvenirs sont liés à lui. Aux moments passés avec lui. Même s'il nous a laissés tomber, en effet. Et qu'il n'a pas pris la peine de se battre pour nous du tout.

OK, peut-être que j'étais un peu en colère.

Je fixais des yeux les étoiles en plastique au plafond. Mes étoiles en plastique. Papa les avait achetées et collées autour de ma porte et des moulures au plafond. Quand ma mère a épousé Brandon, je les ai prises avec moi, même si j'en ai sacrément bavé pour les décoller. Et ensuite pour les recoller au plafond de ma nouvelle chambre. Mais j'en avais besoin. Si j'étais un invité indésirable dans cette maison, au moins ma chambre serait mon chez-moi. Elles ont fini par coller, avec l'aide d'un pistolet à colle chaude portatif. Et j'ai retiré un sentiment de satisfaction supplémentaire à l'idée de bien abîmer la chère maison de Brandon.

Je suis revenu au présent quand Taylor a touché mon épaule. Pendant une seconde, j'avais oublié qu'elle était là.

– Evan ? Désolée si je suis un peu agaçante.

J'ai pris sa main et l'ai tirée jusqu'à ce qu'elle se retrouve allongée sur le dos à côté de moi.

– Tu n'as pas à t'excuser. Ce n'est pas ta faute si tu es curieuse.

Elle m'a donné un coup de coude, mais ne s'est pas redressée. On est resté couchés côte à côte en silence. Mais un silence confortable. Nos bras étaient à quelques centimètres l'un de l'autre. Si j'avais tendu la main, j'aurais probablement pu toucher la sienne. Je ne l'ai pas fait, cependant. Je ne voulais pas gâcher ce moment, en quelque sorte.

– C'est simple, ai-je finalement repris. C'est mon père. Le seul que j'aurai jamais.

– Mouais. Il faut croire qu'on pense différemment, alors.

Sa voix était calme et plate. J'aurais dû lâcher l'affaire, je le savais, mais non.

– Pourquoi tu as menti sur le départ de ton père ?

Elle a levé la main vers le plafond et, de l'index, elle a dessiné des étoiles pour tracer des formes invisibles qu'elle seule pouvait voir.

– Je n'ai pas menti. Il nous a bel et bien quittées. J'ai juste omis de dire avec qui il est parti.

– C'était qui ?

– Je ne sais pas. Une serveuse qu'il a mise enceinte quelques années après ma naissance. Après la naissance de Kimmy, elle s'est pointée et lui a annoncé qu'ils avaient un enfant. Et il a décidé qu'il préférait jouer à papa-maman avec elle plutôt que de rester avec nous. (Le lit a encore bougé quand Taylor s'est tournée vers moi.) Donc pour ce qui est de nos problèmes de père, on est complètement différents.

Je me suis aussi tourné sur le flanc et j'ai coincé ses cheveux derrière son oreille.

– C'est un idiot. Je t'aurais choisie sans hésiter, moi. Et ce n'est pas surprenant qu'on soit différents. Je veux dire, je suis beau, intelligent, drôle, doté d'un charme fou, alors que toi...

– Tu as oublié en plein délire.

– Pour toi ? J'y viens.

Elle a ricané.

– C'est ça, le charme dont tu te vantes ? Je pense que tu as besoin de le travailler un peu.

J'ai haussé un sourcil.

– Je vais te faire regretter ce commentaire.

– Comment ?

En un clin d'œil, j'ai roulé et l'ai piégée sous moi. Elle a couiné, tenté de me repousser, mais je l'avais fermement coincée avec ma jambe pendant que je planifiais mon attaque. J'ai glissé les doigts jusqu'à sa taille et ses couinements se sont transformés en rires quand je me suis mis à la chatouiller. Rapidement, les larmes lui sont montées aux yeux et ont coulé sur ses joues.

Au bout de quelques minutes, je me suis quand même arrêté et, pantelants, on a repris notre souffle. Il ne m'a fallu que quelques secondes pour réaliser qu'on n'avait jamais été aussi proches auparavant – pratiquement collés l'un contre l'autre –, du moins pas qu'on s'en souvienne.

Et encore plus surprenant, c'était agréable. Sacrément agréable. Taylor a dû s'en rendre compte, elle aussi, parce qu'elle s'est figée sous moi. Ses yeux ont glissé de mon visage à mon torse. Et j'ai quasiment *senti* la chaleur dans ses yeux.

Mon ventre s'est serré quand j'ai pris conscience de son corps pressé contre le mien, de ses bras autour de mon cou. Son cœur battait fort contre mon torse. Ou était-ce le mien ? J'ai essuyé les larmes qui s'étaient attardées sur ses joues.

– Alors qu'est-ce qu'on fait maintenant ? ai-je murmuré, baissant déjà la bouche vers la sienne.

Elle a laissé échapper un souffle frémissant qui a secoué son corps sous moi.

– On devrait... on devrait descendre voir si ta mère a besoin d'aide pour les cookies.

Sur ce, elle s'est échappée et précipitée vers la porte.

Moi, je suis resté pétrifié quelques secondes. Appuyé sur les coudes comme si Taylor était toujours là. Pendant une seconde, j'avais oublié Brandon, mon père, son père, en gros, tout le monde sauf nous. J'ai même oublié qu'on faisait juste semblant de sortir ensemble. Tout ce que je voulais maintenant, c'était qu'elle soit de nouveau dans mes bras. Et de voir ses grands yeux marron fixés sur moi.

Avec un grognement, je me suis laissé retomber sur le lit.

10

TAYLOR

Aujourd'hui aurait été un jour « Cher journal », si j'en avais encore un. J'en tenais un quand j'étais plus jeune. Un carnet à spirales à couverture rigide bleu marine avec des pages bleu pastel. Le genre avec une petite serrure en métal et une clé à porter en pendentif. J'ai écrit dedans tous les jours, jusqu'à ce que je me rende compte qu'il était très facile de briser sa serrure hyper fragile, seule protection de mes pensées et désirs les plus intimes. Alors *bam* ! Il est parti à la poubelle.

Existait-il encore des gens qui tenaient un journal intime ? Tous ceux que je connaissais avaient un blog maintenant – même si, à mon avis, c'est encore pire. Tout le monde peut le lire. Même ceux qui sont « verrouillés » et indiqués comme « privés ». Vous pouvez toujours chercher sur Google des astuces pour les pirater. Autrement dit, si tout le monde peut le lire, il n'y a vraiment aucune utilité à le rendre privé. Autant l'afficher comme ces publicités qui voltigent en plein ciel.

Mais la question n'est pas là. Ce que je voulais dire, c'est qu'aujourd'hui a été une journée « Cher journal ».

C'était Carly qui avait soulevé le problème la première. Elle avait entendu Lauren raconter à d'autres filles qu'Evan et moi, on ne ressemblait pas à un vrai couple. Qu'il était impossible qu'il parvienne à garder ses mains pour lui à l'école si on partageait réellement un minimum d'alchimie. Et qu'elle nous donnait deux semaines avant de rompre.

Avant même que j'aie eu le temps de commencer à paniquer, Carly a eu une idée.

– Pourquoi vous ne vous embrasseriez pas, genre le gros roulage de pelle, au lycée, histoire de prouver que tout le monde a tort ?

À en juger par son grand sourire, j'ai déduit avec certitude qu'elle méditait cette suggestion depuis un bon moment.

Au début, j'étais réticente. Surtout quand Evan a hésité. Et puis, j'ai été un peu vexée. Mais il n'a pas fallu longtemps pour le convaincre de monter à bord.

Alors qu'on attendait la sonnerie et l'arrivée de notre public, il a étiré ses bras au-dessus de sa tête comme s'il s'apprêtait à s'élancer pour un marathon plutôt qu'un simple baiser.

– Prête, Taylor ?

– Tu te moques de moi ? J'ai passé toute la nuit à y penser, ai-je répondu d'un ton plat, en feuilletant les fiches d'histoire que je m'étais préparées la veille.

– Tu ne sais pas à quel point l'idée de te savoir au lit, en train de penser à moi, me réchauffe le cœur, a répliqué Evan en agitant les sourcils. Et d'autres parties de mon corps aussi, bien sûr.

J'ai levé les yeux au ciel et lui ai donné un coup sur l'épaule avec mes fiches.

– Dégoûtant.

Je n'étais pas aussi offensée que je l'aurais été la semaine passée, cela dit. Bon sang, je m'étais même habituée à son sens de l'humour tordu. La meilleure façon de le contrer, c'étaient les commentaires sarcastiques. Or du sarcasme, j'en avais à la pelle.

Ma nonchalance était une façade. À l'intérieur, j'étais une épave. Une bonne grosse épave. Chaque fois que je pensais à un baiser avec Evan, l'image de cet après-midi où on avait failli s'embrasser dans sa chambre me revenait en tête.

Je ne sais pas ce qui s'était passé. Peut-être mes émotions étaient-elles déjà à fleur de peau à cause de mon père, et j'avais baissé la garde. En tout cas, j'avais presque perdu le contrôle. Et bizarrement, c'était la peur de perdre le contrôle qui m'avait sortie de ma transe. Même si j'avais eu envie de l'embrasser, vraiment, vraiment envie, je ne l'avais pas fait. Je n'avais pas pu. Parce que je n'étais pas prête.

C'était la semaine dernière, cependant. Aujourd'hui, j'étais parfaitement au point. Mes émotions étaient maîtrisées et je savais à quoi m'attendre. J'avais même lu quelques articles en ligne sur les baisers, au cas où ma maigre expérience ne suffirait pas. Il y avait des tonnes de trucs sur Internet. Heureusement que j'avais éteint l'écran avant que Kimmy et maman n'entrent, sinon j'aurais eu beaucoup d'explications à donner.

J'ai déplacé mon poids d'un pied sur l'autre.

– Tu es sûr que l'endroit est bien choisi ?

– Fais-moi confiance. C'est le meilleur endroit pour notre spectacle. Tout le monde sait que c'est ici, l'endroit dédié si on veut avoir un peu d'action. Et comme c'est derrière les casiers de la salle de gym, il n'y a presque pas de professeurs autour.

– Hmm, j'imagine que tu sais de quoi tu parles.

Evan s'est laissé glisser le long des casiers, jusqu'à ce qu'on soit presque les yeux dans les yeux.

– Tu m'étonnes, que je le sais. Au fait, ma mère voulait que je te donne un panier de muffins pomme-banane à rapporter chez toi. N'oublie pas de le prendre dans mon coffre quand je te déposerai.

– Oh, miam.

Je me suis pratiquement léché les lèvres à cette idée. Chaque jour, elle donnait à Evan une nouvelle friandise à mon intention, au cas où elle ne rentrerait pas à temps pour nous voir. J'avais déjà pris plus de deux kilos en l'espace de deux jours.

– Pourquoi tu ne me l'as pas dit plus tôt ? J'aurais pu en manger dans la voiture, ai-je ajouté.

– Parce que je déteste les bananes. Imagine si tu avais le goût de banane pendant notre baiser : j'aurais pu vomir et ça aurait donné aux gens une opinion de toi pas géniale.

J'ai haussé un sourcil devant son air horrifié.

– Oh, je t'en prie. Je ne me plains pas, moi. J'aurais pu te faire arrêter à la station-service pour que tu achètes des chewing-gums.

– Pour ça tu n'as pas à t'inquiéter. Carly m'en a donné. Et je me suis brossé les dents hyper longtemps ce matin, juste pour toi. (Son sourire Ultrabright m'a presque convaincue. Puis il m'a adressé un lent clin d'œil et, dans mon ventre, les papillons se sont agités.) Mais sérieusement, tu es prête au baiser de cinéma d'une vie ? Je ne sais pas quelle est ton expérience, pour ma part j'ai une réputation à maintenir, alors il faut que ça ait l'air bien. Mais bon, tu n'as pas besoin de t'inquiéter, a-t-il ajouté après coup.

– Pourquoi ça ?

– Parce que tu n'auras pas besoin de jouer la comédie. Je suis sûr que tu seras trop emportée par le moment pour te rappeler qu'on fait juste semblant, a-t-il conclu avec un soupir théâtral. Moi, par contre, je vais devoir faire appel à mes meilleurs talents d'acteur.

Je voyais clair dans son jeu : il essayait d'alléger l'ambiance pour que je ne réfléchisse pas trop et que je ne devienne pas nerveuse. Trop tard.

– Oh, ça va, ferme-la et continue de t'étirer.

J'ai fourré mes fiches dans ma poche arrière.

– Pas besoin. J'ai fini.

Sur quoi, Evan s'est redressé et m'a fait signe de m'approcher. Maladroitement, j'ai posé mes deux mains sur ses épaules, comme si on se préparait à une danse de salon, et il a étouffé un rire contre son poing.

– C'est bien, mais je pense qu'on va peut-être devoir se rapprocher un peu plus que ça, m'a-t-il fait remarquer. Je veux dire, à moins que tu ne prévoies de m'embrasser par télépathie.

– Ha ha.

Je me suis rapprochée et j'ai noué les bras autour de son cou. En réponse de quoi, il a passé ses deux bras autour de ma taille.

– Beaucoup, beaucoup mieux. Très bien, l'Opération Roulage de Pelle est sur le point de commencer, a-t-il chuchoté lorsque son visage n'a plus été qu'à quelques centimètres du mien, balayant ma frange sur mon front avec un sourire. Que le spectacle commence !

– Mon Dieu, Evan, est-ce que quelqu'un t'a déjà dit que tu étais maître dans l'art d'exciter une fille ? ai-je murmuré juste avant que ses lèvres ne touchent les miennes, provoquant son rire.

Malgré toutes ses grandes paroles, Evan n'en faisait pas des tonnes. Ses lèvres étaient contre les miennes, mais c'était tout. C'était agréable, bien mieux que la poignée de baisers auxquels j'avais eu droit jusqu'alors, mais il manquait quelque chose. Comme s'il avait peur que je m'enfuie s'il approfondissait le baiser. J'étais quand même tentée de m'enfuir, mais maintenant qu'on était là, ma nature perfectionniste prenait le dessus. Puisqu'on donnait ce spectacle, alors ce devait être la meilleure démonstration de baiser que cette école ait jamais vue.

Décidant de prendre les choses en main, je l'ai attiré plus près. Ses épaules se sont raidies sous mes avant-bras, mais ses lèvres se sont pressées contre les miennes. J'ai laissé échapper un soupir plein de langueur et touché sa langue du bout de la mienne. Evan a pris une grande inspiration et hésité une fraction de seconde, avant de prendre le relais. Sa bouche s'est ouverte sur la mienne et ses bras sont descendus jusqu'à mes hanches pour me plaquer contre son corps et me soulever. J'ai dû me hausser sur la pointe des pieds pour rester debout. Du moins, je pense que je l'ai fait. Je n'en étais pas vraiment sûre, car je sentais à peine le sol. Mes jambes étaient en gelée. En mélasse. De la crème glacée par une journée ensoleillée sous trente degrés.

Hmmm. Voilà qui devenait intéressant. Le baiser se révélait plutôt sympa. OK, si « sympa » signifiait « génial, torride, à couper le souffle ».

C'était... bon Dieu, comme rien de ce que j'avais pu imaginer. J'avais lu des passages sur des baisers comme ça dans les romans, mais je n'avais jamais pensé que c'était possible en vrai. Rien ne peut faire fondre l'univers et vous faire oublier tout et tout le monde, sauf la personne en face de vous. Son odeur. Ses muscles et sa peau chaude qui palpitaient sous mes doigts. La douceur de ses cheveux quand mes doigts s'y enfonçaient. Et ses lèvres, douces mais incroyablement chaudes, sans brûler, qui se pressaient contre les miennes, s'ouvrant et bougeant pour masser, embrasser, goûter...

La première pensée qui m'est venue à l'esprit, c'était qu'Evan ne m'avait pas menti quant à son expérience. En fait, il l'avait peut-être sous-estimée. C'était un sacré baiser. Et il n'avait pas non plus menti sur le brossage de dents. Il avait un goût agréablement mentholé.

Je ne sais pas combien de temps a duré notre baiser ni combien de temps il aurait duré si quelqu'un n'avait pas heurté Evan, nous faisant trébucher tous les deux contre le mur. Ma tête a failli heurter le tableau d'affichage, mais il a tendu la main pour la caler, amortir l'impact.

Le souffle d'Evan a chatouillé mon oreille gauche.

– Tu vas bien ?

– Euh, ouais, ça va.

J'étais à peine capable de concentrer mon attention sur autre chose que la sensation de ses bras autour de moi. Malgré tout, j'ai réussi à m'éloigner assez pour regarder par-dessus son épaule. À travers la foule bavarde, j'ai distingué une silhouette élancée. Ses cheveux roux bouclés se balançaient d'avant en arrière dans leur queue-de-cheval relevée.

Lauren.

Evan a suivi mon regard.

– C'est bizarre.

– Qu'est-ce qui est bizarre ?

– Que Lauren nous ait poussés. (Il a pouffé et secoué la tête.) Si je ne la connaissais pas mieux, je penserais qu'elle est jalouse ou un truc du genre, mais c'est impossible.

En remarquant la façon familière dont il parlait d'elle, je suis sortie du brouillard agréable qui avait entouré notre baiser.

– Est-ce que vous... est-ce que vous êtes sortis ensemble ?

– Ben ouais, mais c'est fini depuis des lustres. Maintenant, on se voit juste de temps en temps.

Son aveu désinvolte m'a fait mal. Il m'a rappelé qu'Evan n'aurait jamais été aussi honnête si on sortait vraiment ensemble, et que non, on ne sortait pas ensemble.

Pendant un moment, j'avais oublié qu'on faisait semblant. J'avais tout oublié sauf nous. Ce baiser était incroyable et, maintenant, il me semblait souillé, sale et déplacé. Je l'ai repoussé, voulant m'éloigner le plus possible de lui.

– Génial. Vraiment génial. Écoute, je dois aller en cours.

J'ai à peine eu le temps d'enregistrer son air surpris avant de partir à grandes enjambées.

Ça ne lui a pas pris longtemps pour me rattraper. Maudites soient mes petites jambes.

– Qu'est-ce qui ne va pas ?

– Tout va bien.

Il s'est frappé le front du plat de la main et a soupiré.

– Attends. J'ai pigé.

Mon cœur s'est arrêté, tout est devenu flou. Il ne pouvait pas avoir deviné. Je comprenais à peine moi-même ce qui me chagrinait.

– Ah bon ? ai-je demandé en me mordillant la lèvre inférieure.

– Ouais, il n'y a pas de quoi être embarrassée. Admets-le.

– Quoi ?

– Admets que tu as été emportée par le baiser de tout à l'heure, comme je l'avais prédit.

Sérieusement, son sourire n'aurait pas pu être plus large et content de lui.

J'ai baissé les yeux vers le sol et j'ai ri, sachant que même mon rire sonnait faiblard. Même à mes oreilles.

– Oh, s'il te plaît...

J'ai voulu presser le pas, mais il m'a facilement rattrapée.

– S'il te plaît, embrasse-toi encore, a-t-il raillé. (Rieur, Evan a passé les bras autour de mes épaules, m'attirant dans une étreinte moitié câlin, moitié tête contre tête.) Allez, admets-le. Allez. Allez.

Je me suis esclaffée à mon tour en me libérant de ses bras.

– D'accord, d'accord ! Je te donne... un « satisfaisant », je dirais.

– Je vais m'en contenter. Dommage que ça ne soit pas réciproque.

J'ai levé les yeux vers lui, m'attendant à voir un sourire. À ma grande surprise, c'est une mine sérieuse que j'ai découverte sur son visage. Pour ne rien arranger, il a secoué la tête d'un air déçu en croisant mon regard. Une vive rougeur m'a envahi les joues.

– Eh bien, ce n'est pas comme si j'avais ton expérience ou quoi que ce soit, mais...

– Oui, c'est évident. Mais sache-le, il y avait trop de langue. Beaucoup trop.

La fossette de sa joue droite s'est creusée avant qu'il ne puisse détourner la tête. Je l'ai poussé de l'autre côté du couloir.

– Dieu, ce que tu es agaçant...

Evan a passé les doigts dans ses cheveux, les décoiffant encore plus que je l'avais déjà fait, et il a ajusté les bretelles de son sac sur ses larges épaules.

– N'empêche que tu m'aimes bien. Je plaisantais. Tu embrasses très bien. Parfaitement même. Et ce baiser ? Waouh. Sans déconner, c'était juste... sublime. Magique. Je pense vraiment que j'ai vu des étoiles pendant un moment, et ce n'est pas à cause des dommages cérébraux causés par ta violence.

Je voyais les gens se retourner pour nous dévisager sur notre passage. Je me suis précipitée pour lui couvrir la bouche.

– Chut ! T'es obligé d'être aussi bruyant ?

– Pourquoi je m'inquiéterais que quelques personnes entendent parler de notre amouuuuur ? a-t-il répliqué, allongeant le dernier mot comme s'il chantait.

Il a esquivé au moment exact où je tendais la main pour le taper à nouveau. Au lieu de quoi, il m'a attrapé le poignet et m'a attirée près de lui.

– Je me tairai si tu m'accompagnes jusqu'à mon cours d'éducation civique.

J'ai réprimé le sourire qui se dessinait sur mon visage.

– D'ac.

Sa main s'est resserrée autour de la mienne.

– Bon, ben allons-y. Tu ne voudrais pas que je sois en retard, si ?

Nos bras joints se balançaient entre nous et j'ai été surprise de voir à quel point c'était naturel, maintenant. Comme il était agréable de rire sans avoir à se soucier de qui nous regardait. Et de faire exactement ce qu'on voulait.

Pourtant... Je ne pouvais m'empêcher de me demander s'il appréciait ce moment autant que moi, ou si c'était juste dans ma tête.

II

TAYLOR

– Merci d'être allé me prendre à grignoter, ai-je lancé à Brian par-dessus mon épaule.

Les yeux rivés sur l'écran de l'ordinateur, je finissais de taper ma liste de contrôle pour la Journée des métiers, à envoyer à M. Peters.

– Je sais que je devais préparer la réunion, mais j'ai tellement de choses à rattraper pour cet événement...

– Pas de souci, m'a-t-il répondu. Tu sais que ça ne me dérange pas de te donner un coup de main.

– Oui, je peux toujours compter sur toi. C'est pour ça que j'en profite autant.

Brian a gloussé et s'est appuyé contre la table.

– Super, merci de m'avertir.

Je lui ai répliqué d'un sourire effronté.

– Mais je t'en prie.

On est restés silencieux pendant les quelques minutes suivantes, mais c'était un silence confortable, studieux. Finalement, j'ai cliqué sur le bouton « Envoyer » et je me suis retournée sur mon siège, en étirant les mains au-dessus de ma tête en signe de triomphe.

– Alors, tu as besoin que je fasse autre chose ?

– Non, j'ai fini. (Il a jeté un coup d'œil à son téléphone avant de le ranger dans sa poche.) Et les gens ne devraient pas tarder.

En hochant la tête, j'ai attrapé un petit sachet de bretzels sur la table et je l'ai englouti en quelques secondes à peine. J'étais tellement excitée que M. Peters m'ait redonné les rênes de l'organisation de la Journée des métiers que j'avais à peine déjeuné. Cela dit, j'avais quand même pris le temps de m'arrêter pour adresser un sourire sournois à Lin avant de quitter la cafétéria.

– Au fait... (Brian s'est raclé la gorge plusieurs fois avant de continuer.) Je voulais te parler d'Evan.

La bouche toujours pleine, j'ai dégluti et pris un autre sachet – des Cheetos cette fois.

– Hum ? Quoi donc ?

Il a haussé les épaules.

– Juste que je trouve ça un peu étrange. Je veux dire, il y a deux semaines à peine, tu m'as affirmé qu'il ne se passait rien entre vous deux. Dans cette même pièce. Et maintenant, vous sortez ensemble ?

J'ai baissé les yeux sur le sachet orange et bleu que je tenais dans la main. Brian soupçonnait-il quelque chose ? Je n'aimais pas lui mentir, mais je n'avais pas le choix. Lui avouer la vérité était exclu.

– Je n'ai jamais dit qu'il n'y avait rien entre nous. J'ai juste dit qu'il ne s'était rien passé cette nuit-là.

Il a haussé les sourcils.

– Et depuis ?

– Euh...

Minute, il était en train de me demander si Evan et moi, on avait fait l'amour ?

Prenant soudain conscience de ses insinuations, Brian s'est empourpré, sans doute à l'image de mon propre visage, que je sentais brûlant.

– Non, je ne... Ce que je voulais dire, c'est que je suis surpris que vous sortiez ensemble. Vous n'avez pas l'air faits pour vous entendre. Vous êtes différents.

Des images d'Evan et de nos conversations se sont mises à défiler dans ma tête.

– Je pensais aussi, mais en fait il n'est pas aussi nul qu'on pourrait le croire.

– Vraiment ? Parce qu'on dirait quand même qu'il n'en a rien à cirer de l'école, de la fac et tout ça. Tu sais, toutes ces choses qui sont importantes pour toi.

Les propos de Brian m'ont cloué le bec. Notre relation n'avait pas de sens, parce qu'Evan et moi, ça n'avait pas de sens. Brian m'avait mise face à mes contradictions. Il voyait les choses de la même façon que moi. L'école et Columbia étaient ma vie. Et même si j'avais essayé de demander à Evan ce qu'il en était de ses candidatures pour l'université, il ne m'avait jamais donné de réponse claire, malgré le nombre de fois où j'avais mis le sujet sur le tapis. Bon, pour commencer, il avait eu l'air intéressé, mais je ne savais pas du tout s'il avait changé d'avis.

Enfin, tout cela n'avait aucune importance, puisqu'on n'était pas dans une vraie relation. Peu importait qu'on n'ait pas les mêmes centres d'intérêt, ni même qu'on n'ait rien en commun. Peu importait que nos expériences relationnelles soient à l'opposé. Ou que son ex-copine-plan-sexe-occasionnelle et désormais amie soit l'image même de la bombasse, alors que j'étais une sorte d'enfant de chœur. Une enfant de chœur qui étudierait pour devenir nonne.

Non, rien n'importait, parce qu'on n'avait pas l'intention de partir main dans la main dans le soleil couchant et de vivre heureux jusqu'à la fin des temps. C'était juste un contrat. Un accord.

L'euphorie de la planification de la Journée des métiers s'est soudain dissipée, mon appétit a disparu. J'ai écrasé le reste des Cheetos dans leur sachet, les réduisant en une poudre fine.

– On ne fait que sortir ensemble. Rien de sérieux.

Brian a hoché la tête, puis il s'est déplacé et a penché la tête vers moi. Joueur, il s'est mis à me pousser du coude.

– Quand même, tu dois admettre qu'Evan n'est pas exactement le genre de gars que tu ramènerais chez tes parents. Tu imagines la crise cardiaque de ta mère ?

Son expression faussement horrifiée m'a fait glousser. Et visualiser Evan en compagnie de mes parents n'a fait que redoubler mon rire.

– Non, tu as absolument raison sur ce point.

– Toc-toc.

On a tous les deux levé les yeux. Evan se tenait sur le seuil de la porte, un sourire tranquille plaqué sur le visage. Sauf que ce n'était pas son sourire normal. Celui-là était un peu forcé.

– J'aurais peut-être dû vraiment frapper, a-t-il dit en levant la main pour cogner contre la lourde porte en bois avant d'entrer dans la salle.

Depuis combien de temps était-il là ? Nous avait-il entendus parler ? Remarquant soudain à quel point Brian et moi étions proches, je me suis maladroitement éloignée de lui de quelques centimètres.

– Salut, qu'est-ce que tu fais là ?

– Je passais voir si tu avais besoin que je te ramène chez toi.

Brian a croisé les bras et s'est redressé.

– Non, c'est bon. Je peux la déposer chez elle plus tard. C'est sur mon chemin. Ne te dérange pas.

Le sourire d'Evan s'est élargi.

– Non, c'est bon. Taylor ne me dérange jamais.

– Mais...

J'ai agité les mains devant eux pour attirer leur attention.

– Euh... les gars ? J'ai déjà prévu de rentrer à la maison avec Carly. On va au centre commercial après, donc aucun de vous n'aura à me servir de chauffeur.

Brian s'est rassis.

– OK, je passais juste proposer, a lâché Evan avec un regard noir à Brian. À plus, alors.

Il s'est avancé et m'a planté un baiser rapide sur la joue.

– OK, ai-je répliqué sur le même ton que lui.

J'avais comme l'impression d'avoir raté quelque chose. J'aurais aimé que Carly soit là pour m'expliquer ce qui venait de se passer, parce que moi, je n'en avais aucune idée.

Mes devoirs de physique me rendaient littéralement folle.

La biologie, c'était facile à comprendre, parce que c'était quelque chose que je pouvais voir – même si je détestais les dissections de cobayes. Même la chimie, dans une certaine mesure, je comprenais. Mais la physique ? Comment étais-je censée voir la relation entre l'accélération et la masse d'un objet et, pire encore, la calculer ?

Pour couronner le tout, j'avais un prof nul. M. Higgens était célèbre pour deux choses. Un : ses quiz pop. Et deux : son amour pour son fils, Adrian, célèbre docteur. Il suffisait de lui poser des questions sur son fils et il se mettait à disserter dessus pendant tout le cours. Le problème était plutôt de le faire taire, alors.

Tout en tirant sur mes collants bleu marine délavés, je regardais mes parents jardiner par la fenêtre de la cuisine. Maman jouait avec l'arrosoir et faisait semblant de doucher papa. Il se secouait comme un chien, ce qui la faisait hurler de rire. Oreo courait dans tous les sens et aboyait à leurs pitreries.

Bien que mariés depuis huit ans, ils étaient encore amoureux comme un couple d'adolescents. Enfin, moi qui arrivais pourtant à la fin de mon adolescence, je n'avais jamais agi comme ça.

Mon regard s'est tourné vers mon reflet dans la vitre ensoleillée. J'ai rassemblé mes cheveux en queue-de-cheval et tourné la tête d'un côté et de l'autre. Cette coiffure simple soulignait mon visage, mais pas de façon positive. Il paraissait plus long et plus étroit. Du coup, mes lèvres semblaient gonflées, par comparaison. Et mes cheveux bruns avaient l'air plats et sans vie, trop raides. Pourquoi mes cheveux ne pouvaient-ils pas être un peu bouclés ou ondulés, avoir une souplesse naturelle comme...

Mince. Je recommençais. Je me comparais inconsciemment à Lauren, depuis qu'Evan m'avait parlé de leur relation. Et j'avais cette sensation de creux au ventre chaque fois que je les imaginais ensemble.

– Je ne suis pas jalouse. Et je n'aime pas Evan, me suis-je mise à scander à voix haute, comme un mantra. C'est juste un arrangement, un contrat. Aucun sentiment ni émotion ne sont autorisés. Pas du tout. C'est dans le contrat.

Loin des yeux, loin du cœur. Aujourd'hui était ma journée loin des yeux et des oreilles de tout le monde à l'école, et j'allais en profiter.

En mâchonnant le bout de mon stylo, j'étais concentrée sur la résolution d'un problème – à quelle vitesse une balle de six grammes toucherait le sol après une chute libre d'un bâtiment de sept mètres de haut ? –, lorsqu'une portière de voiture a claqué. Mon esprit n'a pas absorbé d'autre information, si ce n'est que le bruit provenait de l'extérieur.

Comme le silence est ensuite revenu, je n'y ai plus pensé. Jusqu'à ce que je voie ma mère agiter frénétiquement la main pour m'enjoindre de sortir, pendant qu'un type parlait à côté d'elle.

Mes yeux se sont écarquillés, au point que j'ai redouté de les voir sortir de leurs orbites. Qu'est-ce qu'il... Pourquoi il... J'ai bondi de mon siège et quelques secondes plus tard, j'étais dehors. J'aurais reconnu ces épaules et ces cheveux blonds ébouriffés n'importe où. Mais que fichait Evan dans mon jardin et pourquoi parlait-il à mes parents ?

– Taylor, ton ami Evan est venu te rendre visite. N'est-ce pas adorable ? s'est exclamée ma mère quand je me suis immobilisée devant eux.

– Ouais, adorable.

J'espérais que mon visage n'était pas aussi crispé que je le sentais. Mes joues me faisaient l'effet d'élastiques à cheveux tout neufs et encore raides. J'ai levé la main pour écarter ma frange, mais j'ai réalisé que les manches de mon sweat-shirt trop ample me retombaient sur les mains. J'ai remonté les deux manches.

– Qu'est-ce que tu fais ici ?

Son sourire était large et naturel, comme s'il n'y avait rien d'étrange à ce qu'il débarque chez moi et discute avec mes parents. Kimmy était collée contre mon flanc, qui le regardait aussi béatement que si elle avait affaire à son prince charmant. Je voyais presque les cœurs sortir de ses yeux.

– J'étais dans le quartier, alors je me suis dit qu'on pourrait faire un truc. Par une si belle journée, je pensais te trouver dehors. Désolé si je m'impose.

Maman a passé un bras sous le sien.

– Mais non, pas du tout. Taylor ne reçoit jamais de camarades à la maison, parce qu'elle est toujours en train d'étudier. Pour être honnête, je ne savais même pas qu'elle avait d'autres amis que Carly et Brian – qui ne vient jamais, d'ailleurs, même si Taylor le lui a proposé.

– MAMAN !

Elle m'a fait ses yeux ronds, l'innocence personnifiée.

– Quoi, chérie ? C'est la vérité. Il n'y a pas de quoi avoir honte.

Ah non ? Alors pourquoi j'avais l'impression que mes joues allaient fondre sous l'effet de l'humiliation ? Elle était en train de me tuer à coups de commentaires embarrassants.

Avant que je puisse répondre, elle s'est retournée vers Evan, en rejetant ses cheveux derrière son épaule comme une adolescente en mal d'amour

– jeté de cheveux, rotation de tête. Entre Kimmy et elle, je tenais le début du fan-club d'Evan McKinley.

– Pourquoi Taylor et toi n'iriez-vous pas à l'intérieur ? Je pense qu'il reste de la citronnade toute fraîche dans le frigo.

– En fait, j'ai tout bu, ai-je admis, aveu qui me valut un regard désapprobateur.

– Eh bien, au pire il y a encore du soda...

– C'est bon.

Evan a affiché son sourire éclatant qui, je le savais, avait coûté à Brandon la bagatelle de sept mille dollars. Son beau-père avait eu le dernier mot. Evan m'avait raconté que les extractions lui avaient fait un mal de chien et qu'il avait dû endurer trois ans d'appareil dentaire. Cela étant, on ne l'aurait jamais deviné en le regardant maintenant. Du moins, pas moi. Moi je le classais juste dans la catégorie irritante des personnes naturellement belles.

– En fait, je veux bien vous aider à désherber, ça ne me dérange pas, a-t-il ajouté, mains dans les poches et tête inclinée sur le côté. Si vous voulez bien de mon aide.

OK, je devais rêver. Non seulement Evan McKinley se trouvait chez moi mais il proposait de faire du jardinage. De la main-d'œuvre gratuite.

Papa a sauté sur l'occasion et a aussitôt passé un bras autour des épaules d'Evan.

– Eh bien, je ne vais certainement pas dire non. Tu pourrais finir cette parcelle, juste ici. Tu veux que je te montre comment on fait ?

– Ce serait génial.

Maman s'est rapprochée de moi pendant qu'ils parlaient.

– Alors, vous vous connaissez jusqu'à quel point, tous les deux ?

J'ai fait semblant de ne pas comprendre le fond de sa question.

– Pas si bien que ça. Ça fait un certain temps qu'on va à l'école ensemble, mais on n'a jamais eu de cours en commun.

À cet instant-là, Oreo s'est approché d'Evan et s'est roulé au sol pour s'allonger contre lui. Sans cesser d'écouter les explications de mon père, Evan s'est accroupi et a gratté le ventre du chien, dont la queue fouettait l'herbe avec excitation.

Maman a croisé les bras et m'a lancé un regard complice.

– Tu es sûre ? Oreo n'a pas l'air du même avis.

Sentant mon visage s'empourprer, j'ai relevé mes cheveux en queue-de-cheval pour me donner une contenance.

– C'est génial, maman. Tu préfères croire le chien plutôt que ta propre fille.

– Eh bien, Oreo ne sait pas mentir. Alors que toi, si. Tu es une adolescente, après tout. (Elle a balayé quelques mèches derrière mes oreilles.) Du moins, je pense. Je ne suis pas sûre de l'âge que tu as parfois.

– Ha ha !

Maman m'a adressé un sourire en coin.

– Allez, Cole. Je suis sûre qu'ils sauront se débrouiller. C'est du désherbage, pas de la physique quantique.

– Mais c'est très compliqué...

– Comment ça, compliqué ? Tu arraches tout sauf la pelouse. Je pense que même Taylor saurait s'en sortir, a-t-elle ajouté, taquine, en m'envoyant un petit coup de coude dans l'épaule. Viens, Kimmy.

Papa a rigolé.

– Tu as raison.

Ils se sont tous les deux éloignés de quelques mètres vers la grande fontaine à thé qu'ils avaient achetée à Chinatown, main souillée de terre dans main souillée de terre. Oreo a couru les rejoindre. Kimmy nous a lancé un regard triste, mais elle a suivi maman et papa.

– Qu'est-ce que tu fais ici ? ai-je sifflé derrière un sourire tendu.

Celui d'Evan, en revanche, s'est éclairé encore plus sous le soleil.

– Tu as eu l'occasion de rencontrer mes parents, alors j'ai pensé qu'il serait juste que je rencontre les tiens.

– J'ai rencontré les tiens par accident.

– C'est un détail. (Il a tapoté le carré de pelouse à côté de lui.) Alors, tu viens m'aider ou pas ?

J'étais tentée, mais j'ai étouffé mon envie.

– Je suis occupée, ai-je répliqué avec un geste du pouce par-dessus mon épaule vers la maison. Je dois encore finir mes devoirs de physique.

– Ooooh, allez, tu peux finir ça plus tard. Si tu veux, je te donne des cours particuliers.

– Toi ?

Evan a haussé un sourcil.

– Oui, Madame Je-sais-tout, moi. Je te ferai savoir que j'ai un don pour la physique. Les A que j'ai dans ce cours sont la seule chose qui remonte mon C en espagnol.

– Tu as eu un C en espagnol ?

– Oui. Difficile à croire, hein ?

Ça, c'est sûr. Réprimant un rire, je me suis dandinée d'un pied sur l'autre avant de céder. Oh, et puis zut ! J'avais besoin d'une pause. Les formules physiques ne rentraient pas, de toute façon. Et c'était effectivement une très belle journée. Ensoleillée, mais encore assez nuageuse pour procurer de l'ombre. Il y avait même une légère brise qui passait toutes les quelques minutes. Je me suis accroupie à côté de lui et j'ai entrepris d'arracher les mauvaises herbes.

Evan s'est rapproché.

– Alors comme ça… Brian n'est jamais venu ici ?

– Non.

– C'est drôle, il a l'air du genre de gars qu'on voudrait présenter à ses parents.

La suffisance dans sa voix était évidente. Et ses mots se sont mis à résonner dans ma tête. Je me suis tournée vers lui d'un coup, pour découvrir son air amusé et satisfait.

– Tu as entendu notre conversation d'hier ?

Evan a levé les yeux au ciel.

– Eh bien, ce n'est pas comme si vous chuchotiez.

Ne sachant pas quoi dire, j'ai baissé la tête et feint d'être absorbée par l'arrachage des racines.

– Ne me fais pas dire ce que je n'ai pas dit, Brian est bel et bien le mec parfait à ramener à la maison. Oui, parfait. Parfait à en donner la nausée, a-t-il ajouté d'une voix adoucie. Tu pourrais peut-être commencer quelque chose avec lui, quand on en aura fini avec « notre petite histoire ».

Autant dire que j'y avais pensé des centaines de fois au fil des ans. Brian cochait tous les critères de ma liste de l'homme parfait. Seulement, chaque fois, je me disais que ce serait pour plus tard.

– Ouais, peut-être.

Les yeux d'Evan sont devenus un peu pensifs à ma réponse. Il m'a fixée pendant une longue minute avant qu'un énorme sourire ne fende son visage.

– Mais ça ne marchera pas, entre vous. Tu ne peux pas.

Je ne voulais pas poser la question, malheureusement ma curiosité a pris le dessus.

– Pourquoi ça ?

– Parce que vous êtes tous les deux trop intelligents. Et je dis bien « trop » intelligents. Genre, si vous aviez un enfant, il deviendrait un génie maléfique qui finirait par conquérir le monde ou quelque chose comme ça.

J'ai rigolé si fort que maman et papa ont tourné la tête vers nous. Je me suis rapprochée d'Evan pour qu'ils n'entendent pas.

– Je n'avais jamais envisagé les choses sous cet angle.

– Pourtant, c'est vrai. En fait, tu sauves le monde en étant avec moi plutôt qu'avec lui.

– Ouais, bon, ben, appelle-moi Wonder Woman, du coup.

Là, ça a été son tour de se gondoler.

– Je ne dis pas non, si jamais tu veux essayer le costume. (Il m'a jaugée, dans mon sweat-shirt trop grand et mon legging, puis m'a adressé un regard faussement pervers.) Carrément une idée à envisager pour le prochain Halloween.

J'ai reculé et remonté mes genoux pour couvrir ma poitrine.

– Tu n'auras qu'à venir me rendre visite à Columbia, tu verras par toi-même. À moins que tu ne sois dans les environs de toute façon ?

– Ouais. Peut-être.

Evan s'est détourné et concentré sur le désherbage, mettant ainsi fin à la conversation comme il le faisait toujours lorsque je parlais de l'université.

J'ai appuyé le menton sur mon genou et me suis balancée d'avant en arrière. Qui aurait cru que moi, Taylor Simmons, je désherberais un jardin avec Evan McKinley ? Ça n'était pas une activité de vieux couple marié, plutôt ?

Même si toutes les filles de l'école se pâmaient devant lui, moi, non. Bon, d'accord, j'appréciais le grand spécimen mâle, mais il était trop... costaud. J'ai laissé courir mes yeux sur lui. OK, on ne pouvait pas nier qu'il était plutôt beau gosse, dans son jean et son sweat-shirt, à tripoter la terre.

Il a levé les yeux et m'a surprise en train de le reluquer. *Merde.* J'ai immédiatement baissé les yeux et attaqué les mauvaises herbes devant moi comme s'il s'agissait des cheveux de Lauren. Ou qu'elles m'avaient fait rater un cours. Evan a gloussé, sans rien dire pour autant, Dieu merci. N'empêche, je n'ai pas osé relever les yeux jusqu'à ce que mon visage cesse de brûler.

Manifestement, avoir la main verte n'était pas héréditaire, autant nos parents adoraient jardiner, autant Kimmy et moi savions à peine faire la différence entre de la terre humide et de la boue. Mais le désherbage, ça allait. Ça me distrayait. Il me suffisait de me concentrer sur la tâche à accomplir. Je repérais une mauvaise herbe, je tirais dessus jusqu'à ce que les racines se détachent. Maman avait raison. Ce n'était vraiment pas sorcier.

Au bout de peu de temps, mes parents se sont redressés et époussetés.

– Je pense qu'on va s'arrêter. Il commence à faire nuit, a annoncé papa, rassemblant déjà les bêches et les pelles éparses par terre.

– Je vais lancer le dîner. Tu restes pour le dîner, n'est-ce pas, Evan ?

– Bien sûr, Madame Simmons.

Une fois qu'ils ont été partis, Evan s'est levé et étiré. Malgré ma détermination, je n'ai pu empêcher mes yeux de le regarder rouler ses épaules pour détendre ses muscles. Il s'est baissé, a ramassé un pissenlit dans le tas de détritus et l'a glissé dans mes cheveux. Je n'aurais jamais pensé que ce geste pourrait être romantique, pourtant mes genoux ont été à deux doigts de flancher. Personne ne m'avait encore jamais offert de fleurs.

– Viens. Allons nous poser un peu ensemble.

– Mais mes devoirs...

– ... seront toujours là dans vingt minutes.

Je me suis levée en titubant et je l'ai suivi jusqu'au hamac accroché sous le chêne au fond de la cour. Il a sauté dessus comme si c'était un trampoline. Le hamac s'est mis à balancer dangereusement d'avant en arrière, mais avec les bras écartés, Evan a su garder son équilibre. Quand les oscillations ont enfin assez ralenti, il s'est allongé. Sa jambe droite était appuyée contre l'arbre, qu'il poussait tout doucement, tandis que son autre jambe pendait à quelques centimètres au-dessus du sol.

Pour commencer, je me suis assise à côté de lui, mais le balancement ne cessait de me renverser en arrière, alors j'ai fini par m'allonger à côté de lui, les bras croisés sur la poitrine.

Il a laissé échapper un petit rire.

– Tu ne fais pas ça très souvent, si ?

– Quoi ? Le jardin ?

– Te laisser aller. Arrêter d'être coincée tout le temps.

– Je ne suis pas coincée.

– Ah non ?

Soudain, Evan a tendu la main et a passé un doigt souillé de terre sur ma joue. Je me suis figée. Je savais qu'il s'attendait à ce que je m'essuie. Mais j'étais plus consciente de sa main sur mon visage que de la terre et de la poussière remplies de germes et des restes de divers insectes et autres vers... d'accord, peut-être que j'étais quand même un peu dégoûtée par la chose.

J'ai posé ma joue contre son épaule, la frottant délibérément contre son sweat-shirt. Il a gloussé, mais n'a pas bougé.

On se balançait sur le hamac. Côte à côte. Sans se toucher hormis nos petits doigts. Sans décoller les yeux du ciel, j'ai approché ma main un tout petit peu plus près et je l'ai poussé. J'ai vu son coup d'œil vers moi, puis il a accroché son petit doigt au mien, nous liant l'un à l'autre comme dans la promesse d'un secret partagé. Ce qui, en un sens, était le cas.

Après le dîner, pendant qu'Evan et ma mère copinaient en faisant la vaisselle, je me suis assise à l'îlot de la cuisine et j'ai regardé par la fenêtre. Il n'y avait plus qu'un rai de lumière rose orangé à l'horizon, au-delà de la clôture. Les étoiles commençaient déjà à apparaître.

Evan a reniflé l'air plusieurs fois.

– OK, j'ai cru que j'étais devenu fou pendant tout le dîner, mais il faut que je vous pose la question. Est-ce qu'il y a une tarte aux pommes ou quelque chose comme ça quelque part ? Je n'arrête pas de la sentir.

Maman a ri et lui a tendu la vaisselle qu'elle venait de laver pour qu'il puisse l'essuyer.

– Non, j'aimerais bien. Je suis une pâtissière lamentable. J'aime juste l'odeur des pommes et de la cannelle.

– Moi aussi. Enfin, je ne dirais pas non à une tarte aux pommes non plus, a-t-il ajouté avec un sourire. Mais le dîner était délicieux. Merci, Madame Simmons.

Elle a agité une main savonneuse en l'air.

– Je suis contente que ça t'ait plu ! Tu reviens quand tu veux.

Papa et Kimmy sont venus s'installer à côté de moi, chacun avec son bol de glace.

– Sérieusement, viens tous les jours si tu veux. On ne mange pas aussi bien quand tu n'es pas là, a commenté papa avec un sourire.

Maman lui a lancé un regard noir.

– Tu insinues que je ne cuisine pas bien d'habitude ?

– Pas *aussi* bien, a-t-il précisé, avec un sourire encore plus large. Je t'aime.

Elle a levé les yeux au ciel et s'est retournée vers l'évier.

Kimmy tripotait ses boucles brunes. Elle avait son drôle d'air rêveur.

– Oui, maman, tu as fait ta purée, genre toute fouettée et montée, juste parce qu'Evan a dit qu'il aimait les pommes de terre préparées comme ça. Moi, j'aime bien enlever les grumeaux qu'il y a d'habitude...

Se levant de son siège, papa s'est mis à lui frotter le sommet de la tête pour la faire taire avant que maman ne devienne folle.

– Eh bien, grumeaux ou pas, j'ai trouvé ça délicieux.

– Je suis d'accord.

Evan a laissé tomber le torchon sur le comptoir et s'est approché de moi tranquillement. À ma grande surprise, il a enlevé son sweat-shirt vert et gris et l'a enroulé autour de mes épaules.

– Tu avais l'air d'avoir froid. Alors, prête à t'éclater sur la physique ?

Ma bouche s'est retroussée sur un sourire si large que j'en ai eu mal aux joues.

– Je n'avais jamais entendu les mots « physique » et « éclater » dans une même phrase jusqu'à aujourd'hui.

– On avait déjà établi que tu ne connaissais même pas le sens du mot « s'éclater », il me semble... m'a-t-il titillée en s'installant à côté de moi sur le siège de papa.

Il m'a pris mon cahier et mon manuel scolaire.

– Taylor ? (De l'autre côté, Kimmy m'a tiré sur le bras : ses grands yeux bleus, d'une nuance surprenante à la différence de mes yeux d'un brun terne, pétillaient d'excitation.) C'est ton petit ami ?

J'ai jeté un coup d'œil à Evan, mais il était occupé à feuilleter mon livre de physique, un crayon à la main, le front plissé pendant qu'il lisait l'énoncé de l'exercice. J'ai passé mon bras autour des épaules de ma petite sœur et je me suis penchée vers elle.

– Oui, ai-je finalement murmuré, sans me soucier du fait qu'elle allait probablement le répéter à maman plus tard – ou que maman allait piquer une crise.

Et sans non plus admettre en mon for intérieur combien c'était agréable à dire.

12
EVAN

La Saint-Valentin.

Habituellement, c'est un jour que j'évite comme la peste. Non seulement à cause de ces couples écœurants qui se coulent des regards énamourés toute la journée mais aussi parce que les célibataires sont à l'affût. Ce qui n'est pas toujours une mauvaise chose, à moins que vous ne soyez la cible de l'une de ces chasseresses. Car, alors, elles se prennent à penser que c'est le destin ou une connerie comme ça et deviennent encore plus collantes. Croyez-moi.

Mais cette année, c'était différent. Cette année, j'avais une petite amie – bon Dieu, ça fait encore bizarre à dire – ou je ne sais quoi qu'on était, Taylor et moi. On ne sortait pas vraiment ensemble, mais on était bien plus que des amis ordinaires. C'était sympa de traîner avec elle. Et elle embrassait sacrément bien. Sérieusement. Cette fille avait la capacité de m'enflammer en quelques secondes. Et je prenais un plaisir extrême à la pousser à m'embrasser en public dès que je le pouvais.

Sans parler du fait que Brandon me balançait moins de saloperies quand elle était là, et que ma mère en avait l'air ravie.

Bref, j'ai pensé à lui faire la surprise de lui offrir des fleurs en allant la chercher pour l'école. En guise de remerciement, disons, pour avoir rendu ma vie supportable ces dernières semaines. Taylor était probablement plus du genre roses roses que roses rouges. Le rose, c'est plus doux.

En prenant mes clés sur la table de l'entrée, j'ai accidentellement fait tomber l'agenda de maman. Des petites cartes de visite et des notes autocollantes se sont répandues partout sur le sol. Maman est une collectionneuse, en matière de cartes de visite.

– Merde.

J'avais entrepris de tout ramasser quand une lettre a attiré mon attention. Une carte avec une écriture familière. Celle de mon père. Adressée à ma mère.

C'est quoi ce bordel ?

J'ai eu beau fixer longuement l'enveloppe jaune crème, l'écriture irrégulière n'a pas changé. Mon tiroir était rempli de tas de lettres de lui datant de quand il était en prison, ou parti pour ce que maman appelait ses « déplacements professionnels ». Je savais exactement où il se trouvait, évidemment, mais je faisais semblant de l'ignorer. Tant que les lettres continuaient d'arriver. Puis maman a épousé Brandon, et tout s'est arrêté complètement. Je n'ai plus jamais eu de ses nouvelles. Alors pourquoi écrivait-il à maman ? Et pourquoi ne m'en avait-elle pas parlé ?

Et même si je m'étais trompé sur l'écriture, son nom était là, sous mon nez. James McKinley, 5251 Alba Road, Destin, Floride.

Pourquoi avait-elle dit qu'elle le pensait « quelque part en Floride » ? Son adresse était juste là. Elle savait exactement où il vivait et me l'avait caché. Elle n'avait jamais mentionné la possibilité d'une visite, non plus, pourtant elle savait qu'il me manquait.

Mon esprit bourdonnait de questions sans réponse, auxquelles ma mère n'était pas là pour répondre. Brandon l'avait emmenée dans quelque spa de luxe. Je ne savais pas si je voulais connaître ces réponses, de toute façon. J'avais juste... juste besoin de sortir d'ici. De m'en aller. J'ai remis la carte dans son sac et me suis relevé en titubant.

J'avais encore la tête dans une sorte de brouillard, et le ventre serré comme si on m'avait donné un coup de poing en plein dedans. À plusieurs reprises. Par miracle, j'ai quand même réussi à passer la porte et à monter dans ma voiture. Mais je n'ai pas démarré. Pas tout de suite. J'ai mis la radio aussi fort que possible, et peu m'importait la chanson qui passait. Je ne savais même pas quelle station c'était. J'avais déjà bien assez à faire à me concentrer sur ma respiration, jusqu'à ce que son bruit emplisse ma tête et que je ne puisse plus penser.

Mes oreilles sifflaient encore quand je me suis enfin arrêté devant la maison de Taylor. Elle m'attendait déjà, assise sur son perron. Sa main gauche tapait en rythme contre sa cuisse pendant qu'elle se marmonnait quelque chose. Sans doute des malédictions à mon encontre. Un pli a barré son front quand elle m'a repéré. Aussi ridicule que ça puisse paraître, j'étais heureux de le voir, ce froncement de sourcils. Pour moi, c'était le plus beau spectacle du monde. Au moins, je savais que je ne pourrais pas penser à mon père pendant qu'elle me ferait la morale.

– Tu es en retard, a-t-elle lancé dès qu'elle a ouvert la portière pour se glisser sur le siège passager.

Et avec un lourd soupir, elle a lâché son sac à ses pieds et attaché sa ceinture de sécurité, sans un regard pour moi.

– Et maintenant, moi aussi, a-t-elle ajouté.

– Désolé.

Il n'en a pas fallu davantage pour qu'elle tourne brusquement la tête et me jauge, comme si j'avais chargé ce simple mot de tous mes problèmes. Ses yeux ont cherché des réponses sur mon visage. *Merde.* Qu'elle soit maudite, avec sa fichue intuition ! Je lui ai adressé un large sourire, qui n'a pas eu l'air de la convaincre des masses.

– Ce n'est pas grave. Ce n'est pas comme si quelque chose d'important risquait de se passer. (Elle m'a de nouveau regardé attentivement, avant de tapoter le tableau de bord.) Rudy a eu du mal à démarrer ?

– Non.

Notre conversation s'est tue et, malgré les quelques efforts de Taylor pour me dérider, elle n'a pas réussi à effacer mon humeur sombre. À ce stade, je ne pensais pas que quoi que ce soit y parvienne.

Une petite partie de moi continuait à se demander si la raison pour laquelle papa ne s'était pas battu pour nous, c'était qu'il en avait assez de notre famille. Le fait qu'il soit toujours en contact avec maman, mais qu'il n'ait jamais appelé ni même écrit la moindre carte postale à mon intention, me poussait maintenant à me demander si c'était moi, le problème.

Merde. C'était plus facile de faire porter le chapeau à Brandon.

Taylor se concentrait tellement pour essayer de trouver quoi dire d'autre que de petits plis s'étaient creusés sur son front tandis qu'elle se mordillait la lèvre inférieure. Bizarrement, elle parvenait à ressembler à la fois à une petite fille et à une vieille dame.

Malgré mon humeur de merde, je n'ai pas pu m'empêcher de lui sourire. Quelque chose de rouge dépassait de sous ses cheveux bruns. Mais qu'est-ce que... Je les ai doucement ébouriffés du bout des doigts et j'en ai retiré un pétale de rose rouge vif.

– Qu'est-ce que c'est ?

– Quoi ?

Elle a passé la main derrière sa tête et a saisi la mienne. Le pétale s'est froissé entre nos doigts. Elle l'a examiné un moment, comme si elle ignorait les raisons de sa présence.

– Oh, papa m'a demandé de l'aider à préparer sa surprise à maman pour la Saint-Valentin. On a éparpillé des pétales de rose autour d'elle pendant qu'elle dormait. Jusqu'à ce que Kimmy marche sur une épine et se mette à brailler.

En secouant la tête, elle a ri et a laissé tomber le pétale dans le cendrier entre nous.

Les roses. Je me suis frappé le front avec la main.

– Merde.

Taylor a arrêté de tripoter la radio et a jeté un coup d'œil vers moi.

– Qu'est-ce qui ne va pas ?

– J'étais parti pour t'acheter des roses au magasin, ai-je répondu en secouant la tête. Je n'en reviens pas d'avoir oublié.

– C'est pas grave. Ne t'inquiète pas pour ça.

Mais si, c'était grave. Parce que ça ne faisait que me rappeler *pourquoi* j'avais oublié. Mon estomac s'est encore vrillé et j'ai agrippé plus fort le volant. Au point que la peau sur mes phalanges s'est tendue et qu'elle a blanchi. Mon ventre s'est noué. Tant pis pour l'école.

– Écoute, je vais te déposer devant, d'accord ? Comme ça, personne ne me verra.

– Tu ne vas pas en cours ?

Je me suis forcé à relâcher mon étau sur le volant et j'ai tambouriné dessus d'une main.

– Non, j'ai des choses à faire. Je reviendrai plus tard.

– C'est encore ce truc de dépistage de drogue ?

Même si on n'était « ensemble » que depuis peu de temps, je lui avais finalement avoué la vérité et ça l'avait rendue furax pour moi. OK, je n'en avais plus rien à foutre désormais, n'empêche que c'était agréable d'avoir quelqu'un de mon côté pour une fois.

J'aurais pu mentir et dire que oui, c'était bien ça, mais connaissant Taylor, elle me soutirerait probablement la vérité tôt ou tard.

– Non, ce n'est pas ça. C'est... compliqué.

– Hmm... ça a quelque chose à voir avec tes problèmes concernant ton père ?

J'ai failli piler.

– Je n'ai pas de problèmes avec mon père.

– On en a tous les deux. Et les tiens sont écrits sur ton visage, me fit-elle avec un sourire taquin, avant de secouer la tête. Ne t'inquiète pas. Je suis plus tordue que toi. Mes problèmes, ils partent dans tous les sens.

Et de la main, elle a désigné son corps de haut en bas.

– Vraiment ? Il faudra que je vérifie ça un jour.

Elle m'a enfoncé un doigt dans la joue et a tourné mon visage vers la route.

– Le seul endroit où tu verras ça, c'est dans tes rêves. Garde plutôt les yeux sur la circulation.

– Oui, M'dame. (Je me suis arrêté dans la cour et garé juste devant les portes.) Si tu ressens le besoin d'inventer une excuse pour mon absence, ne t'en prive surtout pas. Plus c'est élaboré, mieux c'est.

– Et si je disais aux gens qu'un dragon t'a emporté dans sa tanière pour servir de nounou à ses petits ?

– Tant que c'est un dragon d'eau et pas un qui crache le feu, ça me va.

Elle a paru perplexe, mais elle n'a pas insisté lourdement pour que j'aille en cours comme je m'y attendais. Elle s'est juste penchée plus près – le front plissé par l'inquiétude – et a tendu la main pour toucher mon bras.

– Tu es sûr que ça va ?

Aussi bien que possible pour moi. Je suis resté figé un moment, à laisser son contact plein de douceur me calmer. Quand je me suis senti à moitié détendu, j'ai lâché un profond soupir et attrapé sa main, que j'ai plaquée sur mon corps.

– Oui, ça va. Attends-moi, tout à l'heure. J'apporterai quelque chose pour le déjeuner.

Taylor est sortie de la voiture en prenant soin de fermer sa portière doucement au lieu de la claquer comme elle le faisait habituellement.

– OK. Texte-moi plus tard.

– Promis.

En partant, j'ai jeté un coup d'œil au pétale qu'elle avait laissé dans mon cendrier. Je regrettais à moitié de ne pas lui avoir demandé de venir avec moi. Même si j'étais presque sûr qu'elle aurait refusé, puisqu'elle avait un contrôle d'histoire plus tard, elle aurait peut-être cédé si elle avait su à quel point j'en avais besoin. À quel point je redoutais d'être seul en cet instant.

Mais ma fierté m'a empêché de faire demi-tour.

Le temps qu'arrive l'heure du déjeuner, j'étais de retour à l'école et presque revenu à mon état normal. Je n'avais pas parlé à ma mère. Elle n'avait répondu à aucun de mes appels et je n'étais certainement pas assez désespéré pour appeler Brandon.

Et ça allait. Il n'y avait rien que je puisse faire, de toute façon. Qu'est-ce que j'étais censé faire ? Rester assis à la maison, à bouder et pleurer comme une mauviette jusqu'à ce que maman rentre ?

Au lieu de cela, je me suis concentré sur la surprise que je préparais pour Taylor. Comme j'avais déjà lâché l'info et oublié ses fleurs ce matin, je me suis dit que je pouvais au moins lui offrir à déjeuner. Et comme d'habitude, c'est là que mon génie s'est manifesté. En même temps qu'Aaron. Il a même séché le quatrième cours pour m'aider à mettre en place la surprise. Enfin, c'était probablement plus parce qu'il voulait éviter notre contrôle d'espagnol que par sens du devoir envers son meilleur ami.

Je n'avais jamais fait quelque chose comme ça pour une fille avant, mais je trouvais assez amusant de réfléchir au moyen de la surprendre.

Alors que j'attendais Taylor, appuyé contre la porte de la cafétéria, un groupe de filles de seconde est passé devant moi en gloussant. Je leur ai adressé un clin d'œil, par habitude, et l'une d'elles a rougi. C'était sympa de voir que j'avais toujours le truc.

Finalement, Taylor est apparue en compagnie de Carly et Brian. Ils avaient les bras chargés de matériel à dessin et autres carnets de croquis.

– J'ai failli attendre.

– Et tu as failli aller en cours aussi, a-t-elle répliqué, taquine.

Elle a semblé soulagée pendant un moment, jusqu'à ce qu'une expression irritée passe sur son visage. Soudain renfrognée, elle a désigné de la tête mon fan-club, qui s'était dispersé dans la cafétéria à son arrivée.

– Des copines à toi ?

– On peut dire ça. Jalouse ?

– Ha ! Dans tes rêves.

Malgré son ricanement, j'ai vu ses joues se tacher de rose même si elle essayait de s'en cacher. J'ai passé un bras autour de ses épaules et je me suis penché pour lui murmurer à l'oreille :

– Ne t'inquiète pas, j'ai les règles de notre accord toujours bien en tête. On ne dragouille pas à droite et à gauche, tu te souviens ? (J'ai jeté un coup d'œil par-dessus son épaule à Brian, qui faisait semblant de ne pas nous observer.) Mais c'est peut-être toi qui as besoin d'un rappel ?

Taylor a levé les yeux au ciel.

– Bref. Allez, je suis affamée.

J'ai aussitôt tendu le bras pour l'empêcher d'entrer.

– En fait, je pensais qu'on pourrait manger dehors, ai-je répliqué avec un regard vers les deux autres. Rien que toi et moi. Désolé, les gars.

Brian a ouvert la bouche, mais Carly l'a repoussé avec un sourire radieux.

– Bien sûr. C'est la Saint-Valentin. Allez-y, a-t-elle ajouté, coinçant ses affaires dans le creux d'un bras pour récupérer tout ce que portait Taylor.

J'ai incliné la tête vers elle.

– J'ai toujours su que je t'aimais bien, Carly.

Elle a poussé un soupir théâtral et rejeté ses cheveux bruns derrière son épaule.

– Un effet de mon immense compréhension. C'est à la fois une bénédiction et une malédiction.

Brian s'est renfrogné, l'air passablement agacé.

– Ouais, bon. Viens, je meurs de faim.

Taylor a attendu qu'ils s'éloignent avant de se tourner vers moi, un sourcil haussé.

– Alors pourquoi on mange dehors ?

J'ai passé un bras autour de ses épaules et je l'ai dirigée vers le hall.

– Parce que c'est agréable.

– Il pleut à verse.

– Je n'ai pas dit que la météo était agréable. J'ai juste dit que manger dehors était agréable, ai-je nuancé en accélérant le pas. Viens.

Taylor a remonté son sac à dos sur ses épaules en secouant la tête.

– Ça n'a aucun sens. Tu as un truc avec la nature ou quoi ?

– Tu verras.

– Mince, tout ce mystère et... oh !

Sa mâchoire s'est décrochée, et elle s'est arrêtée dans son élan.

Un long morceau de bâche transparente était drapé de branche en branche entre les arbres à l'extérieur. Et en dessous, en plein centre, se dressait la longue table de pique-nique qu'Aaron et moi avions traînée depuis l'autre bout de la cour. On aurait dit une grande tente au milieu de la cour. Une grande boîte à pizza, ainsi que des assiettes en carton et des serviettes de table étaient posées au milieu de la table, retenues par un gros caillou que j'avais trouvé. Même le flot continu de la pluie qui dégoulinait aux quatre coins de la bâche ajoutait un côté romantique et intime à notre petit abri.

Je dois admettre que j'étais assez fier de moi. Ouaip, je n'aurais pas fait mieux si j'avais voulu.

Bon sang, ce que j'étais bon !

Tout en la poussant vers l'avant, je lui protégeais la tête de la pluie en faisant bouclier de mes mains.

– Viens.

Je ne savais pas combien de temps la bâche allait tenir, mieux valait faire vite.

Taylor n'a rien dit. Elle s'est contentée de me suivre, comme hébétée. Et avant de s'asseoir, elle a tourné la tête de tous les côtés. Elle ne semblait même pas se rendre compte que le bout de sa queue-de-cheval était trempé.

J'ai ouvert la boîte de pizza avec un grand geste et je me suis incliné comme un serveur de restaurant cinq-étoiles.

– Et voilà ! Cuisiné spécialement pour vous, Madame.

Son rire a pratiquement illuminé la cour. Elle a tiré la boîte vers elle, et ses yeux brillaient de larmes quand elle a découvert à l'intérieur la grande pizza couverte d'une couche de champignons si épaisse qu'on voyait à peine la sauce tomate et le fromage.

– Exactement comme je l'aime.

Je lui ai tendu une assiette.

– C'est la première pizza aux champignons où il y a plus de champignons que de pâte. Tout le monde m'a jeté un regard bizarre quand j'ai passé la commande. Ils m'ont fait répéter trois fois pour être sûrs que je ne plaisantais pas. Un type en a même pris une photo quand ils l'ont sortie du four.

– Mais ça en vaut complètement la peine.

Taylor a mordu dans sa part et des morceaux de champignons sont tombés dans son assiette, qu'elle a ramassés et mis dans sa bouche. Un air extatique a éclairé son visage.

– Miam ! C'est comme si j'étais morte et montée au paradis.

– Tu te fais une idée bizarre du paradis.

Elle s'est fourré un nouveau morceau dans la bouche.

– Il est comme on veut qu'il soit. Donc pour toi, ce serait une plage remplie de filles et Rudy en plein milieu.

J'ai souri. Elle croyait me connaître à la perfection. Cela dit, le tableau qu'elle venait de peindre était plutôt sympa.

– Tu as oublié les jeux vidéo.

– Exact, les zombies et les aliens.

Pendant les quelques minutes qui ont suivi, elle a été tellement absorbée par sa pizza que j'aurais tout aussi bien pu ne pas être là. Ça ne me dérangeait pas, la regarder me suffisait. Et je ne pouvais pas m'empêcher de la comparer aux autres filles avec qui j'étais sorti. Beaucoup d'entre elles avaient l'habitude de faire tout ce qu'elles voulaient et jouaient avec moi. Comme si c'était un défi de garder mon intérêt éveillé. Ce qui était le cas. Mais Taylor... elle pouvait se contenter d'une fleur de pissenlit ou d'un supplément champignons sur sa pizza. Et je ne m'ennuyais jamais avec elle.

Taylor ne devait peser qu'un tiers de mon poids, n'empêche qu'elle a réussi à manger presque autant de pizza que moi – et pourtant, j'avais pris une grande.

Elle a fini par laisser échapper un gémissement satisfait en s'essuyant la bouche avec une serviette.

– Je suis en train de mourir, et pourtant j'en veux encore.

– Il reste une part.

– Oh là, là, ne me tente pas. Sinon tu vas devoir me porter jusqu'en classe, on est déjà à ça, a-t-elle fait en espaçant son pouce et son index d'un centimètre ou deux.

– On peut le faire. Je veux dire, maintenant que notre relation est une vieille histoire, il faut qu'on trouve quelque chose pour la pimenter. (J'ai bombé les biceps en souriant.) Même avec la pizza, je pense que je peux encore te porter.

Hilare, elle a rabattu le couvercle en carton.

– Je pensais que le but, en faisant croire qu'on est ensemble, c'était de faire taire les ragots ?

Ah bon ? Parfois, j'oubliais pourquoi on avait commencé, tellement être avec elle était facile. C'était naturel et amusant. Et le manque de galipettes en chambre ne me manquait presque pas. Presque.

– J'ai autre chose pour toi. Enfin, plus ou moins, ai-je lancé, changeant de sujet en tirant la liasse de papiers de mon sac à livres pour les lui agiter devant le visage.

– Encore ? (Elle m'a pris les feuilles avec un air confus.) Mais ce sont les candidatures que je t'ai passées...

– Sauf que maintenant, elles sont remplies.

Ses yeux marron arrondis sous l'effet du choc, elle a feuilleté les pages.

– Attends, quoi ?

Je n'ai pu étouffer un sourire faraud devant sa surprise. C'était l'idée d'Aaron. En quelque sorte. Moi, j'avais prévu des fleurs avec la pizza, mais il m'a suggéré de faire quelque chose d'important à ses yeux à elle. Alors j'ai tout de suite pensé aux candidatures pour la fac. Malgré ça, j'ai tâché de la jouer nonchalant en haussant les épaules.

– Je n'avais rien à faire, tout à l'heure, alors je me suis dit pourquoi pas ?

Ses yeux brillaient d'excitation.

– C'est carrément mieux que des roses. Même mieux qu'un bijou !

J'ai levé les yeux au ciel et rigolé.

– Tu es vraiment bizarre, tu sais ça ?

– Je préfère le mot « spéciale », a-t-elle corrigé en me rendant les candidatures, un immense sourire aux lèvres. Donc tu vas les envoyer par courrier, c'est ça ? Genre aujourd'hui ? Juste après l'école ?

– Oui, mais c'est tout. Pas de promesses pour après.

Je ne savais toujours pas si je voulais aller à l'université. Taylor avait peut-être raison, d'ailleurs, si ça se trouvait, il était déjà trop tard. Mais dans le cas contraire... c'était plutôt sympa d'avoir cette possibilité. Au moins de garder la porte ouverte.

Elle a soulevé les jambes du banc, appuyée sur ses mains.

– Je n'arrive pas à croire que tu aies fait tout ça pour moi.

J'ai haussé les épaules et imité sa position sur l'autre banc.

– C'est vraiment pas grand-chose. Ce n'était pas bien difficile.

Et là, sa voix est devenue si douce que j'ai eu du mal à l'entendre à cause de la pluie.

– Non, si, c'est beaucoup. C'est énorme. Je...

Elle s'est interrompue et a détourné le regard.

– Quoi ?

– Rien. Je voulais juste te remercier.

Il y avait autre chose, qu'elle ne disait pas, mais je n'allais pas lui tirer les vers du nez. Je doutais de parvenir à lui extorquer quelque chose de force. Pas seulement parce qu'elle était une fille mais aussi parce qu'elle pouvait être parfois l'une des filles les plus têtues que j'aie jamais rencontrées.

– Pas de problème.

J'ai jeté un coup d'œil à ma montre. Zut. Il était déjà presque temps de partir. Comment l'heure avait-elle pu passer aussi vite ?

– Il faut qu'on y aille. Pas question d'être en retard pour le cours.

– Non, pas question.

Elle a gloussé pour elle-même.

– Qu'est-ce qu'il y a ?

– Rien. Je trouve juste bizarre de te voir t'inquiéter pour les cours, c'est tout.

C'était bizarre, en effet. Mais je n'étais pas inquiet pour moi. J'étais inquiet pour elle. Ricanant de cette ironie, j'ai coincé la boîte sous mon bras.

– Oui, bon, des choses plus bizarres sont arrivées.

– Tu veux dire, comme nous deux qui sortons ensemble ?

On s'est arrêtés au bord de la bâche pour observer la pluie.

– Pile poil, ai-je répondu. On devrait peut-être attendre que la pluie se calme.

En réponse, un éclair a déchiré le ciel et la pluie a redoublé d'intensité.

Taylor s'est mordillé la lèvre inférieure.

– On va rester bloqués ici une éternité.

– Ce serait si terrible que ça ?

Sans attendre sa réponse, je l'ai attrapée par la main et on a traversé la pelouse en courant. Nos chaussures faisaient des bruits de succion humide à chaque pas. Même en courant à toute vitesse, on était tous les deux trempés quand on a atteint la porte. Ce qui n'a pas eu l'air de gêner Taylor, à en juger par son rire, qui s'est amplifié lorsque j'ai secoué la tête et projeté des gouttelettes partout sur elle.

– Evan ?

– Ouais ?

Mon souffle est resté bloqué dans ma gorge. Ses cheveux scintillaient de gouttes de pluie. Des mèches sombres étaient collées à son visage. Et ses joues avaient pâli à cause du froid. Je ne sais pas comment j'avais pu la trouver ordinaire. Elle ne m'avait jamais paru aussi belle.

Taylor m'a attrapé par les avant-bras et je me suis figé. Incapable de réagir, je n'ai pu que la regarder, sans mot dire, se hausser sur la pointe des pieds pour m'embrasser doucement sur les lèvres. Alors même qu'il n'y avait personne autour pour nous voir.

– Joyeuse Saint-Valentin.

13

EVAN

Une surprise m'attendait sur la plage après mon surf matinal ce samedi-là. Lauren était allongée sur un immense drap de bain, avec une barquette de fraises fraîches et un pot de Nutella tout neuf. Sa robe crème à manches longues, qui venait à peine lui frôler le haut des cuisses, était si transparente que je voyais son bikini bleu en dessous. Petit, noué par des liens, et qui moulait amoureusement tous les bons endroits. Et ne laissait décidément pas beaucoup de place à l'imagination. Elle était allongée sur le ventre, les mollets relevés derrière elle.

– Salut, toi.

Posant ma planche sur le côté, je me suis laissé tomber à côté d'elle, sourire surpris aux lèvres.

– Salut. Qu'est-ce qui t'amène ici aussi tôt, avec des cadeaux en plus ?

– Je me suis dit qu'on pourrait passer un moment ensemble et prendre le petit déjeuner, a-t-elle répondu avant de mordre dans une fraise, dont elle a léché le jus qui lui coulait le long des doigts. Et j'ai apporté de quoi t'adoucir un peu pour que tu ne m'envoies pas balader.

J'ai pris une fraise et en ai planté la pointe dans la pâte à tartiner pour en récupérer une bonne dose dessus.

– J'enverrais balader quelle proposition ?

Elle a tendu un doigt et pris un peu de chocolat sur ma fraise avec un sourire.

– Un rendez-vous ce soir. J'ai des places pour un concert au nouveau club du centre-ville. Je pensais qu'on pourrait boire quelques verres avant d'y aller. Pour la suite, qui sait ce qui peut se passer.

L'idée était tentante. Vraiment tentante. Surtout sachant que l'idée de « ce qui peut se passer » version Lauren nous amènerait probablement dans un lit. Ou à l'arrière d'une voiture.

J'ai sifflé tout bas et me suis détourné pour éviter son regard. Son offre était d'autant plus alléchante, que je n'avais pas fait l'amour depuis si longtemps que j'avais pratiquement oublié comment on s'y prenait. Seulement, je ne pouvais pas faire ça à Taylor. Fausse relation ou pas.

J'avais cru qu'avoir une relation stable et routinière serait la chose la plus barbante au monde, et que j'aurais préféré sauter d'une falaise plutôt que de m'infliger ça. Des rendez-vous réguliers. Se tenir la main. Voir la même personne tous les jours. Embrasser les mêmes lèvres tout le temps. *Dieu, tuez-moi sur-le-champ.*

Contre toute attente, pourtant, c'était... agréable. Et plus amusant que je ne l'avais imaginé. J'attendais même avec impatience mon prochain dîner avec la famille de Taylor. C'était agréable de participer à un repas de famille. Maman essayait de nous faire manger ensemble, Brandon et moi, elle essayait tout le temps, mais sa tronche me donnait une indigestion.

Percevant mon hésitation, Lauren a pincé les lèvres en signe d'agacement.

– Laisse-moi deviner, tu es pris ce soir ?

J'ai croqué dans la fraise avant de répondre.

– Oui, en fait, j'ai déjà prévu quelque chose. J'ai rendez-vous avec Taylor.

Elle a levé les yeux au ciel.

– Ben voyons. Qu'est-ce qui ne va pas chez toi ?

– Comment ça ?

Sourcils froncés, elle s'est redressée.

– Tu es toujours occupé ces jours-ci, a-t-elle attaqué, les bras croisés. Tout le monde est au courant pour votre pique-nique à l'école. Je croyais que tu avais pour règle sacrée de ne jamais rien faire le jour de la Saint-Valentin ?

J'ai gobé le reste de ma fraise en tâchant de cacher le sourire niais qui voulait naître au souvenir de notre pique-nique. Et du doux baiser que Taylor m'avait donné après. Pas besoin de mettre Lauren encore plus en colère qu'elle ne l'était déjà.

Toutes mes règles se conjuguaient en faveur de Taylor, ces jours-ci. Comme aujourd'hui. J'étais censé aller l'aider à garder Kimmy pour qu'elle puisse se concentrer sur un truc du conseil des élèves. Ou une présentation. Elle faisait toujours tellement de choses que j'avais du mal à tout suivre. Mais ça ne me dérangeait pas. Pas trop. Jamais je ne l'avouerais à personne, mais j'avais envie de passer du temps avec Taylor. Même si c'était juste pour jouer son larbin, le temps d'une soirée. En plus, elle avait le don de me faire oublier les sujets comme les pères disparus, les mères menteuses, tous les trucs comme ça.

– Je croyais t'avoir déjà dit que Taylor n'est pas comme les autres filles.

Aïe, très mauvais choix de réplique. L'expression de Lauren est devenue encore plus froide.

– Donc tu es en train de me dire qu'*elle* est différente, mais que moi, je suis juste une fille parmi tant d'autres.

– Non, bien sûr que non. Tu es mon amie...

Son sourcil droit s'est arqué encore un peu plus. Merde, rien de ce que je disais n'allait arranger les choses. La meuf était susceptible aujourd'hui. Mieux valait probablement battre en retraite tant que je le pouvais encore. Je me suis levé d'un bond et j'ai attrapé ma planche.

– Tu sais quoi ? Je crois que je vais retourner surfer un peu avant de rentrer chez moi.

L'eau était glaciale et les vagues rugueuses, mais je préférais affronter ces conditions de folie plutôt que la fille furax sur la plage. Allongé sur la planche, j'ai pagayé vers le large. Je savais que je ne pourrais pas rester éternellement dans l'eau, mais je pouvais toujours essayer.

Peut-être que la lâcheté d'Aaron était contagieuse.

La tête dans les bras, j'ai lâché un soupir. Encore. Geste que Taylor a ignoré. Encore.

– On t'a déjà dit que tu étais une esclavagiste ? Meuf, tu es une nazie du boulot. Tu ne prends jamais de pause ?

– Je ferai une pause quand le travail sera terminé.

Ses yeux étaient toujours rivés sur l'ordinateur portable qu'elle tenait en équilibre sur ses genoux.

Sans lever les yeux, elle a poussé du pied vers moi une pile de papiers sur la table basse.

– Ce qui, d'ailleurs, n'arrivera jamais si tu continues à faire des pauses pipi toutes les deux secondes, a-t-elle ajouté. Tu es sûr que tu n'as pas du diabète, un problème de prostate ou quelque chose comme ça ?

– Je n'ai pas de diabète et ma prostate est en parfait état de marche, ai-je répliqué en me penchant vers elle avec un haussement de sourcil suggestif. Tu voudrais vérifier ?

– Non, merci. J'ai déjà bien assez à faire.

Même si Taylor le niait, je savais que je commençais à déteindre sur elle. Quelques semaines plus tôt, elle avait rougi comme une tomate à la seule mention de ses sous-vêtements et, maintenant, elle était là, assise toute guindée dans le salon, à parler de mon truc avec à peine une touche de rose sur les joues. Je suis presque sûr que j'aurais mérité un prix pour ça. Au lieu de quoi, j'étais obligé de travailler sur le budget des terminales parce que, selon Taylor, le trésorier de notre année était « incompétent ». Là-dessus, je devais la croire sur parole, vu que je ne savais pas de qui il s'agissait.

Je ne savais même pas qu'on avait un budget alloué à la classe.

N'empêche, j'avais cru qu'elle plaisantait. Règle numéro un à propos de Taylor : la fille ne plaisantait jamais quand il s'agissait de travail scolaire.

Voilà comment je me retrouvais là, chez elle, à baby-sitter Kimmy pendant que ses parents faisaient la fête comme des gens normaux. En fait, ils étaient allés à un dîner entre gens du bureau, ce n'était donc probablement pas une fête du genre auquel j'étais habitué, mais n'empêche qu'ils étaient quand même sortis.

Ne vous méprenez pas, j'ai déjà fait du baby-sitting avec des filles mais, en général, j'avais droit à un peu d'action en retour, une fois l'enfant endormi. En tout cas, je ne passais certainement pas la soirée entière à taper des chiffres sur une calculatrice.

Je repensai à Lauren. Difficile de faire autrement : elle m'envoyait des textos toutes les dix minutes pour savoir ce que je faisais et si j'avais changé d'avis au sujet de notre éventuel rencard.

Mon téléphone a sonné pour la énième fois et Taylor m'a regardé, sourcils froncés, comme si elle était la prof et que mon téléphone perturbait sa classe.

– Encore Lauren ?

– Euh... ouais. (Son froncement de sourcils s'est accentué, jusqu'à ce que je finisse par éteindre mon téléphone, que j'ai jeté sur la table basse.) Bref, si je ne te l'ai pas déjà dit, je trouve géniale l'idée que tu te fais d'un samedi soir. Un truc de ouf.

Son regard est resté braqué sur l'écran de son portable, mais un sourire s'est dessiné sur ses lèvres.

– Merci. C'est vrai que je sais m'amuser. Mais d'une manière responsable. Je fais ce travail maintenant pour être libre d'aller voir une pièce avec Carly et Brian demain.

J'ai levé les mains en guise de fausse reddition.

– Waouh, fofolle et responsable. Faudrait peut-être que j'appelle la police. (J'ai attendu une minute qu'elle ait fini de rire.) Une pièce, donc ? Avec Carly et Brian ?

– Ouais, un des amis théâtreux de Carly joue dedans et elle espère rencontrer le metteur en scène. Peut-être jouer dans quelques-unes de ses autres pièces cet été. Nous, on y va en guise de soutien moral.

J'ai hoché la tête.

– Merci pour l'invitation, du coup. J'aime bien les pièces de théâtre aussi, tu sais.

Elle a levé les yeux vers moi, surprise. Même moi, j'ai grimacé en entendant la pointe de jalousie dans ma voix.

– Je pensais que tu serais occupé. Tu ne m'as pas dit que tu avais une soirée épique entre garçons prévue avec Aaron demain ?

Merde, elle avait raison. J'étais censé être son faire-valoir. J'avais été tellement accaparé par Taylor, ces jours-ci, qu'Aaron avait joué la carte du meilleur ami pour que je l'aide avec une fille sur laquelle il craquait. Bon, « épique » n'était pas vraiment le mot pour décrire ce qu'il avait prévu. Comme la fille qui plaisait à Aaron ne travaillait au bowling que les dimanches réservés aux familles, on allait passer la soirée entourés de parents et leurs gosses. Je n'avais pas envie d'y aller, mais il m'avait fait chanter avec des histoires embarrassantes sur ma première fois. Disons pour décrire un peu la chose que j'étais si nerveux et que je tremblais tellement que la fille m'avait demandé si je faisais un AVC.

Pourtant, la pensée de Brian et Taylor ensemble dans une salle obscure me serrait le ventre. À côté de ça, que pesait le code d'honneur entre « frangins » et les histoires qui pourraient ruiner ma réputation ?

Sous les yeux de Taylor qui me dévisageait toujours, je me suis mis à feuilleter les papiers qu'elle me tendait avant de changer de sujet.

– Tu sais, je devrais te planter là. Tu ne pourrais jamais me rattraper avec tes petites guiboles. Et le temps que tu arrives chez moi pour m'engueuler, j'aurais au moins profité de vingt minutes de jeu vidéo. Même plus longtemps, si ma mère ne te laisse pas entrer.

Le sourire de Taylor était immense et radieux au-dessus de l'écran.

– Mais tu sais bien que si. Elle m'adore. Et n'envisage même pas de fermer la porte de ta chambre à clé, parce que je sais crocheter les serrures.

– Si tu le dis.

– C'est vrai. Kimmy n'arrêtait pas de s'enfermer accidentellement dans sa chambre quand elle était petite, alors j'ai appris. Je peux le faire avec une carte de crédit ou une épingle à cheveux. Pfff, j'y arriverais même avec une fourchette.

Mes sourcils se sont haussés.

– Ah oui ? Une fourchette ?

Levant les bras, elle a fait un bruit sec avec ses mains. Elle a même claqué les lèvres pour accentuer le bruit de la serrure qui lâche.

– Sérieusement. Quelques secondes, et tu n'aurais plus aucun endroit où te cacher.

J'ai ri et secoué la tête.

– Et juste quand je pensais que tu ne pouvais plus me surprendre, je découvre tes talents de cambrioleuse. C'est un choix de carrière sur lequel tu pourrais te rabattre si tu échoues dans la carrière d'avocat.

Avec une moue, elle a secoué la tête.

– Ouais, mais non. Je ne me rabats pas sur quoi que ce soit.

Bon sang, on ne pouvait même pas plaisanter sur son échec. Même si Taylor n'était pas la Reine des Glaces coincée que tout le monde voyait en elle – et croyez-moi, c'était le surnom le plus gentil qu'on lui attribuait –, elle ne plaisantait jamais sur son aspiration à devenir avocate. Sa détermination était agaçante, mais admirable à la fois. À l'image de Taylor elle-même.

Même si certains jours elle était plus agaçante que d'autres.

De la pointe des orteils, j'ai tapoté le flanc d'Oreo, occupé à ronger un objet à mâcher, allongé à côté de la table basse. Au début, il n'a pas bougé, mais au bout de quelques chatouilles, il a grogné, attrapé son jouet pour le cas où je chercherais à le lui voler et a reculé de quelques mètres jusqu'à se mettre hors de portée.

Les yeux au ciel, Taylor a ri.

– Ouais, tu travailles vraiment, vraiment dur.

– Eh bien, plus dur que j'aie jamais travaillé un samedi.

– Ce qui ne veut pas dire grand-chose.

Son ironie m'a tiré un demi-sourire.

– C'est vrai, mais parce qu'en général, je m'éclate le samedi.

Elle s'est enfoncée plus profondément dans son siège. Ses pieds étaient croisés sur la table entre nous.

– Oui, j'imagine exactement comment tu as pu t'éclater avec d'autres filles. Mais ça ne devient pas lassant au bout d'un moment ?

– Pas si c'est bien fait. (Sans répondre, elle s'est remise à taper sur son ordinateur portable.) Et je pouvais faire plein de trucs avec elles. (*Et sur elles,* j'ai ajouté pour moi-même.) Lauren était une pro. Tu devrais peut-être lui demander des conseils.

Ses mains se sont immobilisées. Enfin, j'avais suscité une réaction de sa part. Elle s'est redressée et m'a coulé un regard noir.

– Comme quoi ?

Pourquoi ma remarque l'avait-elle autant irritée ? Mais c'était plus fort que moi, je n'ai pas pu m'empêcher de la pousser encore plus loin dans ses retranchements.

– Un peu tout, en fait. Elle était vraiment spéciale. Je veux dire, tu es super et tout, mais bon, je ne te mange pas non plus dans le creux de la main.

Elle a penché la tête sur le côté et a croisé les bras.

– Ah non, vraiment ?

Allez, je pousse encore un peu.

– Tu pourrais essayer, mais je doute que tu y arrives.

Et voilà, elle a basculé par-dessus bord. Ses yeux sombres ont étincelé et se sont étrécis jusqu'à devenir de petites fentes. Taylor a fermé son ordinateur portable d'une main sèche.

– Il y a encore une chose que tu ne sais pas sur moi.

– Et qu'est-ce que c'est ?

– Je n'aime pas être défiée.

Sur quoi, elle s'est levée et, dans un mouvement fluide, elle s'est laissée tomber sur le coussin à côté de moi. Intrigué, j'ai croisé les bras, curieux de voir ce qu'elle allait faire. Et comme je ne voulais surtout pas l'effrayer ou la faire changer d'avis, je n'ai pas bougé. Je me suis contenté de suivre des yeux chacun de ses mouvements. Chaque inspiration profonde qu'elle prenait. Chaque centimètre qui la rapprochait de moi.

J'avais menti. En quelque sorte. Je mangeais bel et bien dans la main de Taylor. C'était juste qu'elle ne s'en rendait pas compte. Pas comme les autres filles, qui se servaient de leur corps pour obtenir ce qu'elles voulaient de moi. Aussi ringard que ça puisse paraître, Taylor utilisait son cœur. Je faisais tout ce qu'elle voulait, juste pour la rendre heureuse. Bon sang, c'était même pour ça qu'on avait commencé cette « relation », à la base.

Comme je l'ai dit, Taylor n'était pas comme les autres filles. Elle était douce. Amusante. Et c'était facile de la côtoyer. Pas de jeux. Je ne ressentais pas le besoin de l'impressionner comme les autres filles. Avec elles, j'avais une réputation à tenir. Taylor, je pense plutôt qu'elle préférait oublier ma réputation. Sérieux, même son inexpérience rendait la situation plaisante.

Cela dit, elle n'agissait pas comme une fille inexpérimentée, présentement. Je ne savais pas qui était cette fille et ce qui lui passait par la tête, mais je n'aurais pas pu être plus ravi de la transformation. C'était la première fois qu'elle prenait les choses en main. Et nom de Dieu, c'était sexy.

Et elle ne se pressait pas. Les centimètres entre nous mettaient un temps infini à être comblés. Je ne pensais pas que ce soit possible, mais l'attente rendait les choses encore plus torrides. On ne se touchait même pas que j'avais déjà les nerfs à vif.

Enfin, elle a posé une main sur mon épaule et s'est penchée vers moi. Du bout des doigts, elle jouait avec la manche de mon tee-shirt, glissant dessous pour caresser mon bras. Ma peau. Je sentais son haleine – je la sentais sur ma joue aussi – mentholée et chaude. Mon cœur s'est mis à battre comme un malade. Mes mains sont tombées contre mes flancs et se sont serrées en deux poings, tant je luttais contre l'envie de la toucher.

Juste avant que ses lèvres n'effleurent les miennes, elles ont esquissé un sourire moqueur, comme si Taylor savait exactement à quel point j'étais perturbé, même si j'avais cru parvenir à cacher mon excitation. Encore une chose que je ne savais pas sur Taylor. C'était une petite allumeuse. Non, une sacrée allumeuse.

Malgré mon envie irrépressible d'approfondir le baiser, je me suis retenu, déterminé à la laisser donner le rythme. Il m'a fallu toute ma volonté pour m'en tenir à cette résolution lorsque sa main s'est faufilée plus loin et m'a caressé le torse. Un contact léger et bref, mais chaque point qu'elle touchait était brûlant, me donnait envie de plus. *Ne l'enlace pas. Ne la pousse pas contre les coussins. Ne...*

Bon sang, pourquoi est-ce que je n'avais pas mis un haut plus ample aujourd'hui ?

Sans ôter ses lèvres des miennes, elle s'est rapprochée encore plus, au point d'être presque à cheval sur ma jambe gauche. Et elle ne l'a pas fait très gracieusement, autant le dire. Son genou m'a cogné la cuisse. J'ai lâché un grognement et changé de position pour éviter qu'elle ne percute accidentellement le mauvais endroit – ça aurait gâché la soirée. Bon sang, si elle me cognait là, ça gâcherait probablement ma semaine entière.

Une fois le danger écarté et que tout a été à l'abri, je lui ai caressé les cheveux, laissant les mèches douces s'enrouler autour de mes doigts tandis que je la tenais aussi près que possible. Au diable l'idée de la laisser prendre les rênes. Je n'avais pas été aussi proche d'une fille depuis longtemps et j'étais comme un homme affamé devant un buffet à volonté. Taylor dans un champ couvert de champignons.

Ça n'a pas eu l'air de la déranger. Elle a noué les bras autour de mon cou et m'a attiré vers elle jusqu'à ce que nos corps soient collés l'un à l'autre. Mes mains ont glissé le long de son dos, hésitant quelques secondes avant de toucher la peau chaude et douce entre le bas de son tee-shirt et le haut de son short. Elle s'est raidie et a interrompu le baiser, mais elle ne m'a pas repoussé. Au contraire, elle a posé son front dans mon cou, comme si elle appréciait ma caresse. J'ai fait courir mon doigt le long de l'ourlet. Me laisserait-elle plonger la main dessous et...

– Taylor ?

Une petite voix.

Taylor s'est redressée d'un coup et a sauté de mes genoux en un clin d'œil, me repoussant sur le côté. Ses joues étaient tachetées de rouge alors qu'elle essayait d'arranger ses cheveux.

– Ah, coucou, Kimmy. Tu viens... de te réveiller ?

Kimmy s'est frotté les yeux et sa bouche s'est ouverte sur un bâillement si grand que j'ai aperçu un plombage argenté en bas, à droite.

– Ouiii, j'avais pas sommeil.

– Tu parles d'un mauvais timing, ai-je marmonné, avant de grogner quand Taylor m'a tapé sur l'épaule. Aïe, je veux dire, ça craint. Tu es sûre que tu n'as pas sommeil ? Peut-être qu'un peu de lait avec un somnifère t'aiderait ? C'est délicieux.

Taylor m'a frappé encore plus fort.

Kimmy n'a pas compris l'allusion. Au lieu de quoi, elle est venue se planter sur le parquet, pile entre nous deux. Le visage appuyé sur le coussin du canapé, elle a levé de grands yeux vers nous. Mon excitation, toujours aussi extrême, rendait la situation plus que gênante.

Taylor a laissé échapper un soupir.

– Bon, tu peux rester debout un peu plus longtemps, mais après, tu files direct au lit. (Ses yeux sont passés sur mon visage, pleins d'espoir.) Quand Evan rentrera chez lui.

Bon sang, elle ne pouvait pas être plus abrupte que ça. La récréation était terminée et il me faudrait une autre douche froide quand je rentrerais. J'ai réprimé un nouveau gémissement et me suis rencogné dans les coussins.

Les yeux de Kimmy se sont illuminés, en revanche, et elle s'est faufilée sur le canapé à côté de nous.

– Tu veux jouer à la soirée rendez-vous avec nous, Evan ?

Taylor a toussé et a agité frénétiquement les mains.

– Non, non, je ne pense pas qu'il ait envie de jouer.

Mais son ton paniqué avait piqué mon intérêt.

– Pourquoi pas ? C'est quoi, le jeu de la soirée rendez-vous ?

– C'est quand je prépare Taylor pour son rendez-vous, a répondu Kimmy, toute fière, tandis que l'intéressée enfouissait le visage dans un oreiller bleu à pompons, derrière le dos de sa sœur.

– Un vrai rendez-vous ?

– Non, Taylor ne va jamais à de vrais rendez-vous.

Kimmy a poussé un cri quand Taylor lui a plaqué la main sur la bouche.

– Si, je vais à des rendez-vous !

– Bien sûr que oui, ai-je répondu d'une voix destinée à l'apaiser.

Ça n'a pas marché, cependant. Quand elle a tourné son visage irrité pour me toiser méchamment, j'ai libéré Kimmy de son étau.

– Pourquoi tu ne me préparerais pas, moi, pour un rendez-vous, Kimmy ?

Taylor a secoué la tête.

– Oh non, je ne pense pas que tu sois tenté...

– Bien sûr que si. Kimmy et moi, on est proches. (J'ai enroulé un bras autour des petites épaules de la fillette.) En plus, ça a l'air marrant.

Quand Kimmy, aux anges, a quitté le salon en courant pour aller chercher ses « affaires », Taylor m'a envoyé un regard qui m'avertissait que j'allais le regretter.

Et je l'ai regretté.

Quelques minutes plus tard, j'avais le visage raide et alourdi de crème et de poudre. Même si j'avais indiqué à Kimmy que je désirais un look naturel pour mon rendez-vous, elle avait choisi les couleurs primaires les plus vives de la toute nouvelle trousse à maquillage de Taylor. Mes joues avaient enflé à force d'être piquées par les poils des pinceaux à maquillage, et mes yeux me faisaient mal à cause du recourbe-cils. Pourquoi les filles supportaient-elles de s'infliger tous les jours une torture pareille ?

Enfin, le jeu en valait la chandelle, puisqu'il me permettait de voir Taylor allongée sur le sol à côté de nous, essoufflée à force de se tordre de rire. Les mains sur le ventre, elle essayait de se redresser, mais il lui suffisait d'un regard vers moi pour qu'elle s'effondre à nouveau.

Ses joues étaient mouillées de larmes. Et son sourire si immense que je voyais à peine ses yeux.

Oui, le jeu en valait vraiment la chandelle.

14

TAYLOR

Penchée par la vitre côté passager de la voiture de Brian, avec le vent de la nuit qui bruissait dans mes cheveux, j'ai tendu un doigt vers Carly.

– Tu es sûre que tu ne veux pas qu'on reste ? On pourrait aller à la fête avec toi. Ça ne nous dérange pas.

Son sac à main à l'épaule, elle nous a adressé un clin d'œil. Sa jupe verte vaporeuse tourbillonnait autour de ses jambes.

– Certaine. Comment je suis censée commencer à faire du relationnel si vous êtes là ? Sans vouloir vous offenser, bien sûr.

– Pas de problème, ai-je répliqué, amusée.

Je n'étais toujours pas convaincue du bien-fondé de laisser Carly derrière, mais elle voulait rejoindre cette troupe de théâtre après l'obtention du diplôme, et la fête en question pourrait être sa porte d'entrée. De plus, s'il y avait quelqu'un qui savait se débrouiller seule, c'était bien Carly.

– Parle pour toi. Je suis très offensé, moi, a lancé Brian, avant d'actionner le bouton pour remonter la vitre. Allons-y, Taylor, avant qu'elle ne change d'avis.

J'ai ri quand Carly a fait un bond en arrière et nous a tiré la langue. Puis elle s'est dirigée vers le théâtre et Brian a sorti la voiture du parking.

– Bonne chance, lui a-t-il lancé en ralentissant à côté d'elle. Tu vas faire un malheur.

– Je sais. Comment pourrait-on me résister ?

Brian a ricané et, une fois qu'elle a été à l'intérieur, il a démarré.

– Content de voir qu'elle n'a pas besoin d'aide dans le domaine de la confiance en elle.

– Oui, mais j'aime à penser qu'elle avait quand même besoin de nous pour le soutien moral. (Sans attendre sa réponse, je me suis approchée un peu plus et j'ai écarté mon pouce et mon index d'un centimètre ou deux.) Juste un poil. Il n'y a pas de mal à s'attribuer un peu de mérite.

– Bon sang, elle n'est pas là. Qu'est-ce qui nous empêche de nous attribuer *tout* le mérite de son succès ?

Tout sourire, je lui ai tapoté l'épaule.

– Tu as raison. Tout ça, c'est grâce à nous. On est géniaux !

La voiture a fait une petite embardée quand Brian a rigolé.

– Tant que ça ne te monte pas à la tête.

– Trop tard. Je regrette une chose, cela dit. (J'ai laissé échapper un soupir en me tapant sur le ventre.) Je n'aurais pas dû sauter le dîner.

Changeant de main sur le volant, Brian a ouvert le compartiment entre nos sièges et farfouillé au milieu des fils soigneusement enroulés des chargeurs de son portable et de son iPod.

– Eh bien, je n'ai rien à te donner à manger, mais peut-être que ça te calerait ?

Il m'a tendu un paquet de chewing-gum à la menthe verte. J'en ai accepté un avec un sourire.

– Merci. Tu en veux un ?

Il a désigné la poche de sa chemise à carreaux verts.

– Non, j'ai les miens. Je n'aime pas la menthe verte.

– Ah oui, c'est vrai.

J'avais oublié qu'il aimait les chewing-gums fruités. Que pour ma part je détestais par-dessus tout. Ils étaient si sucrés que je finissais toujours par les avaler, quand j'étais plus jeune. Et ma mère me répétait alors que puisque le chewing-gum ne se digérait pas, il s'accumulerait et me remplirait tôt ou tard tout l'estomac. Super truc à raconter à sa fille juste avant Halloween.

J'en ai fourré deux dragées dans ma bouche.

– Pourquoi tu as des chewing-gums à la menthe si tu ne les aimes pas ?

Il m'a adressé un petit sourire. La lumière de la rue se reflétait dans ses prunelles sombres.

– C'est pour toi. J'en achète toujours pour en avoir sous la main, au cas où tu en voudrais.

Je l'ai dévisagé en clignant bêtement des yeux.

– Pour moi ?

Son sourire s'est un peu fané et il a détourné le regard.

– Oui, enfin, toi et tous ceux qui en veulent. Tu vois ce que je veux dire.

– Ah...

Pendant une fraction de seconde, j'avais cru qu'il disait les avoir uniquement pour moi. Ce qui n'avait aucun sens. Pourquoi achèterait-il quelque chose juste au cas où j'en voudrais un jour ? C'était débile de ma part ne serait-ce que de l'imaginer.

N'empêche, il flottait dans l'air quelque chose d'un peu bizarre. Je me suis penchée en avant pour tripoter ses CD dans le compartiment sous la radio. J'ai fait courir mes doigts le long des boîtiers en plastique. Ils étaient déjà parfaitement alignés – par genres – et orientés dans la même direction.

En fait, tout dans la voiture de Brian était immaculé. Pas de poussière ou de saleté sur le tapis ou le tableau de bord. Les vitres étaient si propres qu'un oiseau aurait pu probablement les percuter, faute de les voir. Et l'habitacle avait encore l'odeur de voiture neuve, même s'il la conduisait depuis qu'il avait emménagé à Wilmington. C'était exactement comme ça que j'imaginais ma voiture, si j'en avais une.

Soudain, j'ai pensé à Rudy avec sa rouille et sa crasse et un sentiment de culpabilité m'a aussitôt assaillie. Comme si je trompais la vieille guimbarde en admirant une autre voiture.

Il allait falloir que je dorme plus. Je commençais à délirer sur les bords.

– Alors, tu as déjà décidé dans quelle université tu vas aller ? ai-je demandé pour briser le silence.

Un petit sourire s'est dessiné sur les lèvres de Brian, mais son regard est resté braqué droit devant.

– Tu me tuerais si je te répondais Columbia ?

– Ha ha, si tu vas à Columbia, tu ferais mieux d'arrêter la voiture maintenant pour que je puisse te frapper sans risque.

Il a laissé échapper un sifflement grave tout bas.

– Ça peut attendre qu'on soit rentrés à la maison ? Je n'ai pas vraiment envie d'avoir des témoins dans les parages quand tu vas me mettre une raclée.

– Oui, mais en privé, ce n'est pas drôle.

Brian a gloussé, sans rien ajouter pour autant. Et il refusait de croiser mon regard. Soudain submergée par une sorte de vague de panique, j'ai plissé les paupières.

– Attends, tu plaisantes, non ?

– Plus ou moins.

Il a reniflé drôlement et s'est enfin tourné pour me regarder lorsqu'on s'est arrêtés à un feu rouge. Ses yeux étaient rieurs et sa fossette creusait comme un cratère dans sa joue.

– J'ai choisi NYU, pour le journalisme, a-t-il corrigé. Donc au moins, je ne serai pas loin.

Bien sûr qu'il n'allait pas me faire concurrence pour entrer à Columbia. Il savait à quel point ça comptait pour moi.

– Ah. Donc la prépa, tu y as définitivement renoncé ?

– Oui, ce serait intéressant, et mes parents voudraient vraiment que j'aille à Tulane, mais je doute d'y être heureux.

C'était quelque chose qui l'avait perturbé toute l'année, donc j'étais contente qu'il ait finalement trouvé la solution qui semblait lui convenir. D'ailleurs, il avait pris la bonne décision selon moi.

– C'est génial, Brian. Vraiment super, ai-je commenté, une main sur son bras pour y exercer une pression rassurante. Qu'est-ce qui t'a fait changer d'avis ?

Il a baissé les yeux sur ma main.

– En fait... c'est à cause de toi.

– Moi ? Comment ça ?

– Tu sais exactement ce que tu veux faire. Et tu as travaillé comme une folle pour y parvenir. Ta passion et ta détermination... (Il a secoué la tête.) Je crois que c'est ce que je veux aussi. Être amoureux de mon travail. Même si ça signifie que je devrai probablement passer ma vie à manger des haricots en conserve et de la soupe de nouilles pendant que tu dîneras dans des restaurants cinq-étoiles avec des juges et des sénateurs.

Touchée qu'il ait une si haute opinion de moi, je lui ai de nouveau serré le bras.

– Ne t'inquiète pas. Je t'emmènerai avec moi à un ou deux dîners comme cavalier. En souvenir du bon vieux temps.

Brian a ricané.

– Merci d'avance pour le repas gratuit.

J'ai reculé, pour tourner à nouveau mon regard vers la vitre alors qu'il s'engageait dans ma rue.

– Pas de problème. Du coup, on va sans doute se voir souvent, alors. Si jamais je reçois ma lettre d'acceptation.

– Bien sûr que tu seras prise. Ils seraient stupides de ne pas t'accepter, or les gens de Columbia ne sont pas stupides, a-t-il affirmé sur un ton plein de certitude qui m'a rassurée. Tu es contente que je sois tout près ?

– Évidemment.

Du moins, maintenant que je savais qu'il n'était pas là pour prendre ma place.

Il a laissé échapper un grognement et je l'ai frappé sur le bras.

– Je suis sérieuse. Ce sera sympa d'avoir quelqu'un avec moi là-bas. Comme ça, je ne me sentirai pas trop seule. Tu sais, au moment où l'année scolaire commence et où tout le monde me déteste...

– Personne ne te déteste, m'a coupée Brian avec un froncement de sourcils.

– Quand il s'agit de sujets scolaires, si. Ne mens pas.

Le silence est retombé dans la voiture alors qu'il se garait devant chez moi. Finalement, il a coupé le moteur et a hoché la tête.

– D'accord, peut-être que les autres te détestent parfois, mais pas moi.

– Je sais. C'est pour ça qu'on est amis, même si tu es major de promo et pas moi.

Je ne plaisantais qu'à moitié. Une partie de moi bouillonnait encore de ne pas pouvoir faire le discours. C'était quelque chose dont je rêvais depuis toujours. Depuis que j'avais appris ce que « major de promotion » voulait dire.

– Si tu veux, je peux me planter exprès à mes tests jusqu'à la fin de l'année et tu prendras la place.

– N'importe quoi.

Il a détaché sa ceinture et s'est retourné sur son siège pour se pencher vers moi avec un petit sourire.

– Sérieusement, tu n'as qu'un mot à dire.

Même si je savais qu'il plaisantait, sa proposition m'a remonté le moral. Je me suis penchée de côté, dans la même position que lui.

– L'ancien moi l'aurait peut-être envisagé une seconde, mais la victoire serait trop triste. De plus, il reste encore une chance que je finisse première par mes propres moyens. Dans les règles.

Faible, mais la chance était toujours là.

– D'accord, je ne te faciliterai pas la tâche, alors.

– Je ne voudrais pas qu'il en aille autrement.

Avec un sourire narquois, j'ai reculé sur mon siège et attrapé ma ceinture de sécurité.

– Tu as déjà envisagé ce que ça ferait si jamais on sortait ensemble ? a demandé Brian sans crier gare.

Ses prunelles sombres étaient rivées sur moi, brillantes et intenses.

J'étais trop surprise par sa question pour répondre tout de suite. Ma main s'est figée sur la boucle de la ceinture, comme si elle avait oublié comment la détacher. Le temps s'est arrêté tandis que la question de Brian tournait en boucle dans ma tête comme un des infatigables lapins de la pub Duracell.

C'était une question simple à laquelle il suffisait de répondre par oui ou par non. Et une question dont je connaissais la réponse. Alors, pourquoi est-ce que je ne parvenais pas à y répondre simplement ? C'était l'occasion parfaite de connaître ses sentiments à mon égard.

La raison, c'était que je n'étais pas prête à entendre sa réponse. Pas encore. Ça ne faisait pas partie du plan.

– Qu'est-ce que tu veux dire ?

Il a passé sa main dans ses cheveux, qu'il a ébouriffés.

– Ben, on est vachement compatibles, je trouve. En symbiose parfaite, même.

– Eh bien, ouais, peut-être trop parfaite justement, j'ai répondu en écho aux mots d'Evan. Un peu comme la perfection créée par quelque savant maléfique.

Brian a rigolé.

– Ça, je ne sais pas. Tu crois que les choses peuvent être trop parfaites ? Parfois, parfait c'est juste... parfait. Parce qu'il est censé en aller ainsi. Parce que c'est à ce signe que tu sais que la relation serait durable.

Mes bras se sont couverts de chair de poule pendant qu'il parlait. J'ai secoué la tête.

– Pourquoi j'ai l'impression que tu deviens philosophe, là ?

– C'est juste une question que je me pose depuis un moment.

Avant que je puisse répondre, il s'est penché encore plus près de moi, au point que son visage s'est retrouvé à quelques centimètres du mien. Mon souffle est resté bloqué dans ma gorge, j'en étais réduite à le regarder fixement. Avec un petit sourire, il a soudain appuyé sur la boucle de ma ceinture pour me libérer de la sangle qui est partie s'enrouler. Mais il n'a pas reculé pour autant. Il a juste continué à m'observer.

Il y a certains moments dont on a rêvé et qu'on a imaginés toute sa vie.

Je ne mentirais pas si j'avouais avoir pensé des centaines de fois au moment où Brian et moi partagerions notre premier baiser. Quand on serait à l'université, qu'on traînerait ensemble. Lui en journalisme et moi en droit. Les heures passeraient, et tout à coup on se tairait, on se regarderait et on saurait.

Cet instant était proche de tous les scénarios que je m'étais repassés, proche au point d'en être presque flippant. Or si Brian vivait à New York avec moi, ça me semblait dans l'ordre des choses destinées à se produire.

Je ne sais pas s'il a bougé ou si c'était moi, mais tout à coup les quelques centimètres qui nous séparaient s'étaient réduits à moins d'un. Je ne pouvais plus le regarder sans loucher et mes paupières se sont fermées, malgré le malaise et les remous de mon estomac.

Toc. Toc. Toc. On a tous les deux sursauté : quelqu'un frappait à la vitre côté passager.

Evan.

Le cœur bondissant dans ma poitrine, j'ai sauté hors de la voiture. J'ai trébuché dans l'herbe, mais réussi à me rattraper à temps. Ou plutôt, Evan m'a rattrapée. Puis il m'a immédiatement relâchée pour enfoncer les mains dans ses poches. Son expression était vide tandis qu'il m'observait. Mon ventre s'est mis à vriller de plus belle, et j'ai dû détourner le regard.

– Euh... salut, Evan, ai-je lâché d'une voix qui tenait plus du grincement suraigu. (Je me suis raclé la gorge et j'ai réessayé.) Salut.

Super, maintenant j'avais la voix d'un camionneur de quarante ans qui fumait. C'était normal que j'aie la gorge aussi sèche ?

Brian est sorti de la voiture à son tour et l'a lentement contournée pour venir se poster de l'autre côté de moi.

Evan a jeté un coup d'œil à Brian, ça a duré une seconde, puis son front s'est froncé comme s'il réfléchissait intensément. Je sentais que je devais dire quelque chose, mais j'ignorais quoi.

Soudain, en un clin d'œil, son visage s'est adouci et un sourire éclatant est apparu sur son visage. Mais malgré la largeur de ce sourire, son éclat n'atteignait pas ses yeux, qui restaient sombres et orageux.

– Quelle surprise de vous voir ici !

Brian a haussé les épaules.

– Pas vraiment, puisque c'est la maison de Taylor. Tu l'attends depuis longtemps ?

– Un peu.

Si je ne le connaissais pas mieux, j'aurais pensé qu'Evan était jaloux, mais il n'avait aucune raison logique de l'être. Ce serait de la folie. Brian et moi n'avions rien fait. Et ce n'était pas comme si Evan et moi étions dans une vraie relation. Il avait même plaisanté plusieurs fois sur le fait que Brian et moi, on finirait ensemble.

Alors pourquoi je me sentais aussi coupable ?

Après ce qui m'a semblé durer des heures – sans doute à peine une minute en réalité –, Evan a fait quelques pas de plus vers moi jusqu'à ce que je sois à portée de bras. Il ne m'a pas touchée, cependant.

– C'était gentil de ta part de la reconduire chez elle, Brian.

L'intéressé a fait quelques pas vers moi, lui aussi.

– C'est tout à fait normal. Taylor sait qu'elle peut compter sur moi en toutes circonstances. Je suis toujours là quand elle a besoin de moi.

– Ouais, tu es le gentil gars, toi.

Le ton d'Evan était si moqueur qu'il faisait passer le mot « gentil » pour une insulte.

– Il faut bien que certains le soient.

Le regard d'Evan s'est fait plus incisif, sans que son sourire ne diminue d'un iota. C'était un peu effrayant et étonnant en même temps.

– C'est génial que Taylor ait un ami aussi fiable dans les parages.

Moi, je tournais la tête de l'un vers l'autre pendant qu'ils parlaient.

– Très sympa, oui. Et si on...

– Ouais, tu sais ce qu'on dit. L'amitié, ça dure toute la vie, m'a interrompue Brian comme si je n'avais rien dit. Et je vais encore être là un bon moment.

– Je n'en doute pas une seconde.

Ils se toisaient par-dessus ma tête. En fait, je pense qu'ils avaient même oublié ma présence. Comme s'il se jouait une sorte de lutte de pouvoir que je ne comprenais pas. Et à laquelle je n'avais absolument aucune envie de prendre part.

Dieu merci, on a été interrompus par des aboiements sonores. Comme un nuage noir et blanc, Oreo s'élançait vers nous, pour s'arrêter à quelques pas, sa langue rose pendant d'un côté de sa gueule et sa queue s'agitant de droite à gauche comme un essuie-glace.

Ayant déjà rencontré mon chien plusieurs fois lorsque je l'amenais au parc, Brian s'est accroupi et a tendu la main vers Oreo.

– Viens ici, mon grand.

Au même moment, Evan a tapé sur sa jambe.

– Viens là.

La tête d'Oreo a fait des allers-retours entre les deux, puis il a laissé échapper un gémissement et s'est couché dans l'herbe. Sur quoi, il s'est roulé en boule, la tête tournée sur le côté, comme pour refuser de nous regarder.

Ben moi, j'avais assez envie de faire pareil.

Ne vous méprenez pas. J'aimais la confrontation, comme tout bon avocat – ou futur avocat –, mais seulement quand je pouvais me ranger dans l'un des deux camps qui argumentaient. J'étais le capitaine de l'équipe de débat, avant que tout le monde ne démissionne et que le club ne soit supprimé. (Et malgré ce que la majorité du corps étudiant pensait, ce n'était pas ma faute. Au contraire, c'était la faute de tous les autres qui n'étaient pas venus aux réunions quotidiennes comme je le leur demandais.)

Mais ça ne voulait pas dire que je souhaitais prendre parti entre Evan et Brian.

Décidant d'abréger les souffrances d'Oreo en même temps que les miennes, je me suis baissée et l'ai pris dans mes bras. Il a poussé un cri aigu, surpris par la soudaineté du mouvement, mais je l'ai serré contre ma poitrine et me suis écartée des deux gars surpris.

– Euh... il faut encore que je bûche pour le... contrôle que j'ai demain. Je ne veux pas y arriver mal préparée ou quoi que ce soit. Je... À demain, tous les deux.

Et avant que l'un ou l'autre ait eu le temps de répondre, j'ai gagné la maison au pas de charge, sans un regard en arrière. Une fois la porte claquée derrière moi, je me suis haussée sur la pointe des pieds et j'ai jeté un coup d'œil par la longue vitre en haut du mur. Brian et Evan s'étaient tous deux détournés de la maison et regagnaient leurs voitures. Quelques minutes plus tard, ils étaient partis. Chacun dans une direction opposée.

Oreo a aboyé bruyamment pour attirer mon attention. Et je vous jure que j'ai vu l'air accusateur dans ses yeux.

– Quoi ? Je ne suis pas une poule mouillée. J'ai juste... Ben toi non plus, tu n'as pas choisi. (Il a penché la tête vers la gauche en continuant à me fixer. Super, maintenant je me disputais avec un chien.) Oh, la ferme !

Les sourcils froncés par la frustration, je me suis laissée glisser le long de la porte. Oreo s'est encore blotti contre moi, la tête enfouie sous mon bras et collé tout contre mon corps.

15
EVAN

Une serviette autour du cou, j'ai attrapé mes clés et me suis préparé pour la plage. Je n'avais pas prévu d'y aller aujourd'hui. Le grondement des nuages dehors aurait dû suffire à me faire retourner au lit. Mais j'avais besoin de m'occuper. N'importe quoi, du moment que ça m'évitait de penser à Taylor et à ce crétin de mes deux.

OK, bon, Brian n'était pas vraiment un crétin. Au contraire, il était même beaucoup trop malin. Et il pouvait être sympa. Parfois. Mais n'empêche, ça restait un enfoiré de mes deux. Non, mais c'est vrai, quel genre de gars va draguer la petite amie d'un autre ? Ou la plus ou moins petite amie. Ou...

Et puis merde. J'avais besoin de surfer. J'avais besoin d'aller à l'eau et d'oublier tout et tout le monde. Ne serait-ce que pour quelques heures. Après avoir envoyé un SMS à Taylor pour lui dire que je ne pourrais pas la conduire à l'école aujourd'hui, j'ai pris ma planche et je suis descendu manger un morceau.

Dommage : Brandon était dans la cuisine, en train de petit-déjeuner. Et voilà comment une journée de merde se transformait en super journée de merde.

– Tu sèches encore les cours. Ce n'est guère une surprise, remarque. En fait, je ne te pensais même pas capable de te réveiller avant midi.

J'ai pris deux muffins aux myrtilles dans l'assiette sur le plan de travail. Maman les avait préparés la veille. Sans réagir à sa pique, je me suis retourné vers lui et j'en ai fourré la moitié dans ma bouche, sachant qu'il détestait que je parle la bouche pleine. Une des centaines de trucs qu'il détestait chez moi.

– Et moi, je ne te pensais pas capable d'être un connard fini vingt-quatre heures sur vingt-quatre et sept jours sur sept, pourtant tu as réussi cet exploit, ai-je finalement répliqué sans déglutir.

Il m'a lancé un regard noir par-dessus son assiette.

– Je ne comprends pas comment cette Simmons peut supporter de te côtoyer. Elle devrait être assez intelligente pour savoir qu'elle mérite mieux.

– Ouais, c'est vrai que tu es bien placé pour parler de femmes intelligentes qui côtoient des connards.

Brandon a abattu les mains sur la table et m'a toisé méchamment.

– S'il y a quelqu'un qui s'est comporté comme un connard avec ta mère, c'est ton bon à rien de père. Elle aurait dû quitter ce bâtard avant même qu'il ne finisse en prison. Dieu merci, elle a fini par s'en rendre compte. Tout comme ta petite amie ne tardera pas à se rendre compte que tu n'as aucun avenir. Elle est sur le point de quitter cette ville et de faire quelque chose de sa vie. Tu crois vraiment qu'elle a besoin d'un vaurien comme toi pour la tirer vers le bas ?

Plein de fureur, je l'ai attrapé par le col de sa chemise et l'ai tiré vers moi. Ses poings me cognaient les bras et les épaules, mais je m'en fichais. Je ne sentais rien du tout.

– Ferme ta gueule avant que je te botte le cul si fort que tu...

– Brandon ! Evan ! Lâche-le immédiatement !

J'ai desserré ma prise, sans le relâcher complètement pour autant.

– Bon timing, maman.

Elle a posé les courses à ses pieds pour venir me tirer par les bras.

– Je t'ai dit de le lâcher !

Furibond, je l'ai quand même libéré et Brandon a reculé en trébuchant. Son visage était rouge violacé. Il s'est massé les épaules et le cou des deux mains tout en posant sur moi un regard noir.

– Ça suffit ! Je me fiche que ce soit ton fils, Eva. Je n'en supporterai pas plus. Je pensais ce que je t'ai déjà dit : sitôt qu'il a son diplôme, je le mets à la porte de cette maison.

J'ai avancé d'un pas vers lui.

– Pourquoi je ne nous épargnerais pas cette peine à tous les deux en partant tout de suite ?

– C'est toi qui l'as dit. Dépêche-toi de faire tes valises et fiche-moi le camp d'ici avant que j'appelle la police. Espèce d'ingrat de petit c...

– ÇA SUFFIT ! a soudain explosé ma mère. Tous les deux !

Brandon et moi avons été tellement surpris qu'on s'est arrêtés de hurler pour la dévisager, stupéfaits.

Depuis quatre ans que Brandon et maman étaient ensemble, pas une fois elle ne lui avait crié dessus. Bon sang, je ne l'avais même jamais entendue lui parler un peu fort, et certainement pas avec sa voix « Tu ferais mieux de m'écouter avant que je m'énerve encore plus ». Même moi, j'avais rarement droit à cette voix-là. C'était arrivé seulement une fois, quand je m'étais battu avec le neveu de Brandon, lors de leur mariage. (J'avais gagné, soit dit en passant, même si ça ne ressemblait plus guère à une victoire quand ma mère en a eu fini avec moi.)

Elle a lâché un profond soupir et secoué la tête.

– Brandon, tu n'as pas une opération ce matin ? Il ne faut pas que tu sois en retard, n'est-ce pas ?

Brandon a eu l'air de vouloir répliquer quelque chose mais, pour une fois, il a été malin et a préféré se la fermer. Il s'est contenté de hocher la tête avant de quitter la cuisine.

Les yeux fermés, ma mère s'est massé le front d'une main.

– Super, constata-t-elle quand elle eut ramassé les courses par terre. Tu m'as fait casser la boîte d'œufs que je viens d'acheter. Comment je suis censée vous préparer des friandises, à Taylor et toi, maintenant ?

Je me suis baissé pour l'aider.

– Désolé, maman. J'en rachèterai une boîte plus tard.

– Oui, tu as plutôt intérêt.

Ne voulant pas l'énerver davantage, j'ai pris un torchon sur la poignée du four et l'ai tendu à maman pour qu'elle puisse essuyer les œufs cassés. Pendant ce temps, j'ai continué à ramasser le reste des courses sans un mot. J'ai même rampé sous la table de la cuisine pour récupérer des pêches qui y avaient roulé.

Enfin, quand il n'y a plus rien eu à faire, je me suis balancé d'un pied sur l'autre une seconde, puis je me suis raclé la gorge pour attirer son attention.

– Pardon pour... tu sais, tout à l'heure. Je n'aurais pas dû l'attraper par le colback comme ça.

Ou du moins, la prochaine fois, je m'assurerai de ne pas avoir de public. Surtout s'il s'avisait de parler encore de Taylor et de papa.

Elle a rangé les conserves dans le garde-manger à côté de la cuisinière.

– Je ne t'en veux pas. J'ai entendu ce qu'il a dit. Il n'aurait pas dû parler de ton père comme ça.

J'ai cligné des yeux, médusé. Waouh, encore une première. Ma mère admettait que son mari, ce saint, s'était mal comporté. Et tout ça pour prendre la défense de papa. Enfin, plus ou moins.

C'était la première fois qu'elle évoquait mon père dans une conversation. Je voulais continuer à être en colère contre elle, mais je ne pouvais pas. Je pense qu'une petite partie de moi avait toujours su qu'elle savait où il se trouvait. Après tout, elle était au courant de tout le reste.

– Il parle comme ça tout le temps, lui ai-je fait remarquer en haussant les épaules. Pourquoi est-ce que tu vois seulement maintenant à quel point c'est un connard ?

– Il est très gentil avec moi, Evan. Il est bon pour nous deux, dit-elle avec un soupir.

Comme si ça devait l'absoudre de tous ses défauts. Peut-être était-ce le cas pour elle.

– Il est bon pour toi. Pour moi, il est juste tolérable.

– Dis, tu peux vraiment le lui reprocher ? Tu le pousses à bout chaque fois que vous êtes ensemble.

J'ai froncé les sourcils, mais je n'ai rien dit. C'était vrai. Oui, sans doute que je l'agaçais délibérément dès que j'en avais l'occasion. M'enfin bon, je n'étais pas le seul. Il faisait pareil.

– Tu penses que c'est à cause de lui si j'ai éloigné ton père de toi, je le sais, mais c'était ma décision. (Elle faisait courir ses mains de haut en bas sur ses jambes, comme si ce frottement allait lui donner plus de courage.) J'aime Brandon, Evan.

– D'accord...

Je ne voyais pas où elle voulait en venir.

Elle a laissé échapper une profonde expiration.

– Mais j'aime aussi ton père. Encore maintenant. Et Brandon le sait. Pourtant, il m'aime tellement qu'il s'en fiche tant que je reste avec lui. J'aimerais qu'il ressente la même chose pour toi, seulement tu ne fais que lui rappeler ton père et le fait que mon amour pour lui n'est pas identique au sien.

J'ai agrippé le rebord du plan de travail à deux mains et je me suis appuyé contre. Que Brandon fasse du bien à maman, c'était indéniable. Beaucoup de bien. C'était la seule qualité susceptible de le racheter. Et la seule raison pour laquelle je ne pouvais pas le détester complètement. Mais maintenant, après l'explication de maman, j'éprouvais une forme de pitié pour ce type.

– Comment tu peux rester avec lui si tu es amoureuse de papa ? Pourquoi tu n'es pas juste restée avec papa ?

Elle a levé les yeux pour fixer le plafond.

– Il faut que tu comprennes une chose. L'amour, c'est merveilleux, mais ça ne fait pas tout. Et ce n'est pas suffisant. Vivre avec ton père, c'était dur. Je ne savais jamais où il était, ce qu'il faisait ni quand il allait rentrer. Et j'étais fatiguée de m'occuper de tout. Surtout après mes doubles gardes à l'hôpital. Je n'en pouvais plus, a-t-elle conclu en baissant enfin les yeux sur moi.

Merde. Je savais que la vie avait été dure pour elle, mais je ne pensais pas que c'était à ce point.

– Désolé, maman. Je ne savais pas.

– Mais ça va mieux maintenant. C'est pourquoi je ferme les yeux quand vous vous disputez, en général, a-t-elle poursuivi. Sauf que Brandon a eu tort de parler de Taylor comme il l'a fait. C'est pour ça que tu es si énervé ?

– Ne te tracasse pas, je l'écoute rarement, ai-je éludé.

Pour éviter de répondre à sa question concernant Taylor. Et parce que la vérité, je ne voulais même pas me l'admettre à moi-même.

Je me croyais immunisé contre toutes les conneries que Brandon lâchait, pourtant je n'avais pas pu me retenir quand il avait parlé de Taylor. Surtout quand ses mots avaient fait resurgir des images de Taylor et Brian ensemble dans sa voiture. Je savais que Brian avait un faible pour Taylor. C'était impossible de ne pas remarquer le regard noir qu'il posait sur nous chaque fois qu'il nous voyait ensemble. Ou sa présence perpétuelle aux côtés de Taylor, pour l'aider, bûcher avec elle, lui parler. La seule personne qui ne voyait rien, c'était Taylor.

Donc oui, je savais. En revanche, je ne savais pas ce que je ressentirais quand je la verrais bel et bien dans ses bras. Quand je la verrais prête à me quitter pour lui. Je n'étais pas préparé à la colère et à la vague de frustration qui m'avaient frappé à cet instant-là. Je n'avais jamais rien ressenti de tel auparavant. Et ça craignait.

Maman a interrompu mes pensées. Un sourire éclatant illuminait son visage, à croire qu'elle ne venait pas de m'ouvrir son cœur la seconde d'avant.

– Mais Taylor est avec toi, non ? Elle t'a choisi, toi. Si elle se souciait de tous ces autres trucs, alors elle sortirait avec Brian Long au lieu de toi.

L'espace d'une fraction de seconde, j'ai cru avoir parlé à voix haute et que c'était de cette manière qu'elle était au courant pour Brian et Taylor.

– Comment tu connais l'existence de Brian ?

J'ai compris à sa façon d'éviter mon regard qu'elle en savait peut-être plus qu'elle ne le disait.

– Maman ?

Elle s'est mise à tripoter les cuillères en bois accrochées à côté de la cuisinière.

– J'ai entendu... certaines choses...

Oh ça, ça n'annonçait rien de bon...

– Maman...

– D'accord, d'accord. J'ai peut-être... demandé aux autres parents et aux enseignants de ton école. Fait connaissance d'amis de sa famille. Et... fait des recherches sur lui sur Internet. Tu savais qu'il avait gagné le premier prix dans son école de l'Ohio trois années de suite, avant de venir ici ? Et qu'il a déjà des crédits universitaires en anglais, en calcul et en chimie grâce à ses cours supplémentaires ?

Elle parlait en agitant la main en l'air comme si ce n'était pas grand-chose, mais je voyais bien qu'elle était impressionnée. Qui ne le serait pas, avec ce genre de statistiques ?

– Non, je l'ignorais.

Punaise, elle savait vraiment comment me frapper quand j'étais déjà à terre. Elle ne l'avait pas fait exprès, n'empêche que tout ça m'avait rappelé que même si je commençais à apprécier Taylor – et je ne dis pas que c'était le cas –, je ne la méritais pas. Elle serait mieux avec quelqu'un comme Brian, le Golden Boy. Et pas avec le tire-au-flanc de la ville.

Je ne sais pas si l'expression de mon visage a changé ou si ma mère a soudain pris conscience de ce qu'elle venait de dire, en tout cas elle s'est penchée par-dessus le plan de travail et m'a tapoté le bras.

– Mais à part ça, il n'est pas très impressionnant. Et rien de tout ça ne compte, au fond, si ? Comme je l'ai dit, c'est toi qu'elle a choisi. Toi qu'elle aime bien.

– Ouais, ouais.

Elle avait tort. Taylor n'avait pas eu le choix. Ni quand elle avait pris la décision ni maintenant. Mais il était peut-être temps que je lui donne la possibilité d'arranger les choses. Que je lui rende son libre arbitre.

16
TAYLOR

Tout le reste de la semaine, j'ai eu l'impression persistante que quelque chose clochait avec Evan. Il séchait l'école encore plus souvent qu'à son habitude, et j'aurais juré qu'il m'évitait. Quand on se voyait, il était égal à lui-même, rieur et plaisantin, mais je savais que quelque chose ne tournait pas rond. Et j'étais déterminée à l'aider. D'une manière ou d'une autre.

Pour ça, il fallait d'abord que je lui mette la main dessus. Et comme il était encore absent de l'école, j'allais devoir me résoudre à la solution de rechange.

Les yeux d'Aaron se sont arrondis quand il m'a vue l'attendre près de son casier et il a ralenti le pas. Il avait beau avoir la carrure d'un joueur de football, immense donc, il avait toujours l'air d'un lapin pris dans les phares d'une voiture quand je lui parlais. Pourtant j'étais sympa avec lui, mais je pense qu'il n'avait pas oublié la fois où j'avais été furax contre Evan après notre histoire d'une nuit. (Il n'y avait pas d'autre façon d'y faire référence.) J'avoue, ça n'avait pas vraiment été mon meilleur moment.

– Salut, Aaron. Comment c'était, le cours ?

Il m'a jeté quelques regards furtifs en faisant tourner la combinaison de son cadenas.

– Ça va, ça va. Qu'est-ce que tu veux ?

– Je me demandais... tu sais où est Evan ? Il ne répond pas au téléphone.

En attendant sa réponse, j'ai tripoté le pendentif en forme de pièce de monnaie qu'Evan m'avait offert.

Aaron a secoué la tête.

– Non. Je pensais que si quelqu'un savait où il était, ce serait toi.

– Ben non. Tu sais s'il a quelque chose de prévu pour ce soir, alors ?

Avec un petit froncement de sourcils, il s'est appuyé contre le casier voisin du sien et s'est rongé l'ongle du pouce.

– Il y a une fête à Wrightsville Beach. Je suis presque sûr qu'Evan y sera. En fait, maintenant que j'y pense, il y est même probablement déjà. Il sèche les cours, parfois, pour s'y rendre pendant la journée. C'est son spot de surf préféré.

– Ah oui ?

Il m'a lancé un drôle de regard et j'ai failli me frapper le front. Zut ! C'était typiquement le genre de détails qu'une petite amie digne de ce nom devait connaître.

– Ouais, m'a dit Aaron. Tu sais où c'est ?

– Je pense que oui. Je suis déjà passée devant en allant à Carolina Beach avec Brian.

Nouveau regard bizarre. *Sérieux !* Une petite copine digne de ce nom ne parlait probablement pas non plus avec autant de désinvolture de ses rencards avec d'autres mecs. Même si ce n'était pas vraiment un rencard, en l'occurrence.

– Carly était avec nous, me suis-je entendue ajouter.

Aaron a fourré quelques livres dans son casier et l'a refermé d'un coup sec. Quand il s'est retourné vers moi, il tirait sur le lobe de son oreille gauche.

– Je peux te conduire à la fête en cas de besoin, a-t-il proposé au casier au-dessus de ma tête.

J'ai lutté pour ne pas rire. Il avait encore l'air un peu nerveux et moi, j'avais envie de le serrer très fort dans mes bras. Il arrivait tout juste à discuter avec moi quelques minutes et le voilà qui me proposait de me conduire à une fête. Le trajet serait une torture pour nous deux.

– Non, c'est bon. Merci quand même.

– Pas de problème. (Il s'est tourné pour partir, mais il m'a adressé un signe de tête.) On se voit à la fête.

– *Bye*.

Un sourire m'a échappé quand il a disparu de ma vue. Aaron était vraiment un amour. Il était trop génial pour ne pas avoir de petite amie. Je l'aurais bien branché avec Carly, mais j'étais sûre qu'elle le dévorerait tout cru.

En parlant de mangeuse d'hommes... J'ai sorti mon téléphone de ma poche et j'ai composé le numéro de Carly.

– Salut, ça te dérange si je t'emprunte ta voiture, ce soir ?

J'ai réalisé trop tard que j'aurais pu l'attendre chez lui. Parce qu'après tout, il finirait bien par rentrer. Et puis, c'était sans doute une mauvaise idée d'aller à cette fête sur la plage. Surtout avec des tas de personnes ivres et hilares qui braillaient autour du grand feu de joie. Je me suis prise à regretter que Carly ne soit pas avec moi, mais sa mère l'avait traînée à un séminaire sur les carrières.

Cinq minutes plus tard, mon pressentiment se confirmait : oui, c'était une mauvaise idée. Une idée stupide, une idée débile. Je me frayais un chemin parmi la foule, en essayant d'éviter de me faire marcher dessus ou de me faire jeter un verre à la figure, quand quelqu'un m'a tirée par-derrière.

– Taylor ! Tu es là !

– Euh... salut.

J'ai eu juste le temps d'apercevoir le visage d'Aaron avant qu'il me serre dans ses grands bras, comme si on ne s'était pas vus depuis des années – et pas quelques heures. Mes pieds se sont balancés au-dessus du sable pendant quelques secondes alors que je peinais à respirer. J'ai dû lui taper sur l'épaule pour attirer son attention.

– Où est Evan ?

– Evan ? Il est en train de boire quelque part par là, a-t-il répondu en désignant la fête dans son ensemble d'un ample geste de la main.

Super. Voilà qui allait bien m'aider. « Quelque part par là », ça couvrait une centaine d'adolescents buvant et se trémoussant au rythme de la musique. Même si j'avais leur âge – plus jeune, puisque j'avais sauté une classe –, je me sentais aussi peu à ma place qu'un éléphant dans un magasin de porcelaine.

J'ai essayé de filer en douce, mais Aaron a été plus rapide et m'a retenue. Il m'a attirée dans une étreinte serrée comme si on était en train de danser. Ma tête s'est retrouvée écrasée contre son cou et des vapeurs d'alcool m'ont frappée au visage quand j'ai essayé de reculer. Beurk. Il empestait le pot de chambre et il était saoul comme un cochon. Comme si j'avais encore besoin d'en avoir la preuve, il a louché sur moi de ses yeux rougis.

– Viens, Tay, allons le chercher !

Sur quoi, il nous a fait faire demi-tour et nous a plongés moitié dansant, moitié sautillant, jusqu'au cœur de la fête.

On avait à peine progressé de dix pas que trois autres grands types ont décidé de se joindre à nous, tellement on s'amusait. Ils se sont mis à brailler autour de moi, et on a tous dansé – enfin, eux, ils dansaient, moi je trébuchais – en direction du feu.

Je n'avais jamais imaginé me retrouver un jour au centre d'une grappe de mecs et en être aussi malheureuse. C'était ce que j'avais vécu de plus proche d'une orgie. Et je commençais à penser que la réputation de ce genre de plaisirs était carrément surfaite.

– Laissez-la tranquille !

C'était exactement ce que je leur demandais depuis plusieurs minutes, pourtant, là, ils ont obéi à l'autorité de cette voix féminine et se sont éloignés de moi. Je me suis redressée avec un soupir et un sourire reconnaissant envers ma sauveuse, sourire qui s'est instantanément fané quand j'ai vu de qui il s'agissait.

– Tiens, tiens, regardez qui voilà. La petite Mademoiselle Parfaite enfin descendue de son trône pour le week-end.

Lauren. Lauren et ses courbes incroyables moulées dans un jean et un débardeur blanc qui ne laissaient guère de place à l'imagination. Son haut de bikini rouge vif brillait à travers le fin tissu. Comment faisait-elle pour ne pas grelotter ? Mon tee-shirt avait des manches et j'avais quand même la chair de poule partout sur les bras. C'était peut-être sa méchanceté qui lui tenait chaud. Façon chauffage central spécial vipère.

Ses cheveux auburn bouclés étaient retenus en une tresse lâche qui lui retombait jusqu'au milieu du dos. Elle réussissait à avoir l'air à la fois innocente, sensuelle, éthérée, sauvage et réservée. Je ne savais pas comment elle parvenait à donner l'impression de pouvoir conquérir le monde d'une seule main, tout en n'étant pas contre une épaule sur laquelle s'appuyer de temps en temps. En tout cas, je voyais bien pourquoi Evan était sorti avec Lauren. N'importe quel mec se serait mis en quatre pour elle. Les mecs sont tellement crétins.

Mon Dieu, je la détestais.

Tournant la tête de tous côtés, j'ai cherché quelqu'un pour me sauver. N'importe qui.

– Euh, ouais. Super fête.

– Tu n'as rien à faire ici, a-t-elle craché, les mains sur les hanches.

– M'en parle pas.

J'ai levé les yeux au ciel, avant de réaliser que j'avais parlé tout haut. Lauren me toisait désormais comme si j'étais une limace d'eau qui avait remonté la plage pour se joindre à la fête. Non, oubliez ça. La limace aurait été mieux accueillie que moi.

– Euh, tu sais où est Evan ?

L'expression de son visage s'est durcie un peu plus encore, signe que oui, elle savait où il était, sans que cela me garantisse une réponse. Surtout si j'en croyais la ligne pincée de ses lèvres rouges.

Cette hostilité était-elle due au fait qu'elle me jugeait comme une imposture à cette fête ou bien qu'elle me déniait une place aux côtés d'Evan ? Si vous me posiez la question, elle ne le méritait pas. Elle était clairement une garce de première classe, alors qu'Evan était... ben, Evan.

Quoi qu'il en soit, de toute évidence je n'étais pas près de franchir la garde qu'elle semblait monter.

– Tu sais quoi ? Laisse tomber, je vais y aller.

J'avais à peine fait quelques pas que sa voix me parvenait.

– Ouais, tu ferais mieux de retourner à tes chers livres. Et laisse Evan avec des gens qui le comprennent vraiment.

– Qu'est-ce qui te fait croire que je ne le comprends pas ?

Lauren m'a toisée de haut en bas avec un rictus mauvais.

– Tu poses vraiment la question ?

OK, basta. J'avais assez supporté la suffisance de cette garce. J'ai croisé les bras et me suis campée face à elle.

– Tout bien réfléchi, je crois que je vais rester. Je suis la petite amie d'Evan, après tout, pourquoi je ne ferais pas la fête avec ses amis ?

Aïe. J'ai su que j'avais touché un point sensible quand sa mâchoire s'est décrochée. Elle s'est reprise assez vite, cependant, et a regardé à la ronde les gens qui nous observaient comme si on participait à une télé-réalité – ce qui ne risquait pas d'arriver, il me faudrait bien deux tailles de bonnet supplémentaires pour qu'une émission sur ma vie ait une chance d'être diffusée.

Une lueur diabolique a allumé ses yeux bleus perçants et mon ventre s'est serré en réaction. *Oh non. J'ai réveillé l'ours. Secoué le nid de frelons. Déchaîné les enfers.*

– Bien, reste si ça te chante. Viens t'amuser avec nous. (Sur quoi, Lauren a fouillé dans sa poche et en a sorti un petit tube blanc, qu'elle m'a tendu.) Tiens. Prends.

C'était un joint.

Elle m'avait prise au mot. Et maintenant je ne savais pas quoi faire. *Merde. Merde. MERDE.*

Je l'ai fait rouler entre mes doigts. Une petite cigarette en apparence inoffensive. Sauf que j'avais assisté à assez de réunions de prévention pour savoir combien ça pouvait être dangereux. Je portais encore leurs tee-shirts anti-drogue pour dormir. Je continuais à aider aux collectes de fonds annuelles. Quelques années plus tôt, j'avais même gagné le prix de la meilleure rédaction dans mon district, bon Dieu. Bref, je savais tout des conséquences de ces trucs.

Mais là, avec tout le monde qui me dévisageait, ces messages de prévention me semblaient très lointains, quasi oubliés. Tous les argumentaires, tous les faits. *Pouf !* Disparus.

– Taylor ?

On s'est brusquement retournées toutes les deux, et Evan était là. Ses cheveux ébouriffés pointaient dans toutes les directions. Il portait un tee-shirt noir usé jusqu'à la trame et un short kaki couvert de taches sombres et humides.

Je n'avais jamais été aussi heureuse de voir quelqu'un de toute ma vie.

Son regard est passé de moi à Lauren, d'elle à moi, avant de se poser sur le joint que je tenais. Avec une mine rageuse, il me l'a arraché.

– Tu sais quoi ? Je ne veux même pas savoir. Allez, viens. On bouge, a-t-il marmonné en le fourrant dans sa poche arrière.

On n'avait fait que quelques pas quand Lauren l'a attrapé par le bras et tiré en arrière, me déséquilibrant au passage, puisque l'autre bras d'Evan était enroulé autour de mes épaules.

– Tu t'en vas ? Juste comme ça ?

Une question simple, qui en recelait un millier d'autres en sous-texte.

Il a balayé la fête du regard, longuement, avant de me lâcher enfin. Le temps s'est figé et j'ai reculé d'un pas, dépitée. Il allait la suivre. Décider que notre petit jeu avait assez duré. Une vague de déception m'a submergée. Pas parce que je l'aimais bien ou quoi que ce soit. Non, parce que je pensais qu'on était devenus amis.

PAS parce que je l'aimais bien.

La suffisance est réapparue sur le visage de Lauren au moment où elle est arrivée à la même conclusion que moi.

À la surprise générale, Evan a retiré la main qu'elle avait sur son bras, tout doucement, doigt par doigt, jusqu'à ce qu'elle ne le touche plus, puis il a lâché cette main. Reculant de quelques pas, il est revenu se placer à mes côtés. Et les deux mains levées, comme s'il se rendait, il a hoché la tête.

– Oui, je m'en vais. Juste. Comme. Ça.

17

TAYLOR

Je ne sais pas si Evan comprenait ce qu'il venait de faire. Pour ma part, j'avais du mal à réaliser. Même s'il avait été naïf – et je savais qu'il ne l'était pas –, le regard furibond de Lauren avant qu'on parte ne laissait aucune place au doute. C'était bizarre, d'ailleurs, de voir ses yeux si glacés alors que ses cheveux et ses lèvres rubis avaient l'air en feu. On sentait pratiquement les vagues de haine qui irradiaient de son corps.

Encore maintenant, je sentais son regard qui me transperçait le dos. Evan le percevait-il aussi ? Je n'en savais rien, en tout cas il a resserré son étau sur ma main. Et n'a pas jeté un seul regard en arrière. Même pas quand Aaron a laissé échapper un très sonore « Ouh là ! ».

On n'a pas pris la direction du parking. Non, on a flâné au bord de l'eau, main dans la main, mais sans se regarder. Et sans parler. Ça me convenait. Je ne savais pas quoi dire, de toute façon. Mon esprit était encore en ébullition.

Il m'avait choisie. Moi plutôt que Lauren, sa beauté et son bikini rouge. Devant tout le monde. Sa main était chaude et ferme dans la mienne. Un contact à la fois réconfortant et qui me faisait frissonner de la tête aux pieds. Et j'avais de plus en plus de mal à respirer normalement.

Enfin, quand la fête a été loin derrière nous, il m'a lâchée et s'est assis sur le sable, à quelques mètres à peine du rivage. Les yeux rivés sur les vagues qui s'écrasaient les unes contre les autres au large. L'écume blanche rayonnait sur la mer noire. Quelques mouettes grises et blanches picoraient ce qu'elles trouvaient dans le sable autour de nous, en s'arrêtant de temps en temps pour roucouler.

– C'était un peu fou, non ? a commenté Evan au bout d'un moment.

En m'asseyant près de lui, j'ai tâché de répondre sur un ton plein d'assurance.

– Ouais, un peu. J'aurais géré, tu sais.

– Je n'en doute pas. Enfin, je t'ai bien aidée, quand même, a-t-il ajouté, en levant devant mes yeux sa main dont deux doigts étaient écartés d'un centimètre ou deux.

Je l'ai repoussé d'une tape.

– Peut-être. Ou peut-être que je t'ai laissé jouer le chevalier en armure blanche pour booster ton ego. Même s'il est bien assez gros.

– Oui, je pense qu'on sait tous les deux que mon ego est déjà à son maximum, a-t-il convenu avec un sourire en coin qui m'a vrillé le ventre.

– C'est toi qui le dis, pas moi.

Avec un rire, Evan s'est penché de côté pour sortir le joint de sa poche.

– Vaut mieux que je me débarrasse de ce truc maintenant, avant d'oublier. Ma mère et Brandon piqueraient une crise si je le rapportais par mégarde à la maison. (Il a pris son élan et a jeté le joint dans l'océan, puis il s'est essuyé les mains et s'est tourné pour me regarder.) Alors pourquoi tu es venue ?

J'ai noué les bras autour de mes genoux et me suis balancée d'avant en arrière.

– Qu'est-ce que tu veux dire ? Je viens ici tous les vendredis soir. Avant que Lauren se pointe, j'étais la reine de la fête, figure-toi.

Un large sourire s'est étiré sur son visage.

– Je ne sais pas pourquoi, mais j'en doute, vu que ton idée du fun, c'est de passer la soirée devant tes devoirs, s'est-il moqué.

Comme il secouait la tête, ses cheveux ont remué. Ils n'étaient pas du tout hérissés, ce soir, et par endroits ils étaient encore humides. Il avait dû surfer avant la fête.

– Tu es sûre qu'il n'y a pas une autre raison ? a-t-il insisté.

J'étais donc si mauvaise menteuse ? Ce garçon lisait en moi comme dans un livre ouvert.

– Je m'inquiétais pour toi. Je t'ai trouvé différent, ces jours-ci. Comme si tu m'en voulais ou quelque chose comme ça. Surtout après l'autre soir avec Brian... (Je me suis interrompue en voyant sa mâchoire se contracter : zut, ce n'était peut-être pas le meilleur moment pour parler de Brian.) Est-ce que tu regrettes ?

Il fixait l'eau de nouveau.

– Ça dépend de quoi tu parles.

Eh merde. Je ne pouvais plus revenir en arrière maintenant. J'ai poussé un profond soupir.

– Le contrat. Nous qui faisons semblant d'être ensemble. Est-ce que tu regrettes ?

Même si j'avais posé la question, je n'étais pas sûre de vouloir vraiment connaître sa réponse. Parce que je la redoutais. Le fait qu'il m'ait préférée à Lauren une fois ne voulait rien dire. Il avait peut-être fait ça par gentillesse.

Il a fini par baisser les yeux vers moi, et son visage s'est un peu adouci. Ses yeux gris ont fouillé mon visage comme s'il y cherchait la bonne réponse. Il a balayé les cheveux que j'avais devant les yeux, et j'ai dû résister à l'envie de me frotter contre sa main.

– Non, je ne regrette pas.

Ses paroles ont fait courir un frisson le long de mon dos.

– Merci. Même si tu mens, c'est toujours agréable de t'entendre le dire, ai-je plaisanté pour dissimuler ma nervosité.

Evan n'a pas nié ni confirmé qu'il mentait. Il n'a rien dit. Il m'a juste adressé un petit sourire et a retiré sa main. Il a trouvé une petite pelle en plastique bleue que quelqu'un avait oubliée sur la plage et s'est mis à creuser un trou ovale. Bientôt, un petit cratère s'est formé entre nous.

Avec mes pieds, j'ai poussé du sable dans le trou, ruinant ses efforts.

– Donc tout va bien ?

– Ouais, super.

D'un coup de poignet, il m'a jeté une poignée de sable mouillé sur les mollets.

– Oups, désolé. Ma main a glissé.

Ah, tu veux jouer à ça... Les yeux plissés, j'ai enfoncé les orteils dans le sable pour y piocher des munitions avant de les lui lancer dessus. Le sable a atterri directement sur son entrejambe. Super.

– Pardon, je m'étirais.

– Pas de problème. Tant que ce n'était pas fait exprès, a-t-il répliqué en haussant les épaules, avant de m'écraser une poignée de sable mouillé sur la tête. Parce que ça, par contre, c'était exprès.

Lâchant un cri perçant, je me suis levée d'un bond et me suis passé les mains dans les cheveux pour en chasser le sable, tandis qu'Evan se roulait par terre de rire. OK, c'était la guerre. Avant qu'il ait le temps de réagir, je me suis mise à califourchon sur lui et, à deux mains, j'ai creusé le sable pour l'en recouvrir et l'enterrer.

Hélas, mon plan s'est très vite retourné contre moi. Evan m'a saisie par les bras et il a roulé sur le côté de façon à ce que je me retrouve coincée sous son corps.

– Voilà qui est beaucoup mieux...

Feignant l'agacement, je l'ai repoussé, incapable cependant de masquer un début de sourire. Mon cœur martelait ma poitrine, si fort que j'avais presque peur qu'il le sente.

– Dégage. Tu pèses une tonne.

– Eh, pas besoin d'être vexante. J'ai fait de la muscu, je te signale.

– Je n'avais pas remarqué.

Il a ri et s'est relevé. Il avait encore des grains de sable collés sur les bras et les épaules. Attrapant mes mains, il m'a tirée debout et m'a serrée contre lui. Les battements de son cœur résonnaient contre ma joue. Légèrement penché en arrière, il a incliné la tête jusqu'à ce que nos visages soient à quelques centimètres l'un de l'autre. Machinalement, j'ai fermé les yeux.

Soudain, mes pieds ont quitté le sol alors qu'Evan me soulevait, comme une mariée pour franchir le seuil de la suite nuptiale. J'ai rouvert les yeux, sous le choc.

– Qu'est-ce que tu fais ?

– Je me venge.

Il a fait quelques pas. Déjà, je sentais l'eau froide lécher l'arrière de mes cuisses à chaque vague. Mon short et ma culotte n'ont pas tardé à être trempés.

Merde, c'était froid ! Mes bras se sont enroulés autour de son cou illico, et j'ai essayé de me rehausser, sauf qu'à ce stade, je m'étranglais presque de rire.

– Tu n'oserais pas !

– Devine... Je n'aime pas être mis au défi, moi non plus.

Et sur cette déclaration, il nous a plongés tous les deux dans l'eau.

J'ai poussé un hurlement quand l'eau froide nous a enveloppés. Je me suis agrippée à ses épaules pour ne pas être emportée, mais je n'avais pas besoin de m'inquiéter. Evan me tenait fermement dans ses bras. Il m'a fait sautiller dans l'eau. Pas assez bas pour que ma tête soit sous l'eau, mais suffisamment pour que tout le reste soit trempé. Mon tee-shirt ample s'est gonflé comme un ballon quand l'eau est passée dessous, et j'ai remercié Dieu de ne pas porter de blanc.

Soudain consciente que l'eau étirait également le décolleté vers le bas, laissant apparaître mon soutien-gorge gris tout simple, j'ai poussé Evan.

– Lâche-moi.

Il m'a reposée délicatement et je me suis aussitôt éloignée de lui, me détournant pour qu'il ne puisse pas me voir. L'eau n'arrivait qu'au niveau de mes seins, mais elle agrandissait quand même mon col, malgré mes efforts pour le remonter. J'ai réussi à nouer le tissu pour atténuer un peu l'effet décolleté très, très plongeant.

– Taylor, tu vas bien ? Tu as de l'eau salée dans les yeux ou quelque chose comme ça ?

Sa voix inquiète n'avait retenti qu'à quelques pas derrière moi. Je me suis figée.

– Oui, je crois bien. Ça pique de fou.

– Merde, je ne voulais pas te faire mal. Laisse-moi voir.

Dès qu'il a touché mon bras, j'ai fait volte-face et, avec les mains, je l'ai aspergé d'eau. Son visage choqué et dégoulinant a viré à l'éclat de rire.

– Ah voilà, je retrouve la fille que je connais et que j'aime.

Mon cœur a fait un bond quand il a dit « j'aime », mais à voir son expression niaise, j'ai compris qu'il avait parlé sans réfléchir.

Il s'est laissé tomber en arrière, allongé sur l'eau comme un morceau de bois flotté. Du bois flotté hyper sexy. Les vagues ne le dérangeaient pas du tout, il se balançait en synchronisation avec elles. Tellement à l'aise qu'on aurait dit qu'il faisait ça tous les soirs. Il avait dû être à moitié sirène, dans une autre vie.

L'eau était encore assez froide, mais je m'y habituais. Elle était limpide et belle, même si, au clair de lune, je n'y voyais pas grand-chose : je distinguais mes mains et mes bras à la surface, mais mes pieds disparaissaient dans le noir. En temps normal, ça m'aurait fait flipper. C'est vrai, quoi, on ne sait jamais ce qu'il y a dans l'eau. J'aurais pu marcher sur une méduse. Ou il aurait pu y avoir des requins et des barracudas autour de moi en ce moment même, et je ne l'aurais même pas su.

Là, pourtant, mes craintes habituelles semblaient loin. Peut-être parce que j'avais l'impression d'être dans un rêve. Ou peut-être parce que je savais qu'Evan ne laisserait jamais rien m'arriver. Il combattrait un requin s'il le fallait, je l'aurais parié, ne serait-ce que pour pouvoir s'en vanter à tout le monde ensuite. N'empêche, j'aimais à penser que son but premier serait de me secourir.

Si j'avais trouvé bizarre de jardiner avec Evan, ce n'était rien par rapport à ce bain de mer. Jamais je ne me serais imaginée en train de nager avec lui en pleine nuit. Encore un moment « Cher journal », disons. C'était drôle de voir tous les instants de ce genre que j'avais connus depuis Evan.

Après avoir failli me noyer l'été dernier, je m'étais obligée à apprendre à nager. Pour ce qui était de faire la planche, en revanche, je n'avais jamais réussi. Sans doute que j'avais sauté cette étape. Alors je me suis contentée de barboter pendant qu'Evan se laissait porter autour de moi.

Je ne saurais dire combien de temps on est restés dans l'eau. Peut-être deux minutes, peut-être vingt, mais tout était si calme et paisible que je ne voulais plus en sortir. D'où ma déception sincère quand Evan a suggéré de regagner la plage.

J'ai essoré l'eau de mes mèches filasse tandis qu'Evan secouait la tête comme un chien mouillé. Résultat : ses cheveux sont restés dressés dans tous les sens. Je n'ai pas pu m'empêcher de rire devant sa ressemblance avec un porc-épic. Mon rire s'est calmé quand il a retiré son tee-shirt mouillé. J'avais à peine eu le temps de réaliser que ses mains descendaient déjà vers son pantalon.

– Qu'est-ce que tu fais ?

– Ben, j'enlève mes vêtements mouillés, a-t-il répondu en haussant les épaules, comme s'il ne voyait pas le problème de se déshabiller devant moi.

– Mais, mais... (J'ai aussitôt caché mon visage rouge vif dans mes mains et me suis emmêlé les pinceaux dans ma précipitation à me détourner.) Tu es sérieux, là ?

Il a rigolé.

– Toi, qu'est-ce que tu fais ?

– Qu'est-ce que je fais ? Toi, qu'est-ce que tu fais ? Tu ne peux pas te déshabiller où ça te chante ! Il n'y a peut-être personne en vue, mais on est quand même dans un lieu public ! Tu pourrais te faire arrêter ! Oh, bon Dieu, tu vas nous faire arrêter tous les deux. Ça va rester inscrit dans mon casier toute ma vie.

– Tu veux bien te retourner ?

– Non !

– Allez, Taylor. Je te mets au défi de te tourner vers moi.

Marmonnant une insulte, je me suis prudemment retournée, en gardant bien les yeux levés vers le ciel étoilé au-dessus de nos têtes. Même quand je l'ai entendu se rapprocher. Enfin, Evan a pris ma main et l'a posée sur sa hanche... sur un tissu lisse. J'ai aussitôt baissé la tête et découvert son short bleu. Non, pas un short...

– Un maillot de bain, ai-je commenté d'une voix plate. Tu portes un maillot de bain.

Du moins, je pense que c'était un maillot de bain. Il était bleu marine, fin et très, très serré. Comme un collant ou quelque chose comme ça, mais court. Bref, techniquement, Evan était habillé, sauf que je distinguais tout à fait les contours de ses cuisses et... d'autre chose.

... et j'avais les yeux fixés dessus. Jusqu'à ce que je remonte vers son visage hilare.

– Bien sûr, je porte un maillot de bain. Tu ne connais pas la devise des scouts ? « Toujours prêt ! »

Je me sentais soudain bête et un tout petit peu déçue. Mais surtout très bête.

– Ouais, enfin je ne pense pas que c'est ça qu'ils avaient à l'esprit. Et j'ai du mal à croire que tu aies été scout un jour, toi.

– On est deux. J'essaie d'oublier ces deux années de ma vie. (Le fantôme d'un sourire est apparu sur son visage.) Cela dit, j'aime bien l'idée que tu m'aies imaginé nu. Tu es un peu perverse, non ?

Mes joues me brûlaient et j'ai essayé de retirer ma main.

– La ferme.

Sa main toujours serrée autour de la mienne, il m'a entraînée vers l'endroit où il a étalé son tee-shirt et son short kaki, comme une petite couverture de pique-nique. Les vêtements étaient encore mouillés, mais au moins empêchaient-ils le sable de nous coller aux fesses. Une fois assis, il m'a enfin lâché la main, seulement pour enrouler son bras autour de mes épaules. Sa peau nue était à la fois fraîche et chaude.

J'ai levé les yeux vers lui et il m'a adressé un bref demi-sourire, avant de reporter son attention sur l'eau. Et moi, je n'ai pas pu m'empêcher de me demander ce qu'Evan pensait de moi. OK, on s'entendait plutôt bien, et je voyais qu'il aimait passer du temps avec moi. Mais est-ce qu'il lui arrivait d'éprouver plus que ça ?

Ne sachant pas quelles pensées confuses m'occupaient l'esprit, il a resserré son bras autour de mes épaules, exercé une légère pression sur ma tête et posé son menton au sommet de mon crâne.

La joue désormais appuyée contre son torse, j'ai écouté les battements rapides de son cœur. *Boum. Boum. Boum.* Hmm... c'était confortable ici. Agréable et chaud. Son cœur était comme un tambour, ses battements se mêlaient au fracas des vagues pour jouer une chanson, rien que pour moi. Comme je triturais du bout des doigts la chaîne autour de mon cou, j'ai rencontré sa main qui a touché la pièce en même temps que moi. Sa main agréable et chaude, aussi. Brûlante, même.

Peut-être, après tout, que ce qu'il ressentait n'avait pas d'importance. Ce qu'on partageait là était suffisant.

Pour le moment.

18
EVAN

Je devrais être au lit. Bon sang, je devrais être chez moi au lieu de rôder devant la maison de Taylor. Et de jeter des brindilles contre sa fenêtre comme un psychopathe.

Je l'avais déposée et j'étais rentré chez moi un moment. Mais alors que j'étais allongé dans mon lit, j'ai réalisé que ce n'était pas là que je voulais être. Je voulais voir Taylor. Je voulais lui parler. Être avec elle.

Heureusement, elle a sorti la tête juste au moment où, à court de bâtonnets, je cherchais une pierre qui ne risquait pas de casser ses carreaux.

– Evan ? Mais bon sang... qu'est-ce que tu fiches ici ?

La pierre est tombée à mes pieds dans un bruit pas très discret et j'ai souri, sans trop savoir si c'était la joie de la voir ou parce que ses cheveux étaient ramassés sur un côté et dressés comme une corne.

– Descends me rejoindre une minute.

– Quoi ? Non.

– Allez !

Elle a tendu la main pour me faire taire et jeté un coup d'œil nerveux derrière elle. Et tout à coup, je me suis rendu compte que j'avais crié. J'ai grimacé et murmuré :

– Désolé.

Taylor a saisi le rebord de la fenêtre de son autre main et baissé les yeux. J'ai pratiquement vu les rouages s'actionner dans son cerveau, avant qu'elle ne me fasse un petit signe et disparaisse.

Je l'ai retrouvée à la porte de derrière. Elle portait un blouson blanc, ample, à capuche, qu'apparemment elle venait d'enfiler en vitesse par-dessus son tee-shirt. Il lui descendait à mi-cuisses et couvrait à peine son short à carreaux. Non, minute, est-ce que c'était...

– Tu portes un caleçon ?

Taylor a suivi mon regard et s'est dépêchée de tirer sur le bas du caleçon en question.

– C'est mon pyjama, d'accord ?

– Je ne suis pas homme à te juger. Figure-toi que je porte à peu près le même en ce moment, là. Tu veux voir ?

J'ai souri de voir ses yeux tomber aussitôt sur mon pantalon de survêtement. Malgré la pénombre, j'ai vu ses joues s'enflammer. Elle a baissé encore plus la tête et s'est raclé la gorge.

– Euh, non merci. Qu'est-ce que tu veux, Evan ?

– Parler.

– Parler ? Maintenant ?

– Ouais, sinon pourquoi je viendrais chez toi au milieu de la nuit ? Laisse tomber, j'ai repris en rigolant, pas la peine de répondre. C'était trop facile.

Même ses oreilles étaient rouges, à ce stade, mais au moins elle riait avec moi. Elle a noué les bras autour de sa poitrine et désigné le hamac, dans le coin du jardin, d'un geste de la tête.

– Bon. Allons-y.

En la suivant, je n'ai pas pu m'empêcher de l'admirer de dos. Ces deux dernières semaines, Taylor était de plus en plus jolie chaque fois que je la voyais. Et ce caleçon, c'était carrément sexy. Merci à la douceur de la soirée. Et je n'avais pas menti en disant que j'en avais un exactement identique. Du coup, je n'ai pu m'empêcher d'imaginer que le caleçon qu'elle portait était le mien et... pourquoi elle le portait.

J'ai enfoncé les mains dans mes poches et ajusté discrètement le tissu à mon entrejambe.

Taylor était désormais assise sur le hamac et mes yeux ont dérivé du ravissant tissu écossais à ses jambes blanches qui, de toute évidence, ne voyaient pas beaucoup le soleil, jusqu'à ses petits pieds. À mon tour, j'ai senti la chaleur envahir mon visage.

Je me suis assis à côté d'elle et me suis balancé maladroitement d'avant en arrière, partagé entre l'envie de me rapprocher et celle de ne pas trop m'approcher, car je ne savais pas si je pourrais me retenir. Elle s'est penchée en arrière pour me lancer un drôle de regard.

– Quoi ?

Un demi-sourire est apparu sur son visage.

– Je ne savais pas que tu portais des lunettes. C'est mignon. Ça te donne un air intelligent.

J'ai haussé les sourcils, surpris. Est-ce que Taylor Simmons venait vraiment de me qualifier de « mignon » et d'« intelligent » ? D'un geste volontairement exagéré, j'ai ajusté la monture métallique sur mon nez.

– Ouais, ben, la faute aux ordinateurs et aux jeux vidéo dès le plus jeune âge.

– Ah, là je comprends mieux. Alors, de quoi tu voulais parler ?

– Je voulais voir si tu allais bien ? ai-je répondu, sous forme de question contrite.

Bon sang, je n'avais pas une meilleure excuse en stock ?

– Euh, ouais, ça va. (Elle a replié une jambe sous elle et de l'autre pied a poussé le sol pour nous balancer doucement.) Et toi ? Honnêtement ?

– Honnêtement, ai-je répété en croisant les bras derrière ma tête. Non, pas vraiment.

À force de perfectionner l'art du mensonge au fil des ans, j'avais tendance à penser que j'étais devenu assez bon acteur. Pourtant, Taylor avait remarqué que quelque chose ne tournait pas rond. Et elle était venue à une fête où elle n'avait aucune envie d'aller, juste pour s'assurer que j'allais bien. Pareille attitude, ça me donnait envie de lui parler. De lui dire tout ce qui me tracassait.

Sauf que je ne pouvais pas lui avouer que j'étais jaloux de ses relations avec Brian. Ni les noises que j'avais cherchées à Brandon pour cette raison. J'avais encore ma fierté.

Au lieu de quoi, je lui ai parlé de ma mère et de la carte que j'avais trouvée dans son sac.

– Et donc, tu as fini par lui demander ?

– Ouais.

J'ai fixé les étoiles qui brillaient entre les branches et les feuilles. Tu parles d'une bonne idée, tiens. J'avais essayé de parler à ma mère à plusieurs autres reprises, mais elle refusait toujours de me laisser échanger avec mon père. J'aurais dû lui piquer la carte quand j'en avais eu l'occasion et basta.

– Elle a expliqué qu'il cherche à me contacter depuis un moment, mais qu'elle ne me l'a pas dit, pour mon bien, ai-je répondu avec un rire sans joie. Selon Brandon, c'est mieux comme ça. Pour que je me construise une nouvelle vie. Que je sois plus heureux. En pensant que mon père m'avait abandonné.

Taylor a plissé le nez.

– Eh bien, je comprends mieux pourquoi Brandon a choisi d'être anesthésiste plutôt que psychiatre. Il ne sait pas de quoi il parle.

Cette fois, j'ai ri pour de vrai.

– Ça, c'est sûr.

Un silence s'est étiré entre nous et, malgré moi, j'ai imaginé qu'on était encore sur la plage. Seuls et tranquilles. Il faisait presque totalement noir dans ce recoin, à l'exception d'un réverbère vacillant au-dessus du portail, assez loin.

– Et donc, tu vas faire quoi maintenant ? a demandé Taylor.

– Qu'est-ce que tu veux dire ?

Elle s'est tournée vers moi.

– Tu vas aller le trouver ?

J'ai haussé les épaules.

– Je ne sais pas. Je n'y ai pas encore réfléchi.

Taylor m'a poussé l'épaule. Fort.

– Menteur.

– Aïe, tu as les doigts pointus.

En réponse, elle a levé les deux index et me les a de nouveau enfoncés dans l'épaule.

– OK, OK, j'admets que l'idée m'a traversé l'esprit une fois ou deux.

– Et ?

– Et... Je n'ai pas encore décidé, d'accord ?

Je me suis redressé, ce qui a fait chanceler le hamac.

Taylor a attendu que le balancement ralentisse avant de s'asseoir elle aussi. Elle s'est rapprochée, doucement, jusqu'à ce qu'on soit presque collés l'un contre l'autre.

– De quoi tu as peur ? D'après ce que tu m'as dit, il est génial.

Un million de réponses me sont venues à l'esprit, mais je lui ai donné celle que je ne voulais même pas m'avouer, à moi.

– Et s'il ne l'est pas ? Je l'ai érigé en père parfait. Mais je vais peut-être finir par découvrir qu'il n'est pas du tout comme dans mes souvenirs. Qu'il est exactement le genre de type que Brandon m'a toujours décrit, en ajoutant que je deviendrais pareil ?

– C'est vrai. Il pourrait s'avérer un gros con comme mon père. (Elle a secoué la tête.) Non, c'est pas possible. Il ne peut pas y en avoir deux comme ça dans ce monde. Dieu n'est pas si méchant.

J'ai ri et passé un bras derrière son dos. Elle s'est laissé faire. Mieux, elle s'est penchée un tout petit peu plus près, jusqu'à ce que nos flancs, nos hanches, se touchent.

– Tu sais, il y a en effet une chance que ton père ne soit pas à la hauteur de tes attentes. C'est rare que les choses le soient. Mais ça ne veut pas dire que ce soit une mauvaise chose. Et puis, tu ne le sauras pas tant que tu n'auras pas essayé. C'est ton choix, a-t-elle conclu avec une grimace. Désolée, tu es venu ici pour discuter, pas pour recevoir une leçon. Je me tais.

– Non, ça va. Je me suis habitué à ton côté autoritaire. (Je l'ai attirée dans mes bras, l'ai serrée fort, et j'ai posé la joue au sommet de son crâne.) Et tu as raison. Regarde, toi, tu n'as pas été à la hauteur de mes attentes, et finalement ce n'était pas une mauvaise chose du tout.

– Oh, et quelles étaient tes attentes à mon égard ?

– Mieux vaut que tu ne le saches pas.

Elle a pouffé.

– Tu as raison, sans doute. Il se fait tard. Tu devrais rentrer chez toi avant d'avoir trop sommeil pour conduire.

Taylor s'est libérée de mes bras et écartée. Ou du moins, elle a essayé. Car j'ai resserré mon étreinte autour de sa taille : je ne voulais pas que le moment se termine déjà.

– Tu peux rester ici avec moi un peu plus longtemps ? ai-je demandé.

– Euh... bien sûr.

Pendant que, rallongés, on contemplait les étoiles, j'ai senti un sentiment de calme m'envahir pour la première fois de la semaine. Comme si enfin j'étais plus en contrôle. Elle avait raison. Ce n'était peut-être pas mon choix, d'être séparé de mon père depuis si longtemps, en revanche c'était à moi de décider désormais si je voulais que la situation reste en l'état. J'ai fermé les yeux et pris une profonde inspiration. Je réfléchirais à tout ça plus tard. Pour l'instant, je voulais juste rester là aussi longtemps que possible.

Avant que je m'endorme, Taylor m'a pris la main. Bien que trop fatigué pour rouvrir les yeux, je n'ai pu étouffer un sourire.

Je ne sais pas combien de temps je serais resté endormi sans ce fichu soleil qui me brillait en plein visage. En tout cas, je n'étais pas encore prêt à me réveiller. J'étais incapable d'ouvrir les yeux, alors je ne vous parle même pas de me lever. Taylor se tournait et se retournait à côté de moi, signe qu'elle avait le même problème.

– Il fait soleil, ai-je marmonné.

Elle a lâché un gémissement et tourné sa tête de droite à gauche.

– Bravo, Sherlock, je n'avais même pas remarqué.

J'ai levé un bras pour me couvrir le visage, mais ça n'a pas servi à grand-chose.

– Tu ne peux rien y faire ?

Avec un soupir, Taylor s'est blottie encore un peu plus contre moi pour se cacher le visage.

– Si, bien sûr, laisse-moi remonter le temps pour qu'il fasse nuit à nouveau.

– Ton ironie n'est pas appréciée de si bon matin.

Soudain, une ombre est tombée sur mon visage alors que je bâillais. J'ai laissé échapper un soupir de soulagement.

– Ah, voilà qui est mieux. Merci.

– Je n'ai rien fait, a dit Taylor.

On s'est tous les deux redressés au même moment, si brusquement qu'on a failli tomber du hamac. On aurait probablement atterri au sol, d'ailleurs, si M. Simmons n'avait pas tendu la main pour stabiliser la corde.

Merde.

19
TAYLOR

Privée de sortie. Sentence à vie. Ou du moins jusqu'à ce que papa soit assez vieux pour perdre la mémoire. Ça aurait pu être pire, cependant. Mon père avait l'air prêt à tuer Evan, il l'aurait probablement fait si maman ne l'en avait pas empêché. Alors il s'est contenté de le renvoyer chez lui et de me sermonner non-stop depuis. Pendant le dîner, pendant le trajet jusqu'à l'école et le trajet retour. Il m'a même fait la morale sur le chemin des toilettes. Et il refusait que quiconque prononce le nom d'Evan en sa présence.

Ma mère avait beaucoup mieux réagi. Elle m'avait gratifiée du discours sur les relations sexuelles et comment se protéger (après ça, j'ai eu envie de mourir), mais ensuite, elle s'était calmée.

Dieu merci, j'avais encore le droit de recevoir des visiteurs, tant qu'ils n'étaient pas Evan.

– OK, je peux savoir ce qui se passe entre vous ?

Carly a laissé tomber son sac par terre et sauté sur mon lit pour venir s'installer à côté de moi. J'ai attrapé un coussin bleu, histoire de jouer avec.

– Oui, salut à toi aussi. Tu vas à la sortie du Club dessin vendredi ?

– Voyons voir : je peux sauter la trigonométrie et visiter le musée Bechtler avec une réduction. Tu parles que j'y vais, a-t-elle répondu avec un large sourire en passant son bras sous le mien. Tu viens aussi, hein ?

– Je n'ai pas encore décidé. Je vais peut-être avoir du boulot pour le journal. Si je rate la sortie, tu pourras prendre des photos pour moi ? Je voudrais écrire un truc sur la collection Joan Miró, histoire de gagner des points supplémentaires.

– Bien sûr. Il ne s'agirait pas que ta moyenne descende en dessous de A+, n'est-ce pas ? (Carly a bâillé si fort que je pouvais pratiquement voir ses amygdales. Et croyez-moi, ça n'était pas une très jolie vue.) Tu sais, parfois ça craint vraiment d'être copine avec toi.

Tout sourire, j'ai porté une main à ma poitrine.

– Merci. Ton amour me fait chaud au cœur.

Elle a cogné son épaule contre la mienne.

– Ouais, c'est ça, loseuse, va. Revenons-en plutôt à ma question initiale. Qu'est-ce qui se passe entre vous deux ? Vous avez enfin couché ?

J'ai piqué un fard si instantané et si intense que mes yeux en brûlaient.

– Carly !

– Oh, ça va. Tu as bien dû faire quelque chose pour être punie. Tes parents ne t'ont jamais privée de sortie. Je suis censée croire que vous avez vraiment passé toute la nuit à discuter ?

– C'est pourtant ce qu'on a fait. Et c'est l'une des meilleures nuits que j'aie jamais passées. On a parlé et on a dormi. Seulement dormi, alors sors-toi ces histoires glauques de la tête, ai-je ajouté en tapotant son front avec mon doigt, un peu plus fort que nécessaire, dans le but de bien faire passer le message.

– Aïe ! Bon, si tu le dis. (Elle m'a arraché le coussin des genoux et l'a jeté en l'air.) N'empêche, ça craint que vous ne puissiez plus vous voir beaucoup. C'est vrai, même moi je pense que te faire conduire et ramener de l'école par tes parents, c'est un peu exagéré.

– Oui, eh bien, je n'étais pas vraiment en position de me plaindre.

– D'accord, pour le sexe, je te crois. M'enfin, je continue de penser qu'il y a un truc entre vous deux. Vous êtes différents.

Je lui ai lancé un regard curieux.

– Différents, en bien ou en mal ?

– En bien. Plus détendus. Comme si vous étiez un vrai couple maintenant.

Incrédule, elle s'est allongée contre mes oreillers, en tripotant la frange aux coins de ma taie en dentelle.

– Tu vois, a-t-elle repris, même si je connais la vérité pour vous deux, parfois je ne peux pas m'empêcher d'oublier. Vous êtes tellement mignons. Et vous allez bien ensemble.

– Tu te moques de moi ? On n'a rien en commun.

Carly a levé les yeux au plafond.

– Pas besoin d'être identiques pour être faits l'un pour l'autre. Regarde Monica et Chandler. Ross et Rachel. La Belle et la Bête. Jack et Rose.

Alors là...

– « La Belle et la Bête » ? ai-je répété, les sourcils haussés.

– Tu vois ce que je veux dire. Arrêtez de faire semblant de sortir ensemble et passez à l'acte.

J'ai tiré sur ma couette, que je me suis mise à lisser consciencieusement. En plaisantant, j'avais lancé un jour à Evan qu'il ne cocherait jamais ma liste de critères du parfait petit ami, et malheureusement c'était vrai. À plus d'un titre. Il avait beaucoup trop d'expérience pour moi. Et je détestais ça. Bon sang, la seule pensée de lui avec Lauren me rendait malade, et ce n'était qu'une seule fille. Je ne voulais pas passer mon temps à me demander si Evan était déjà sorti avec à chaque fille que je croiserais.

Sans compter qu'il n'avait jamais eu de relation qui ait duré. (Notre fausse relation était probablement sa plus longue.) Je n'avais jamais eu de petit ami non plus, mais je savais que je voulais une relation stable et durable comme celle de mes parents. Evan, je n'avais même aucune idée de ce qu'il voulait. Il ne semblait pas se soucier beaucoup de son avenir. Ni de quoi que ce soit au fond.

Par ailleurs, il était gentil. Et drôle. Et mignon. Même si on ne s'intéressait pas aux mêmes choses, il faisait toujours un effort quand c'était important à ses yeux. Et il avait un côté vulnérable qui me donnait envie de le protéger.

Machinalement, j'ai porté la main à son collier pour jouer avec la pièce.

– Je ne sais pas. Je ne sais toujours pas ce que je ressens pour lui. C'est vrai, quoi, d'où tu sors que je l'aime bien ?

Carly m'a regardée avec des yeux ronds, comme si j'étais débile.

– Euh... tu penses à lui constamment. Tu parles de lui tout le temps. Il te manque quand il n'est pas là. Et tu l'embrasses assez souvent pour me faire rougir, même moi. Alors devine quoi ? a-t-elle lancé en me tapant sur la tête avec l'oreiller. Ça veut dire que tu l'aimes bien, crétine ! Je croyais que tu étais intelligente ?

J'ai bloqué l'oreiller avec mon avant-bras avant qu'elle me cause une commotion cérébrale.

– OK, OK ! Peut-être que je l'apprécie, oui. Quoi qu'il en soit, il faut être deux pour sortir ensemble. Et s'il ne ressent pas la même chose ? Ou pire, qu'il annule tout parce qu'il a peur que j'y croie ? Et si le fait d'essayer d'avancer dans notre relation, ça la gâchait ? Hein ?

Carly s'est mise à battre des paupières.

– Tu réfléchis beaucoup trop. Franchis une étape à la fois. Tu n'as pas besoin d'avoir toutes les réponses maintenant.

– Mais si !

Je me suis mordillé la lèvre inférieure. J'avais toujours été comme ça. Je planifiais les choses. Je m'y préparais. Je m'assurais que tout ce que je faisais tendait vers mon objectif. Que ce soit aller à Columbia ou juste en vacances d'été à SeaWorld. Tout devait se dérouler selon le plan. Tout devait être logique et avoir du sens. Or Evan... ne faisait pas partie du plan. Pas du tout.

Mais c'était aussi ce qu'il y avait de mieux chez Evan. Il ne rentrait dans aucune de mes cases bien rangées. Il ne faisait jamais ce à quoi je m'attendais. Chaque fois que j'apprenais quelque chose de nouveau, de surprenant sur lui, ça me donnait encore plus envie d'en savoir davantage. Et de me rapprocher de lui. Mais est-ce que ça voulait dire que je l'aimais ?

On a été interrompues par un coup porté à la porte.

– Taylor, j'ai une lettre pour toi, a annoncé mon père en passant la tête.

– Merci, papa.

Qu'avait-il entendu de notre conversation ? Probablement pas grand-chose, puisqu'il n'avait pas l'air trop en colère. Bon, la situation s'améliorait un peu.

Sauf qu'il s'est mis à danser d'un pied sur l'autre. Comme je le faisais quand j'étais nerveuse.

– Je n'ai pas pu m'empêcher de remarquer que tu recevais des lettres d'autres universités, a-t-il enfin lâché.

J'ai baissé les yeux sur la lettre qu'il me tendait. Passé le pouce sur l'étiquette de l'expéditeur sur l'enveloppe.

– Oui, la conseillère d'orientation m'a fait remplir plusieurs candidatures, même si je lui ai dit que j'allais à Columbia. C'est un peu une de perte de temps, mais ça m'a fait un bon entraînement pour les lettres de motivation.

Je l'ai jetée sur le bureau avec les autres.

Carly les a toutes ramassées.

– Laisse-moi voir ça.

Elle les a passées en revue et ses yeux s'arrondissaient à mesure, au point que j'en suis venue à craindre de les voir sortir des orbites.

– Cornell, Yale, a-t-elle lu en levant chaque enveloppe vers la lumière pour mieux les observer. Sérieusement ? C'est ça, tes solutions de secours ? Bon Dieu, ma mère donnerait sa vie pour que tu sois sa fille. Celle de Loyola est bien épaisse, tu as vu ? Je suis presque sûre que tu as été prise.

La mâchoire crispée, j'ai baissé les yeux vers mes mains sur mes genoux.

– Ce ne sont pas des solutions de secours, parce que je n'ai pas besoin de secours. Je vais à Columbia.

Du coin de l'œil, j'ai vu Carly et papa échanger un regard.

– Oui, bien sûr, a dit Carly. Et, euh... tu as eu de leurs nouvelles ?

– Non, mais je sais qu'ils réexamineront ma candidature après la Journée des métiers. J'ai travaillé sur un discours de présentation qui va mettre l'orateur invité sur les fesses.

Ma voix tremblait à peine.

J'aurais aimé être aussi confiante que j'en avais l'air. En vérité, j'étais terrifiée. Terrifiée à l'idée de rater ma présentation. De ne pas être acceptée et de devoir aller ailleurs. Ce n'était pas la conseillère qui m'avait poussée à remplir les autres demandes – je l'avais fait de mon propre chef. Juste au cas où j'échouerais.

Mon père s'est avancé dans la chambre et m'a tapoté la tête. Sa grande main était lourde mais réconfortante sur mes cheveux.

– Je suis sûr que tu peux aller où tu veux. Que ce soit Columbia, Yale ou une université de clowns. Tu seras une star, quoi qu'il arrive.

Je lui ai fait un petit sourire.

– Merci, papa.

– Pas de problème. (Il s'est raclé la gorge et a fouillé dans sa poche pour en sortir deux billets de vingt.) Pourquoi vous ne sortiriez pas toutes les deux ? Voir un film ou quelque chose comme ça ? Histoire de vous détendre un peu.

– Je croyais que j'étais privée de sortie ?

– On peut faire une exception pour aujourd'hui. Ta punition reprendra demain.

Carly s'est saisie de l'argent et a agité les billets devant papa.

– Merci, Monsieur Simmons. Je vais m'assurer que Taylor rentre à la maison à l'heure pour le dîner.

Il a hoché la tête et, après m'avoir donné une autre tape sur la tête, il est parti.

Carly a posé les deux billets sur le lit entre nous.

– Bon, tu veux vraiment aller au cinéma, ou tu préfères voir Evan ? Ça ne me dérange pas de te couvrir si tu souhaites passer du temps avec lui, ce soir.

C'était une question simple, mais je savais ce qu'elle signifiait en réalité. Ma vie normale ou Evan ? Les projets ou les risques ?

Carly m'observait. Je savais qu'elle mourait d'envie de me dire exactement quoi faire, pourtant elle s'en est abstenue. Même si elle me conseillait de ne pas trop réfléchir, elle savait que j'avais besoin de tout penser, de tout rationaliser de toute façon. Et c'est pour ça qu'elle était ma meilleure amie. Elle me donnait son amour rugueux et me disait le fond de sa pensée, mais elle me laissait prendre mes propres décisions.

Je tapotais les billets du bout des doigts. Pour une fois, j'aurais bien aimé qu'elle me dise quoi faire.

– Allons au cinéma pour le moment.

J'ai vu la déception sur son visage, mais elle s'est contentée de hocher la tête.

– Très bien, allons-y.

Elle estimait que je faisais une erreur, je le savais bien, mais non. Je ne choisissais pas de vivre sans Evan. Je choisissais de prendre le temps d'imaginer ma vie sans lui. Et si la possibilité d'être avec lui valait le risque de me retrouver avec le cœur brisé s'il ne ressentait pas la même chose.

20
EVAN

J'ai arpenté le couloir en quête de Taylor, mais elle était introuvable. Même si ce n'était que la sixième heure de cours et qu'on venait de se retrouver au déjeuner, elle me manquait. Après s'être vus presque tous les jours, tout à coup on ne se voyait presque plus. Résultat, j'avais tout le temps une impression de manque. Au point que j'en venais à me demander comment j'avais fait pour vivre sans elle jusqu'à présent.

Je ne pouvais même pas l'appeler quand je le voulais, au cas où son père serait dans les parages. Il était encore furax. Je me sentais mal vis-à-vis de Taylor, puisque j'en avais réchappé tandis qu'elle était coincée chez elle. Après tout, c'est moi qui étais allé la voir. Moi qui lui avais demandé de rester dehors un peu plus longtemps et, du coup, à cause de moi qu'on s'était endormis. Autant dire que c'était ma faute si elle était punie. Tout était toujours ma faute.

Je venais de prendre mon livre d'histoire dans mon casier, quand un bras s'est enroulé autour de mon torse et quelqu'un s'est appuyé contre mon dos. Taylor. Un sourire s'est aussitôt dessiné sur mon visage, mais j'ai essayé de la jouer cool. Genre je n'avais pas passé la journée à penser à elle.

– Je sais que je t'ai manqué, mais à ce point, je suis surpris. Je pensais que tu n'étais pas trop pour les démonstrations publiques d'affection ? Pas que ça me dérange, remarque bien.

Les bras se sont resserrés.

– Tu sais bien que je suis incapable de m'empêcher de te toucher, que ce soit en public ou en privé.

J'ai fait volte-face au moment où Lauren se rapprochait encore un peu plus.

– Qu'est-ce que tu fiches ?

Ses lèvres roses se sont retroussées sur une moue.

– J'aurais pensé que tu savais exactement ce que je faisais.

Je ne m'attendais pas à la voir. Elle m'avait appelé quelquefois depuis la fête de la plage, mais je n'avais pas décroché. En partie parce que je ne voulais pas l'entendre me gueuler dessus, mais aussi parce que j'étais un peu agacé par la façon dont elle avait traité Taylor. Je savais comment Lauren pouvait se comporter, mais Taylor ne méritait pas un tel mépris.

Seulement voilà, je ne pouvais pas éviter Lauren pour toujours. On avait été amis. On était amis.

Elle s'est adossée contre le casier à côté du mien, ne relevant ses yeux bleus que pour me regarder.

– J'ai rompu avec Paul la semaine dernière.

– C'est... génial.

Une lueur perplexe a traversé son visage, mais elle s'est vite ressaisie. Elle s'est rapprochée et a fait courir sa main le long de mon bras.

– Je m'attendais à une réaction plus enthousiaste, mais je prends. Mes parents sont partis quelques jours. Tu pourrais venir chez moi.

J'ai posé ma main sur la sienne pour qu'elle arrête.

– Écoute, j'aimerais bien, mais...

Elle a fait la moue.

– Même pas en souvenir du bon vieux temps ?

Avant même que je puisse répondre, une voix aiguë nous a interrompus.

– Même pas pour les numéros gagnants du loto.

On a tous les deux levé les yeux... sur Taylor qui nous dévisageait. Les dents enfoncées dans sa lèvre inférieure, elle a quand même levé le menton et posé sur Lauren un regard noir. Et moi, je n'ai pu réprimer une pointe de fierté.

Lauren a reculé, sans toutefois lâcher mon bras.

– On jouera peut-être une autre fois, quand tu te seras débarrassé de ta baby-sitter.

Me prenant au dépourvu, Lauren a tiré sur mon poignet pour m'obliger à m'incliner sur le côté et m'a embrassé bruyamment sur la joue. Puis, sur un sourire mesquin à l'attention de Taylor, elle est partie en balançant les hanches.

Merde. Je suis resté figé dans ma position. Les yeux fermés. Honnêtement, je ne savais pas quoi faire ou dire. Au fond, je n'avais rien fait de mal, alors pourquoi est-ce que je me sentais aussi coupable ? Comme si je m'étais mis dans une grosse merde sans même savoir comment.

Tel un enfant qui vient de se faire prendre la main dans le sac, j'ai lentement rouvert les yeux et fait la grimace. Taylor avait les joues d'un rouge brûlant, la mâchoire tellement serrée que ses lèvres étaient presque invisibles.

Mon premier instinct, c'était de fuir. Partir aussi loin que possible avant qu'elle se transforme en Carrie, la psychopathe possédée. Sauf que je ne pouvais pas lâcher Taylor quand elle était en colère. Je n'en avais pas envie.

Meeeerde. Ma vie était tellement plus facile quand je me foutais de tout.

– Taylor, je peux t'expliquer...

– Laisse tomber.

Elle a tourné les talons et s'est éloignée si vite que j'ai pratiquement dû sprinter pour la rattraper. Ses sandales claquaient sur le carrelage à chaque pas. Je l'entendais à peine marmonner par-dessus leur bruit.

– J'aurais dû me douter que tu lui sauterais dessus. Un battement de ses faux cils et tu accours. Mon Dieu, quel idiot ! Imbécile. Sale type, hypocrite...

– Attends. Tu parles de moi ?

Sans attendre sa réponse, je lui ai attrapé le coude et l'ai forcée à s'arrêter. Elle gardait les yeux baissés au lieu de me regarder, comme si j'étais un insecte sur le sol. Un insecte qu'elle écraserait probablement volontiers.

– Au cas où tu n'aurais pas remarqué, quand tu es arrivée, j'étais en train de l'envoyer promener, alors pourquoi tu me traites d'imbécile ? Et crois-moi, elle m'a offert bien plus qu'un battement de cils, là.

Ses yeux flamboyants sont remontés sur moi et j'ai reculé d'un pas, machinalement. Bon, j'aurais sans doute pu laisser ce détail de côté. Merde, je crois que je préférais quand elle ne me regardait pas.

– T'inquiète, j'en ai assez entendu : combien tu aimerais la retrouver, mais que tu es coincé avec ta copine chiante, aussi attirante qu'un rendez-vous chez le dentiste, c'est ça ? Alors pourquoi tu n'irais pas lui dire que tu as changé d'avis ? Que ta baby-sitter est prise ce soir ?

Elle m'a débité sa diatribe d'un coup, mais en bredouillant.

– Bon sang, je n'ai jamais rien dit de tout ça !

Mon soupir exaspéré est sorti en sifflement à travers mes dents serrées. C'était quoi, son délire ? C'était la mauvaise période du mois ou quoi ?

– Tu sais que je ne pense pas ça de toi, ai-je ajouté en l'attrapant par le bras.

Ou du moins j'ai essayé. Elle a reculé, évitant mon contact si brusquement qu'elle s'est cognée dans des élèves plantés devant leurs casiers. Elle a balayé le couloir bondé d'un bref regard avant de rebaisser la tête.

– Je... Je ne sais plus quoi penser. Reparlons-en plus tard. Quand on sera seuls.

Bien sûr, à cause de sa chère réputation. Ce n'était pas justement la raison pour laquelle on était dans cette merde à la base ?

Ne me demandez pas pourquoi, ça n'a fait qu'attiser ma colère. Frustré, j'ai enfoncé la main dans mes cheveux. Les femmes en colère, je connaissais, bon Dieu ! J'étais même passé pro dans l'art de les désamorcer – mais seulement si c'était ma faute. Ce qui était généralement le cas. Sauf cette fois. Pourquoi elle se la jouait martyre, là ? Et pourquoi moi, en voulant me défendre, je me sentais comme une merde ? Qu'est-ce que j'avais fait de mal, au juste ?

Si quelqu'un devait être en colère, en ce moment, c'était moi, moi qui refusais une proposition coquine pendant que Taylor allait au théâtre et manquait embrasser des mecs dans des voitures. Pour une fois, c'était moi le gentil, en l'occurrence. Je ne lui en voulais même pas pour ça. J'étais un putain de saint depuis que j'avais signé ce fichu contrat.

Alors je me suis penché vers son oreille. Elle s'est raidie, sans pour autant reculer cette fois.

– OK, on continuera plus tard, ai-je murmuré. Mais je ne sais pas pourquoi tu es si énervée, comme une petite amie jalouse. Je te rappelle qu'on ne sort pas vraiment ensemble, d'accord ?

Merde, c'était carrément nul. Je voulais retirer ces mots, mais c'était comme si je ne pouvais plus m'arrêter.

– C'est bien toi qui as décidé que c'était juste un arrangement, ou est-ce que tu as changé d'avis et c'était des conneries ?

21

TAYLOR

Les accusations d'Evan m'ont fait l'effet d'une déflagration. Pas parce qu'il les avait criées, non, il avait chuchoté, mais à cause de l'intensité de ses mots. Comment osait-il ? Comme si elle avait son esprit propre, ma main s'est levée pour le gifler. Il n'a pas bronché. En fait, j'aurais même juré qu'il s'était penché un peu pour que ce soit plus facile pour moi.

Je me suis immobilisée et j'ai rabaissé ma main contre mon flanc.

– Laisse tomber. Tu as raison.

Son visage a pris une expression peinée.

– Attends, ce n'est pas ce que je voulais dire, a-t-il commencé en attrapant mon bras.

Pour la première fois, j'ai à peine prêté attention à son contact. Rien ne s'imprimait plus dans mon esprit. Ni le fait qu'on était au milieu du couloir. Ni le public qui tendait l'oreille. Rien. Je voulais juste m'éloigner de lui.

– On savait tous les deux dans quoi on s'embarquait. Et on connaissait les limites de cette relation.

C'est moi qui ai tout mélangé. C'était stupide de ma part.

Ma voix était devenue douce et calme. Et indifférente. Comme si je commandais un sandwich au thon pour le déjeuner. Sans cornichons.

– Non, tu n'es pas...

Je me suis libérée d'un mouvement d'épaule.

– Mais tout s'est plutôt bien passé. Les gens ont arrêté de propager des ragots sur nous depuis longtemps. Alors on devrait y mettre un terme. Ça fait une éternité que j'attends de voir les choses revenir à la normale.

– Ah bon ?

Là, c'était son tour d'avoir l'air choqué.

– Bien sûr. Je vais même t'inviter à dîner pour fêter notre rupture. Dans un endroit sympa. Mais d'ici là, souviens-toi de notre accord. On ne trompe pas l'autre, ai-je lancé, façon plaisanterie à contrecœur.

Parce que dans ma gorge, j'avais une boule si grosse que je parvenais à peine à parler. Il fallait que je m'échappe. J'ai toussoté et lui ai adressé un sourire radieux qui, je l'espérais du moins, masquait ce que je ressentais.

– Je dois aller en cours, mais je te vois après.

Il a ouvert la bouche, comme s'il voulait argumenter encore. Mon cœur s'est emballé quand son étau sur mon bras s'est resserré, pour mieux s'écraser au sol lorsqu'il m'a relâchée.

– À plus.

Je ne savais pas pourquoi j'étais si énervée contre Evan. OK, Lauren lui faisait du rentre-dedans. Grande nouvelle. Comme il l'avait dit, lui et moi, on n'était rien l'un pour l'autre. Quelques baisers, ça ne signifiait pas qu'on sortait ensemble. Rien n'avait changé.

Sauf moi. D'où m'était venue l'idée idiote qu'on pourrait... qu'il pourrait...

Idiote. IDIOTE. Idiote.

J'avais besoin de quelque chose à faire. Quelque chose pour m'occuper. Et je connaissais la solution parfaite. À quelques jours de la date limite de parution du nouveau numéro de *New Voices*, Brian se terrait très probablement dans la salle multimédia pour relire lui-même chaque article, chaque phrase, et s'assurer que tout était parfait. Chaque numéro était son bébé.

Les yeux rivés sur la porte en bois de la salle multimédia, j'ai tenté de me persuader d'oublier Evan. Au moins pour quelques heures.

D'une main hésitante, j'ai poussé la porte. Le corps longiligne de Brian était penché sur les feuilles étalées devant lui. La cravate fine qu'il portait avec sa chemise blanche était desserrée, presque dénouée. Les pans de sa chemise sortaient de son jean foncé.

La première chose que j'ai remarquée, en plus de son air fatigué, c'est qu'il avait besoin d'une coupe de cheveux. D'urgence. Ses mèches noires n'arrêtaient pas de lui tomber sur les yeux et il les repoussait distraitement. Il se mordillait tantôt le pouce tantôt la lèvre inférieure tout en réagençant les différents articles. Paupières plissées, il essayait de visualiser l'ordre dans lequel il valait mieux les placer.

J'ai claqué la porte. Il a levé les yeux et souri, de ce sourire familier qui me tiraillait le cœur depuis que je le connaissais.

– Tu es à la bourre. Higgens vous a lâchés en retard pour vous parler encore de son merveilleux fils ?

Brian n'avait pas pris physique dans son cursus. Il avait eu la chance d'être inscrit en cours de microbiologie à la demande de ses parents. Mais il m'avait entendue me plaindre de M. Higgens des milliers de fois.

– Non, j'avais juste des trucs à faire.

– Ne t'inquiète pas. Je ne t'en veux pas de t'être défilée. Tous les mois, je me demande pourquoi je m'inflige cette torture. (Il s'est gratté la nuque en secouant la tête.) Maintenant que tu es là, tu veux bien jeter un coup d'œil à cet article ? Je ne sais pas s'il faut le mettre avant ou après le compte-rendu de la réunion d'avant-match.

– Oui, pas de souci.

Je me suis installée à quelques mètres de lui, les pieds tapant contre les barreaux métalliques. Brian m'a tendu les articles, mais il ne les a pas lâchés quand je les ai saisis. Et il m'a jeté un drôle de regard.

– Qu'est-ce qui ne va pas ?

– Rien.

Les yeux toujours braqués sur moi, Brian s'est adossé à la table, sans se soucier que plusieurs feuilles glissent au sol. Il a croisé les bras.

– Allez, dis-moi ce qui ne va pas.

Son regard intense me mettait mal à l'aise.

– J'ai quelque chose en tête, c'est tout.

– Quelque chose ou quelqu'un ?

Faites confiance à Brian pour savoir exactement ce que je pensais, contrairement à un certain surfeur.

– Quelqu'un.

C'était un peu bizarre de parler de ça avec Brian. Non seulement parce qu'on n'avait jamais abordé le sujet de nos relations avant – ou de mon absence de relations, en l'occurrence – mais aussi parce que le souvenir de l'autre soir, dans sa voiture, où on avait failli s'embrasser, était encore frais dans mon esprit.

Ou du moins, je pensais qu'on avait failli s'embrasser. J'avais vraiment eu cette impression, pourtant le lendemain, Brian s'était comporté comme si de rien n'était. Il était même si normal que j'en étais venue à penser que j'avais imaginé toute cette soirée.

– Je suppose que c'est Evan qui te donne du fil à retordre ? Hein ? Qu'est-ce qui s'est passé ?

J'ai donné un petit coup de pied dans le bureau, les yeux baissés.

– On vient de se disputer. Il a dit des choses. J'ai dit des choses. C'était peut-être ma faute. J'ai été un peu dure.

Brian a rigolé.

– Oui, mais bon, tu es comme ça. Directe, dure, d'une honnêteté à briser des cœurs.

– Eh ben, merci beaucoup. À t'écouter, je passerais presque pour une boule de démolition.

– Mais en bien.

Il s'est mis lui aussi à balancer ses longues jambes contre les barreaux métalliques de la table où j'étais assise et, pendant une minute ou deux, seul ce son métallique a retenti à travers la salle.

– Mais bon, tu penses que vous allez surmonter cette crise ? a-t-il enfin demandé.

Une image de Lauren blottie contre Evan m'a traversé l'esprit et j'ai laissé échapper un soupir malgré moi. Je me suis glissée au bas de la table et agenouillée pour ramasser les papiers éparpillés sur le sol.

– Je ne sais pas. J'ai l'impression que nous ne serons plus ensemble très longtemps.

À ma grande surprise, Brian m'a attrapé la main pour m'aider à me redresser.

– Tant mieux. Parce que je voulais te parler de quelque chose. De nous...

Il a laissé sa phrase en suspens et a baissé les yeux à son tour.

– Nous ?

Brian a poussé un gros soupir en se massant la nuque de sa main libre.

– Tu sais que je t'ai toujours admirée, même si tu es complètement folle. Et je ne sais pas pourquoi j'ai mis tant de temps à te le dire, mais... tu me plais. (Les yeux brillants, il a secoué la tête et accentué sa pression sur ma main.) Genre, beaucoup. Depuis toujours.

– Hein ? Ah bon ? (Bon Dieu, j'étais nulle, ça devait être la pire réponse à une confession amoureuse de tous les temps. DE TOUS LES TEMPS.) Je... quand ?

– Depuis mon premier jour d'école, quand tu es venue me demander mon score au test de QI. Même quand tu m'as envoyé balader quand tu as découvert qu'il était supérieur de cinq points par rapport au tien.

Il avait de petits plis aux coins des yeux quand il riait. Posant la main dans le creux entre son cou et ses épaules, il a ajouté :

– Je n'ai jamais eu la moindre chance.

Les papiers dans ma main se sont froissés.

– Brian... je...

En fait, je ne savais pas quoi dire. Que répondre à ça ?

Si on avait été dans un roman d'amour, ç'aurait été la scène où je pouvais lui déclarer aussi mon amour et me jeter dans ses bras où j'aurais vécu heureuse jusqu'à la fin de mes jours. Mais bon, c'était Brian, là. Brian. Le gars qui m'avait apporté mes devoirs à la maison quand j'avais été absente pendant presque une semaine à cause de la grippe. Celui qui était resté tard pour m'aider à réviser mon contrôle de physique alors qu'il ne suivait même pas ce cours. Et il était quand même doué en physique. Le gars qui collait parfaitement à tous mes projets d'avenir. Le choix logique. Peut-être le bon choix.

Je n'aurais pas pu trouver mieux même en passant les cent prochaines années à chercher. C'était un mec génial. *C'est un mec génial.* Lui et moi, ça tombait sous le sens.

Alors pourquoi avais-je envie de prendre mes jambes à mon cou ?

J'avais la tête qui me tournait, à force de questions, j'en étais étourdie.

Sa main s'est resserrée sur mon bras comme pour me ramener à la réalité.

– Ce n'est pas grave si tu ne ressens pas la même chose. On peut dire qu'on oublie ce qui vient de se passer. On fera comme si je n'avais pas ouvert ma grande bouche.

L'expression résignée qui s'était peinte sur son visage m'a attristée. D'autant plus que j'en étais la cause.

– Non, ce n'est pas ça. C'est juste... si soudain. Je ne sais pas vraiment comment je... je n'y ai jamais pensé.

Ça, c'était un mensonge. J'avais déjà pensé à Brian et moi ensemble. Mais c'était avant Evan.

Les yeux de Brian se sont adoucis d'une lueur d'espoir et il a posé la main sur ma nuque.

– Pourquoi tu n'y réfléchirais pas, alors ?

Et comme ça, sans un mot de plus, il s'est approché. Approché encore. Il a marqué une pause juste avant de m'embrasser, pour le cas où je voudrais m'écarter.

Je n'ai pas bougé.

Ça n'aurait pas dû me surprendre que le baiser de Brian soit parfait, comme lui. C'était doux. Doux et tendre. Le baiser que le prince donne à la princesse à la fin de l'histoire, juste avant qu'ils ne partent ensemble dans le soleil couchant, direction leur bonheur éternel.

Être avec Brian était si facile. Il savait qui j'étais et il m'aimait. On avait les mêmes objectifs. Les mêmes points de vue sur la vie et notre avenir. Avec un peu de chance, on serait tous les deux à New York l'année prochaine. C'était peut-être écrit ainsi. Peut-être que les pièces du puzzle commençaient à se remettre en place. Comme il l'avait formulé, les choses s'emboîtaient, quoi.

En remontant son autre main vers mon épaule, il a rencontré mon collier sous mon tee-shirt. Le collier d'Evan. Le visage d'Evan est apparu dans ma tête et, d'un coup, je me suis écartée de Brian, comme s'il m'avait électrocutée.

Et j'ai porté la main à ma bouche.

– Je ne peux pas faire ça. Je suis désolée, mais Evan...

Une lueur a traversé le visage de Brian. Il venait de comprendre.

– Tu es amoureuse ?

J'ai secoué la tête.

– Non, bien sûr que non. Enfin... je ne sais pas.

Son visage affichait toute la peine et la confusion perceptibles aussi dans sa voix brisée.

– Il finira par te faire du mal. Tu le sais bien. On sait tous comment il se comporte. C'est un joueur qui ne prend rien ni personne au sérieux. Son seul but, c'est d'avoir le plus de filles possible à son tableau de chasse.

Une vague de colère s'est déversée sur moi, noyant le reste de mes pensées confuses.

– Tu te trompes. Tu ne le connais pas du tout.

– Taylor... (Il a tendu la main vers moi, mais j'ai reculé.) Je suis désolé. C'était stupide. Je ne sais pas pourquoi je...

J'ai levé la main et il s'est immédiatement figé.

– Non. Arrête de parler.

J'ai attrapé mon sac par terre et j'ai gagné la porte. Avant d'ouvrir, je me suis arrêtée, mais je n'ai pas pu me résoudre à me retourner vers lui.

– Je suis désolée.

22
EVAN

Aaron est arrivé au moment où j'étais en train de me taper la tête contre mon casier.

– Dis donc, j'ai entendu parler de ta petite dispute.

Paf.

– Pourquoi je suis aussi stupide ?

Paf.

– J'ai tout foutu en l'air.

Paf.

– C'est fini. Elle ne me pardonnera jamais.

Il s'est dépêché de tendre la main pour me bloquer la tête avant que j'enfonce la porte des casiers.

– Relax, mec. Va t'excuser et basta. Tout rentrera dans l'ordre.

J'ai poussé un soupir.

– Tu ne comprends pas. J'ai vraiment merdé. Complètement merdé.

L'expression blessée et choquée de Taylor m'est revenue devant les yeux, comme pour me tourmenter. Pourquoi avait-il fallu que je lui dise toutes ces choses ? Pourquoi je n'avais pas fermé ma grande bouche ?

– Oh, je sais bien, a repris Aaron. Pour être honnête, ça fait un bon moment que je m'attends à ce que tu fasses tout foirer avec Taylor.

– Quoi ?

Il s'est appuyé contre les casiers, les bras croisés, et a levé les yeux au ciel.

– Écoute, tu es peut-être un expert pour ce qui est de draguer les filles, mais tu es nul pour garder une vraie petite amie. C'est vrai, quoi, tu es peut-être Zeus, mais ça remonte à quand, la dernière fois où ce mec a eu une vraie relation ?

Comme tout le monde, Aaron ignorait que ma relation avec Taylor, c'était du chiqué. Sauf que parfois, elle me faisait l'effet d'être bien réelle. Je ne pouvais nier que cette fille comptait plus pour moi que n'importe quelle autre. Et Aaron avait raison. Il était meilleur que moi dans ce domaine. Il avait eu quelques petites amies ici et là. Moi, j'étais peut-être sorti avec des tonnes de filles, n'empêche que Lauren était ce que j'avais eu de plus proche d'une vraie relation avant Taylor. Deux relations incomplètes et tordues.

Cela dit, ses propos m'ont redonné de l'espoir.

– Alors je fais quoi pour arranger les choses ?

Il s'est penché, tout près, comme s'il s'apprêtait à me révéler les secrets de l'univers.

– Ça va te sembler vraiment stupide et fou, mais parle-lui tout simplement. Une dispute, ça peut suffire à briser une vague liaison, mais pas une vraie relation. Faut que tu te débrouilles, mon pote.

Je lui ai jeté un regard sceptique.

– Sérieux ? Ton grand conseil, c'est juste de lui parler ?

– Ben, c'est toujours mieux que ta méthode à deux balles de te taper la tête contre les casiers. En plus, c'est ce qui se fait dans une vraie relation. On parle de ses sentiments. C'est ennuyeux et frustrant. Il va peut-être falloir vous y reprendre à plusieurs fois si elle n'a pas encore envie de parler, ou si ça se trouve, tu vas devoir parler pendant des heures. Au point que tu n'auras plus qu'une envie, après : aller boire un verre. Mais c'est justement ça, le but. Tu dois faire l'effort. Parce que si tu ne t'en donnes pas la peine, alors quel est l'intérêt d'être dans une relation ?

Logique. Je n'avais jamais fait le moindre effort, avec les autres filles. Je n'en avais jamais eu envie. À quoi bon, puisqu'il y avait des tas d'autres filles avec qui sortir ? Sauf qu'il n'y avait pas d'autre Taylor.

– Juste parler, ça paraît un peu trop facile, non ?

– Crois-moi, parfois plus c'est simple, mieux c'est. (Aaron s'est caressé le menton d'une main en me tapotant la tête de l'autre.) M'écouter tu dois, Obi-Wan. Très bien les choses se passeront.

J'ai éclaté de rire et repoussé sa main avant de lui donner un petit coup dans l'épaule.

– Allez, file la trouver, a-t-il ajouté avec un sourire.

Ça m'a pris un moment pour trouver Taylor. Elle ne répondait pas à mes appels et Carly m'a appris que ses parents n'étaient pas encore venus la chercher. Mais qu'elle non plus ne savait pas où elle était. Pendant la demi-heure suivante, j'ai passé toute l'école au peigne fin. J'ai même jeté un œil dans le vestiaire des filles. Il n'y avait personne, sauf la coach Jill qui vérifiait certains casiers. J'ai détalé avant qu'elle m'aperçoive.

Où pouvait bien être Taylor ?

Ne me demandez pas comment, je me suis retrouvé sous l'arbre où on avait fait notre pique-nique de la Saint-Valentin, et je me suis rappelé mon excitation à l'idée d'amener Taylor ici. Son visage extatique quand elle avait découvert ma surprise. Les choses étaient tellement plus faciles à l'époque.

Et c'était l'endroit exact pour trouver Taylor. J'ai d'abord failli la rater. Elle était à moitié cachée derrière le chêne, tournée vers le terrain de football. Elle a dû m'entendre arriver, pourtant elle n'a pas bougé. Pas même quand je suis arrivé juste derrière elle.

Je me suis appuyé contre l'arbre. Mon ombre est tombée sur sa silhouette recroquevillée.

– Alors comme ça, tu as décidé de me poser un lapin pour mater les sportifs à l'entraînement ? Ç'aurait été sympa de m'avertir.

– Désolée.

Elle avait le visage enfoui entre ses bras.

Je me suis accroupi à côté d'elle, mais elle a détourné la tête et s'est cachée dans sa manche. J'ai lâché un profond soupir tout en me répétant les mots d'Aaron. *Parle-lui.*

– Tu es toujours en colère à propos de ce truc avec Lauren ? Je n'avais pas l'intention de la rejoindre. Je te le jure.

– Je sais.

– Alors qu'est-ce qu'il y a ?

Voyant qu'elle ne répondait pas, je lui ai enfoncé un doigt dans l'épaule jusqu'à ce qu'elle lève finalement les yeux vers moi.

Il y avait un petit sourire sur son visage, comme si elle essayait de paraître heureuse et normale. Mais je voyais bien que quelque chose n'allait pas. Ses yeux étaient rouges et un peu gonflés. Et ses cils étaient encore humides de larmes.

J'ai pris une profonde inspiration, les poings serrés.

– Qu'est-ce qui ne va pas ? Il s'est passé quelque chose ? Quelqu'un t'a dit quelque chose ou...

Taylor m'a attrapé le bras avant que je puisse me relever d'un bond et aller frapper le premier que je croisais.

– Non, c'est juste... ce n'est rien.

J'ai essuyé une larme attardée sur sa joue.

– Ça n'en a pas l'air. Alors, tu veux en parler ?

– Non.

Au temps pour Aaron et son idée à deux balles. *Insiste. Continue d'essayer.* Je me suis laissé tomber à côté d'elle, mais elle évitait mon regard. Elle arrachait les brins d'herbe à côté de nous et les arrangeait en un tas bien ordonné, entrecroisé selon un motif qu'elle seule voyait.

– Je peux te demander quelque chose ?

Elle a laissé échapper un soupir.

– Je pensais que tu avais compris que je ne voulais pas parler.

– Juste une question, promis. (J'ai toussé dans mon poing à plusieurs reprises.) Tu ne pleures pas à cause de moi ?

Sa main tremblante a démoli le tas d'herbe.

– Ne t'emballe pas. Je ne pleure pas. C'est mes allergies qui sont au max, là.

– Ah oui, les allergies.

Je ne croyais pas une seconde à son mensonge, mais si elle ne voulait pas me confier ce qui la chagrinait, je n'allais pas la pousser. Et si elle préférait mettre ça sur le compte de ses allergies, soit. Je me suis remis debout et je lui ai poussé le coude avec le bout de mon orteil.

– Viens, je te ramène chez toi.

– Je n'ai pas très envie de rentrer à la maison tout de suite.

– Et ton père ?

Taylor s'est mordillé la lèvre inférieure et a baissé les yeux.

– Ils ne m'attendent pas avant un moment à la maison. Je suis censée aider Brian à faire des trucs pour le journal. Mais il... il n'a pas besoin de moi aujourd'hui.

Il y avait quelque chose de bizarre dans sa voix. Bon, de toute façon j'étais content qu'on puisse passer plus de temps ensemble. J'ai tendu la main et pris la sienne, entremêlant nos doigts.

– Je connais l'endroit parfait où tes allergies ne te dérangeront plus.

– Alors, il est où ce mystérieux endroit où tu m'emmènes ? a demandé Taylor.

On traversait la rue après avoir mangé nos hot-dogs et elle marchait quelques pas derrière moi en léchant la sauce chili sur ses doigts.

– Bon Dieu, tu as encore faim ? J'aurais dû te donner le mien aussi.

– Encore aurait-il fallu que j'en aie le temps. Tu avais gobé le tien avant même que j'aie fini de verser ma moutarde. Tu as pris le temps de mâcher au moins ?

– Pas besoin, j'ai la bouche assez grande, ai-je répondu, les mains dans les poches et marchant à reculons pour pouvoir la regarder.

– J'ai remarqué.

– Ça y est, tu as fini ? Je peux te donner la main ?

Elle a sorti une petite bouteille de gel antibactérien de son sac à main et s'en est versé sur les mains.

– Pourquoi ? Il n'y a personne.

J'ai attendu qu'elle finisse avant de lui saisir la main.

– Appelle ça une habitude. Et puis, je n'ai pas envie que tu te perdes.

– Je ne risquerais pas de me perdre si tu consentais à me dire où on est ! (Tout à coup, elle s'est immobilisée à côté de moi.) On va à l'aquarium ?

Gonflé d'un sentiment de satisfaction, j'ai levé les yeux vers le grand bâtiment blanc et bleu. Cet endroit, c'était un peu ma maison. Quand j'étais petit, je voulais habiter dans le placard à balais du concierge. J'ai même essayé de lui payer un loyer.

– Ouaip. Viens.

On a visité les différentes salles. Taylor a roucoulé devant les loutres – surtout Rachel, Shayda, Elana et Lily, les quatre frimeuses de devant – et frissonné devant les anguilles. Elle s'est penchée si près du bassin à caresses pour toucher les raies que j'ai dû la retenir par l'arrière de son tee-shirt pour l'empêcher de tomber dedans.

J'ai toujours aimé venir dans cet endroit, mais avec Taylor, l'expérience était différente. Elle n'y était pas venue depuis des années, du coup elle voyait tout avec l'enthousiasme d'une enfant de huit ans.

Enfin, on a atteint ma salle préférée. La Salle des mers. C'était une grande pièce avec des bancs sur des escaliers descendants, comme au théâtre, face à une scène qui constituait la pièce maîtresse des lieux. Le mur tout entier était un aquarium de verre d'environ sept mètres de profondeur qui contenait près de trois cent mille litres d'eau. Et il était peuplé de bancs de poissons colorés, de requins, de tortues de mer et de raies pastenagues qui nageaient tous ensemble là-dedans.

Comme c'était presque l'heure du dîner, la salle était vide, à l'exception d'un couple et de leur jeune enfant qui allaient et venaient devant la vitre. Ils semblaient plus amusés par leur progéniture que par l'incroyable vie océanique exposée devant eux. La fillette était plutôt mignonne, cependant. Ses cheveux roux rebondissaient sur ses épaules tandis qu'elle dansait en rond au son des chants de sa mère.

Les yeux ronds, Taylor s'est immédiatement approchée de la cuve. Et a tendu les mains pour toucher le verre.

– C'est magnifique ici. Et ces tortues, elles sont énormes !

– Il y en avait une encore plus grosse. Presque deux fois plus que ces bébés, mais le pauvre Rudy est mort il y a deux ans.

Elle s'est tournée vers moi avec un petit sourire en coin.

– Rudy ? Je crois que j'ai deviné de qui ta voiture tient son nom.

– Oui, eh bien...

Je n'ai pas continué. Elle avait raison, pourtant, je ne pouvais pas m'empêcher de me sentir un peu bête. C'est vrai, quoi, qui donne à sa voiture le nom d'une tortue de mer morte ? Au lieu de terminer ma phrase, j'ai fait demi-tour et me suis dirigé vers les sièges en plein centre, où je me suis laissé tomber. Du pied, j'ai poussé mon sac de livres sous le siège.

– Mon père m'a amené ici pour la première fois le jour de mon onzième anniversaire. J'ai tellement adoré qu'il nous a acheté un abonnement, du coup on a pu revenir toutes les semaines. Enfin, quand il n'était pas en prison, bien sûr.

– Tu dis ça avec tellement de désinvolture, m'a fait remarquer Taylor, venue s'asseoir à côté de moi. Ça ne te dérange pas qu'il soit enfermé ? Qu'il y aille aussi souvent ?

J'ai étendu les jambes sur le siège devant moi.

– Non. Pas autant que ça le devrait. Ça m'agace chaque fois que Brandon le mentionne, mais c'est parce qu'il le fait pour prouver qu'il est supérieur à nous.

– Mais il ne l'est pas.

– Carrément pas, non.

Elle m'a observé un long moment avant de changer de sujet.

– C'est étrange qu'ils puissent être aussi paisibles, tous ensemble là-dedans. Ils nagent avec les requins. (Elle a agité les mains pour souligner son point de vue.) Si j'étais une tortue de mer, je crèverais de peur, là-dedans.

– Tu sais, ils sont nourris régulièrement, donc il n'y a pas de risque que les requins mangent leurs congénères. (Je lui ai passé un bras autour des épaules.) Si on a réussi à s'entendre, pourquoi pas eux ?

– Pas faux. Je suis là, seule avec toi, et je n'ai pas du tout peur.

– Évidemment, tu ressembles plus au requin qu'à n'importe quel autre animal dans ce bassin, l'ai-je taquinée.

Taylor a rigolé.

– Tu parles. Tu es ce que je connais de plus dangereux.

– Ah oui ? Et c'est quoi, le danger que je te fais courir ?

Elle m'a dévisagé un instant avant de hausser un sourcil et de se retourner vers l'aquarium.

– Non, tu as raison. C'est moi, le requin.

– Je te l'avais dit.

J'étais à l'affût du moindre signe d'ennui chez elle pour donner le signal du départ, mais ça ne semblait pas la déranger d'être là. Elle a même enlevé ses chaussures, croisé les jambes et a pris appui sur ses mains, dans son dos, avec l'air de pouvoir rester indéfiniment. Comme moi, quoi.

J'ai lâché un long soupir et retenté ma chance.

– Est-ce que tu vas me dire un jour ce qui ne va pas ?

Elle a pincé les lèvres et a secoué la tête.

– C'est juste... des trucs de la fac qui me stressent. Je n'ai pas envie d'en parler.

Ne sachant pas si elle me disait la vérité, je me suis appuyé contre son flanc et j'ai hoché la tête, content au moins qu'elle ne soit plus en colère contre moi. Et c'est vrai qu'elle était stressée depuis un bon moment à cause de la liste d'attente pour Columbia. Peut-être qu'ils avaient admis quelqu'un d'autre ou quelque chose comme ça. Les gens de cette fac étaient des idiots de ne pas l'avoir acceptée d'emblée. Taylor était géniale.

– Il t'est déjà arrivé de te demander si on serait amis, sans cette fichue fête ?

Je ne savais pas d'où m'était venue cette question tout à coup, ni pourquoi la réponse était importante, mais elle l'était.

– Sans doute pas. (Elle m'a regardé du coin de l'œil et a souri.) Tu es quand même un peu con.

– C'est vrai, hein ?

– Ce n'est pas grave. Je suis un peu mégère.

– Un peu ? (J'ai levé les mains en la voyant plisser les yeux.) D'accord, un peu. Un peu, c'est bien.

Ses lèvres se sont retroussées sur le premier vrai sourire que je lui voyais de toute la journée, du genre si large qu'il s'étirait pratiquement sur tout son petit visage, et soudain le monde semblait plus lumineux. Bon, c'était probablement à cause du soleil qui se couchait par la vitre de l'entrée principale.

– Tu t'en souviens, toi, de cette fameuse nuit ? Moi, je ne me rappelle pas grand-chose.

Pas grand-chose non plus, mais des bribes m'en étaient revenues de temps en temps. Des bribes assez géniales, d'ailleurs.

– Ouais, tu dis vachement de trucs chelous quand tu es saoule.

– Ah oui ? a gémi Taylor en levant les bras pour se couvrir le visage. Punaise, je sais que je vais regretter cette question, mais de quoi... de quoi on a parlé ?

Si j'étais un mec sympa, j'aurais menti et je lui aurais épargné les détails. Mais je n'allais pas le faire. C'était trop hilarant.

– Pas grand-chose. Tu m'as parlé de ton amour pour la barbe à papa bleue et du fait que tu étais pourrie et vraiment méchante à l'intérieur. Oh, et tu m'as dit que tu avais des pensées cochonnes tout le temps, et ensuite tu m'as frappé.

Elle a lentement levé la tête, les yeux écarquillés, expression parfaite du choc et de l'horreur.

– Quoi ? a-t-elle lâché d'une voix rauque et étranglée.

– Absolument. Juste là, ai-je confirmé en lui montrant ma joue droite. Je suis surpris que tu n'aies pas vu la marque rouge.

– Et... les autres trucs ?

Je lui ai adressé un sourire narquois.

– Oh, tu veux parler des trucs cochons ? Eh bien, vu qu'il faisait assez froid, je ne pouvais pas me déshabiller comme tu me le demandais, mais je t'ai laissé me palper au-dessus de la ceinture. J'avais tracé une limite au niveau du pantalon, par contre. Je ne suis pas ce genre de mec. Pas avant que tu m'aies invité à dîner.

Sa main a bougé si vite que je n'ai presque pas eu le temps de la voir. Presque. Je me suis protégé la tête avec mes bras, mais elle a quand même réussi à me frapper juste à côté de l'oreille gauche. L'autre couple et quelques employés se sont mis à nous fixer.

– Aïe ! Désolé ! La prochaine fois, j'enlèverai mon pantalon !

Paf ! Encore plus fort, cette fois. J'ai esquivé, mais elle avait anticipé.

– Arrête. (*Paf !*) De dire. (*Paf !*) Ça ! (*Paf !*) Ce n'est pas drôle !

Au bout d'un moment, j'ai dû lui attraper les bras pour qu'elle s'arrête.

– Calme-toi. On est dans un lieu public, je te signale.

Soudain, mes mots ont produit leur petit effet et Taylor s'est figée. Le visage rouge comme une tomate, elle a braqué le regard sur l'aquarium jusqu'à ce que tout le monde arrête de nous regarder. Mais ses épaules étaient encore secouées d'un rire silencieux.

Je ne sais pas combien de temps on est restés assis là sans un mot, à regarder les poissons, mais quand la nuit est tombée, j'ai su qu'il était temps de partir. Je ne voulais pas que Taylor soit en retard pour le dîner et qu'elle ait encore des problèmes à cause de moi. J'ai sorti un sachet de mon sac à dos.

– Tiens.

– C'est quoi ?

Sans attendre ma réponse, elle en a extrait une loutre en peluche que j'avais achetée à la boutique de souvenirs. Elle s'est mise à me regarder en clignant des yeux sans rien dire.

– C'était pour m'excuser. Rapport à tes allergies. (Brian a surgi dans mon esprit, pile à ce moment-là.) Si jamais tu as besoin de parler, tu m'appelles. Moi aussi, je peux être là pour toi.

Taylor continuait de me dévisager d'un air médusé, comme si elle assimilait peu à peu tout ce que je venais de lui dire. Enfin, avec un petit couinement, elle m'a enlacé.

– Merci !

– Pas de problème, ai-je répondu en m'écartant pour la regarder, enchanté de la voir à nouveau souriante. C'est à ça que servent les amis, non ? (Et là, en une fraction de seconde, son sourire ravi s'est effacé, tandis qu'elle serrait la peluche contre sa poitrine.) Quoi ? Qu'est-ce qui ne va pas ?

– Rien.

Je lui ai fait mon regard « paupières plissées », à mon tour, mais elle a reporté son attention sur les tortues de mer, la joue appuyée contre la tête de la loutre faisant office de coussin pour accueillir sa grimace. C'était étrange comme un simple mot pouvait sembler si lourd et n'être, en fait, pas *rien* du tout.

Dieu, ce que les filles sont compliquées !

23

TAYLOR

« Les Lion sont connus pour leur bravoure dans les situations désespérées. »

Tu parles ! Si ça devait encore être prouvé, ce genre d'affirmation enfonçait le clou : les horoscopes, c'était vraiment un tas de conneries. Je n'étais pas courageuse. J'étais lâche. Un Lion lâche. Qu'on m'amène le magicien d'Oz !

Me cacher ne résoudrait rien. Je le savais. En fait, ça ne faisait probablement qu'empirer les choses, mais je ne pouvais pas aller en cours. Pas quand le baiser de Brian était encore frais dans ma tête. Tout comme le rendez-vous avec Evan à l'aquarium.

Puisqu'on ne sortait pas vraiment ensemble, Evan et moi, je ne pouvais pas être considérée comme infidèle. Ça ne m'empêchait pas de culpabiliser. Et puis, j'avais violé les termes du contrat. Jamais au grand jamais, je n'aurais imaginé être celle qui enfreindrait cette clause. Heureusement que je n'avais pas ajouté d'amende en cas d'infraction, comme je l'avais initialement prévu.

Ma mère est entrée dans la cuisine au moment où je pêchais un gros cornichon dans le bocal. Avec une moue, elle m'a regardée le découper en morceaux réguliers et microscopiques. Quand j'en ai pris un autre, elle est enfin intervenue.

– Tu te sens mieux ?

– Oui, j'avais mal à la tête ce matin, mais ça va maintenant.

– Bien, donc tu peux me dire ce qui ne va pas.

J'ai essuyé mes mains couvertes de vinaigre sur un torchon blanc, que j'ai taché de vert clair.

– Comment ça ?

– Tu sèches l'école aujourd'hui et maintenant, au lieu de bûcher, tu haches suffisamment d'ingrédients pour nourrir une armée, a-t-elle répondu, venant s'appuyer, bras croisés, sur le plan de travail en face de moi. Qu'est-ce qui te tracasse ?

Bon sang, c'était quoi cet interrogatoire de police ? Avec un soupir, j'ai versé les cornichons dans le saladier.

– On ne peut plus faire une salade de thon tranquille ?

Ma mère a incliné la tête sur la gauche et souri.

– *On* peut, si. Mais toi ? Non. Quand tu as reçu ta lettre comme quoi tu étais sur liste d'attente, on s'est retrouvés avec assez de thon pour nourrir tous les chats du voisinage pendant des mois. Ensuite, il y a eu la période après ton contrôle de physique que tu jurais avoir raté. Et avant…

– D'accord, j'ai compris.

Je n'avais pas réalisé que je préparais systématiquement du thon quand j'étais stressée, mais il fallait croire que c'était vrai. On avait un de ces mixeurs qui coupaient tout, mais j'aimais bien trancher moi-même les ingrédients. Il y avait quelque chose de relaxant dans le fait de tout couper méticuleusement à la main. Ça prenait plus de temps, mais je me sentais toujours mieux après.

Mon père a choisi ce moment-là pour entrer dans la cuisine et s'est immobilisé en nous voyant.

– C'est à quel sujet, cette réunion nocturne ?

– Taylor prépare du thon.

Il a écarquillé les yeux.

– Ah. Bon, je vais retourner au salon, alors. Faites-moi savoir quand la voie sera libre, que je revienne prendre ma glace.

Je l'ai regardé se précipiter hors de la cuisine et je me suis tournée vers maman, qui s'efforçait de camoufler son sourire.

– Tout le monde est au courant pour cette histoire de thon ?

Elle a pris un des œufs durs et l'a cogné contre le plan de travail.

– À peu près. Alors, qu'est-ce qui ne va pas ?

J'ai baissé les yeux sur ma planche à découper, soudain embarrassée de devoir me confier à ma mère.

– J'ai des problèmes avec... les garçons.

Elle a poussé un petit cri et joint les mains.

– Tu ne sais pas depuis combien de temps j'attends de t'entendre dire ça. Et qu'on ait enfin une discussion mère-fille. C'est Evan ? Qu'est-ce qu'il a fait ? Il te met la pression pour coucher ?

Je me suis tapé la main contre le front. Je n'aurais jamais dû m'ouvrir à elle, j'aurais mieux fait de continuer ma salade de thon en paix.

– Oh, bon Dieu. Non, maman ! Oublie ce que j'ai dit.

Elle m'a attrapé le bras et a tiré dessus, comme Kimmy le faisait chaque fois qu'elle voulait que je lui achète des bonbons au magasin.

– Nooon ! Pardon, pardon, dis-moi juste ce qui ne va pas.

– C'est juste... (J'ai ravalé la boule dans ma gorge tout en réfléchissant à la manière de lui demander son avis sans trop en révéler.) Pourquoi est-ce que tu apprécies tellement Evan ?

– Qu'est-ce que tu veux dire ? Il est gentil. Drôle. Et tu dois admettre qu'il est plutôt agréable à regarder.

J'ai froncé les sourcils.

– D'accord, mais... on n'a rien en commun. Du tout. Je suis surprise que tu sois si favorable à ce qu'on sorte ensemble, lui et moi.

Ma mère a grimacé, tout en continuant de peler son œuf.

– Je vois ce que tu veux dire : il est de ces garçons contre qui je devrais te mettre en garde. Ou engager un chaperon pour vous suivre partout. Disons que je suis juste heureuse que tu te comportes enfin comme une adolescente normale. Que tu sortes avec un garçon, que tu t'amuses. J'étais tout à fait préparée à l'angoisse et aux disputes qui accompagnent l'adolescence d'une fille, mais toi, tu n'as jamais été comme ça. Tu as toujours eu des super notes. Tu es motivée, tu sais exactement ce que tu veux faire de ta vie. Et rien ne peut se mettre en travers de ton chemin. Tu sors à peine, tu n'enfreins pas ton couvre-feu. Et tu aides toujours à la maison, tu fais ce que tu as à faire.

– Je suis... désolée ?

Elle a rigolé.

– Je ne me plains pas. C'est juste que... tu es devenue une adulte à l'âge de onze ans, et parfois je me demande si c'est à cause de ton père. Le biologique. Et du fait qu'on se disputait tout le temps, lui et moi. Tu n'as jamais pu vivre ton enfance comme Kimmy.

Je suivais du doigt les motifs de fleurs sur le plan de travail.

– On n'est pas tous pareils, c'est tout.

Maman a laissé échapper un soupir et s'est dirigée vers l'évier pour se laver les mains.

– Oui, bon. Je ne veux pas que tu passes à côté de quoi que ce soit à cause de moi.

La culpabilité m'a envahie. Maman, toujours si heureuse et joyeuse – presque fofolle, parfois. Maintenant, je me sentais mal de montrer de l'agacement chaque fois qu'elle essayait de m'entraîner dans des virées shopping ou des manucures. Je n'avais jamais compris pourquoi elle semblait si obsédée par ce genre de choses.

– C'est à cause de Brian que je fais du thon, ai-je finalement avoué en lui lançant une arête. Et d'Evan.

Ses yeux sont devenus si brillants et si ronds que je n'aurais pas été surprise qu'elle se mette à sauter de joie. Sa fille, raide comme un piquet, qui se comportait enfin en véritable adolescente, avec des problèmes de garçons et une fausse maladie pour sécher l'école ? Et en plus, deux garçons se disputaient la main de la nana coincée et déterminée en question ? Appelez les journaux ! Son rêve devenait réalité.

Par chance, elle a tâché de la jouer cool.

– Donc tu leur plais à tous les deux ? C'est intéressant. Mais pas surprenant, bien sûr, s'est-elle hâtée d'ajouter.

– Brian me l'a dit, oui. Apparemment, c'est depuis un moment. Avec Evan... je ne pense pas que ça va durer, ai-je expliqué en me mordillant la lèvre inférieure. Surtout qu'il y a une autre fille qui l'aime bien, et qu'ils ont un passif.

Ma mère n'avait pas besoin de connaître les détails de l'histoire entre Lauren et Evan. Moi, en tout cas, je n'avais pas envie d'y penser.

– Ah oui, Brian. Il est sympa, lui aussi.

– Il est super. Il est parfait pour moi. Comme papa pour toi. Et c'est logique qu'on soit ensemble. J'ai toujours pensé qu'on finirait l'un avec l'autre, de toute façon, ai-je conclu avec un haussement d'épaules. Mais je ne sais pas pourquoi, maintenant j'hésite.

Elle est venue écarter ma frange de mes yeux, avant de passer un doigt sous mon menton pour le soulever.

– En général, ça signifie qu'on n'en a pas tant envie que ça. Et ce, malgré tout ce que tu pensais. Pour une fois, suis ton cœur et pas ta tête. Même si c'est fou.

– Mais c'est très dur.

– La vie est dure. Donne-toi du temps pour réfléchir, dans ce cas. Et si quelqu'un t'embête, envoie-le promener.

J'ai levé les yeux au ciel et me suis esclaffée.

– Merci, maman. C'est un bon conseil.

Son visage s'est fendu d'un large sourire.

– C'est à ça que je sers. Tu veux aller faire du shopping après l'école demain ?

Malgré le frisson d'horreur qui me traversait, j'ai fait « oui » de la tête.

– Bien sûr, ce serait sympa.

Maman m'avait dit que j'avais besoin de prendre du temps pour moi, non ? Alors j'ai pris cette déclaration comme une autorisation parentale pour rester à la maison le lendemain. Avec un peu de chance, un jour de plus m'aiderait à démêler la situation.

C'était compter sans la visite de Brian.

– Tu m'as l'air plutôt en forme, pour quelqu'un qui est censé être alitée. Et dire que j'ai raté ma première heure pour faire tout ce chemin et venir prendre de tes nouvelles.

J'ai levé la tête de l'oreiller que j'avais appuyé contre le mur. J'étais à ma place habituelle dans le salon, pelotonnée dans le fauteuil près de la baie vitrée, en pyjama à rayures jaunes et blanches, un roman d'amour à la main. Et la loutre en peluche d'Evan sur mes genoux.

– Brian ! Comment... comment tu es rentré ?

– Ta mère m'a ouvert avant de partir travailler, a-t-il répondu avec un geste du pouce par-dessus son épaule.

Ah, la traîtresse en escarpins Vera Wang et parfum Ralph Lauren Romance !

Il m'a tendu une grosse marguerite rose.

– Tiens. Je me suis souvenu que tu aimais les marguerites.

Je crois que je ne l'avais mentionné qu'une fois mais, bien sûr, Brian s'en était souvenu.

– Merci.

J'ai caressé les doux pétales pendant quelques secondes avant de la poser sur la petite table à côté de moi. Bon sang, ce que c'était dur...

– Alors, tu vas revenir à l'école un jour ou tu comptes te cacher à la maison jusqu'à la fin de l'année ?

Brian s'est appuyé contre le cadre blanc de la porte, les chevilles croisées dans l'angle opposé. Il était si grand que sa charpente efflanquée semblait remplir toute l'embrasure de la porte – aucune fuite possible.

– Même si tu es fortiche, je doute que l'école accepte que tu passes ton diplôme à la maison. Et puis, ce serait dommage d'abandonner le lycée juste parce qu'un idiot t'a avoué ses sentiments pour toi.

Mon cœur s'est déchiré d'entendre le ton enjoué qu'il se forçait à prendre. Il me disait qu'il m'aimait bien, et moi, comment je réagissais ? En fuyant et en me cachant jusqu'à ce qu'il doive venir me débusquer lui-même. Depuis quand j'étais redevenue une gamine de six ans ? Et plus important, pourquoi je ne pouvais pas être malade pour de vrai ? L'enfer de Dante était trop bien pour moi.

– Je suis désolée, Brian. Je ne...

– Tu n'es pas obligée de le dire. Je t'ai balancé ça de but en blanc. J'avais tout un tas de scénarios sur la façon dont je te l'annoncerais, mais te le lâcher de cette façon n'en faisait pas partie. Maintenant que je te vois te terrer à la maison, je crois comprendre assez clairement ce que tu ressens. (Il a dégluti bruyamment.) Pas vrai ?

J'ai hésité une seconde avant de lui adresser un petit signe de tête affirmatif. Je ne voulais pas lui faire de mal, mais ce n'était pas bien de le mener en bateau non plus. Même si on décidait de se donner une chance, ça ne marcherait jamais. Peu importait le nombre d'éléments en notre faveur. Je ne pouvais pas faire apparaître des sentiments en un claquement de doigts. Maman avait raison. Je devais aller là où mon cœur voulait que j'aille. Même s'il risquait de se retrouver brisé au bout du compte. Même si Evan ne me considérait que comme une amie.

Brian m'a adressé un demi-sourire et s'est tapoté la tempe avec l'index. Sa fossette gauche est apparue.

– J'avais compris. Je ne suis pas la personne la plus intelligente de l'école pour rien, tu sais.

Hyper mal à l'aise pour lui, j'ai poussé mon pouf vert dans sa direction.

– Bon, tu viens t'asseoir ou quoi ?

– Eh bien, c'est demandé si aimablement, comment puis-je refuser ?

Au lieu de s'asseoir, cependant, il a chevauché l'ottomane, petits coups de pied dans le tapis et tripotage du trou dans son jean délavé. Et moi, je me tournais les pouces. Enfin, j'ai dit la première chose qui me venait à l'esprit.

– Je ne t'avais jamais vu dans un jean déchiré.

Il a baissé les yeux comme s'il avait oublié ce qu'il portait.

– Ouais, ça faisait un moment que je n'avais pas mis ce vieux truc. J'avais oublié à quel point il était confortable.

– Pourquoi tu ne le mettais jamais ?

On discutait vraiment de ses choix vestimentaires, là ? Parmi tous les sujets qu'on aurait pu aborder, pourquoi j'avais...

– À cause de toi.

– Quoi ?

Brian a haussé les épaules. Ses pommettes hautes ont légèrement rougi.

– Carly m'a dit une fois que tu aimais les gars qui s'habillaient bien, alors... ben tu sais, a-t-il terminé en désignant son jean.

Je l'ai dévisagé, sidérée. C'était la seule réponse que je n'attendais pas, mais c'était aussi la réponse la plus adorable et la plus parfaite qui soit. Il n'y avait vraiment aucune autre façon de décrire Brian.

– Ah... désolée.

– Ne t'inquiète pas. C'était assez stupide, comme plan. (Il s'est mis à se balancer d'un pied sur l'autre et à se passer les mains dans les cheveux.) Par contre... tu pourrais me faire une faveur ?

– Tout ce que tu veux.

Ses chaussures à rayures bleues bizarres ont tapé contre le bas du pouf.

– On peut oublier ce qui s'est passé l'autre jour et redevenir amis ?

Alors là, mon cœur s'est déchiré. Encore une fois. Pourtant, je n'ai pas pu empêcher le soulagement de m'envahir. Je n'allais pas perdre son amitié finalement.

Incapable de résister, je me suis levée et je l'ai serré fort dans mes bras. Les siens se sont instantanément enroulés autour de moi. C'était chaud et réconfortant, comme un bol de soupe quand on est malade. Ou votre sweat-shirt préféré le plus épais quand il fait froid dehors. Il m'a serrée fort, une fois, avant de me repousser.

Il s'est raclé la gorge et a secoué la tête. Sa frange noire lui retombait sur le visage, lui couvrant les yeux. Il avait encore besoin d'une bonne coupe de cheveux.

– Je suis passé voir ton prof de physique pour récupérer tes devoirs, et il s'avère que tu n'as rien manqué du tout. Comme c'était l'anniversaire de son fils, il a organisé une fête dans sa classe. Toute la journée, a-t-il précisé avec un rire sonore. J'ai été bête de ne pas prendre cette matière.

Comprenant l'allusion, j'ai souri et me suis rassise sur le canapé.

– Mais tu avais besoin de la biologie pour entrer en prépa médecine à Tulane. Cela dit, tu pourrais encore changer, tu sais. Je pense qu'on sait tous les deux que Tulane et l'école de médecine ensuite, ça ne va pas être possible. Passer des nuits entières sur les livres et découper des cadavres la première année ? Non, merci.

– Je me disais bien aussi.

Et on a continué à parler de nos cours comme si les deux derniers jours n'avaient pas eu lieu, après quoi il a dû partir pour une interrogation de bio. C'était agréable d'avoir retrouvé mon ami. Même si ça ne durait qu'un temps.

24

EVAN

Mon esprit était toujours bloqué sur Taylor quand j'ai rentré Rudy dans le garage, cet après-midi-là. Son visage. Le fait qu'elle ne m'ait même pas regardé quand elle a marmonné un aurevoir avant de sortir de la voiture au pas de charge pour rentrer chez elle après l'aquarium. Et puis, elle n'est pas venue à l'école au cours des deux jours suivants. Quelque chose d'autre n'allait pas. Ce n'était pas seulement Columbia. Ça me tuait de ne pas savoir ce qui se passait. Qu'elle ne me fasse pas assez confiance pour me le dire. Et de ne pas pouvoir régler ça pour elle.

J'ai pris un Coca dans le frigo et je me dirigeais vers l'escalier quand quelque chose a bougé dans le coin du salon plongé dans l'obscurité. Les petits poils de ma nuque se sont dressés. J'étais toujours le premier rentré à la maison. Tous les jours.

J'ai attrapé l'objet le plus proche – le parapluie bleu et jaune de maman – et je me suis faufilé dans la pièce. Du coude, j'ai actionné l'interrupteur pour allumer et j'ai bondi, agitant le parapluie en l'air comme une épée ou un sabre laser.

Maman s'est recroquevillée sur le canapé. Ses grands yeux me dévisageaient, elle avait les deux mains serrées sur la poitrine.

– Qu'est-ce que tu fais ?

J'ai laissé retomber mon bras et j'ai toussé pour masquer ma gêne.

– Oh, c'est toi. Désolé, je ne savais pas que tu étais là. Je vais... attends, je remets ça en place. (J'ai reposé le parapluie dans son support en bois.) Qu'est-ce que tu fabriques, assise dans le noir ?

Ses mains sont tombées sur les coussins. Elle a balayé la pièce des yeux, comme si elle n'en savait rien elle-même.

– Je pensais juste à des trucs en t'attendant.

– Tu m'attendais ?

Je croyais qu'elle allait s'expliquer. Au lieu de ça, elle a arrangé les magazines et les sous-verre sur la table. Ces trucs étaient du genre où l'on peut glisser une photo à l'intérieur. Il y en avait avec maman et moi, d'autres de Brandon et elle. Aucune de nous tous ensemble. À quoi bon nous imposer l'étiquette de « famille » alors qu'on n'en était pas une ?

– Je veux que tu comprennes combien j'ai été heureuse que Brandon entre dans nos vies. Il n'est pas parfait, mais la vie avec lui, oui. Il est fiable, il prend soin de nous. Il me fait toujours passer en priorité. Il me rend la vie facile. Et la seule façon que j'ai de le remercier, c'est de le rendre heureux. Quitte à exclure ton père de nos vies. (Elle a lissé les plis de son pantalon avant de se lever et de sortir une feuille de papier de sa poche.) Mais ce n'était pas à moi de prendre cette décision. Ça aurait dû être ton choix. Alors tiens.

La feuille jaune, d'à peine dix centimètres de large, avait un côté maladroitement déchiré. Il y avait des chiffres griffonnés dessus, tout serrés. Un compte en banque ?

– Qu'est-ce que c'est ?

– Le numéro de téléphone de ton père.

Bam ! Et juste comme ça, je me suis affalé sur l'accoudoir du siège en face d'elle, le faisant reculer de quelques centimètres sur le parquet. Je serrais la feuille si fort qu'elle s'est froissée dans ma main.

– Je croyais que tu ne voulais pas que je le contacte.

Ma mère a croisé les bras et détourné le regard. Elle s'est mordillé l'intérieur de la joue.

– En effet. Et je n'ai pas changé d'avis. Mais je ne veux pas non plus que tu me détestes de t'avoir caché ça plus tard. Et puis, tu as raison : c'est à toi de décider si tu veux le voir ou pas.

Sa voix triste m'a presque tué. À en juger par les cernes sous ses yeux, ça la tracassait depuis un moment. Et le léger creux dans le coussin du canapé, qui refusait de disparaître, montrait qu'elle m'attendait là depuis un certain temps.

J'étais vraiment un fils de merde. Le pire de tous.

Je me suis levé quand elle s'est dirigée vers la cuisine.

– Maman.

Elle s'est arrêtée, les épaules raides. J'ai dégluti et secoué la tête, même si elle ne pouvait pas me voir.

– Si tu ne m'avais jamais donné son numéro, je ne t'en aurais pas voulu. D'accord, j'ai été un peu énervé pendant un moment, mais je ne te détesterai jamais. Impossible.

Elle s'est finalement retournée. Ses yeux brillaient de larmes retenues, mais je n'étais pas trop inquiet. Elle pleurait pour un rien. Une fois, elle avait pleuré parce que le chien du voisin était mort. Or elle le détestait, ce bestiau, elle disait qu'il aboyait après elle chaque fois qu'elle rentrait à la maison. N'empêche, ça ne l'avait pas empêchée de pleurer pendant une heure quand il s'est fait écraser.

D'ailleurs, le large sourire qu'elle affichait en avançant vers moi indiquait clairement que tout allait mieux.

Elle a dû se hausser sur la pointe des pieds pour m'embrasser sur la joue, chose qu'elle n'avait pas faite depuis des années. Je n'avais pas remarqué qu'elle avait rapetissé à ce point. Ou bien c'était moi qui l'avais dépassée.

– Va faire ce que tu as à faire. Je t'appelle quand le dîner sera prêt.

J'ai acquiescé. La crise était évitée. J'ai à peine remarqué quand elle a quitté la pièce : mes yeux étaient rivés sur le numéro dans ma main. Dix chiffres. Ces petites choses simples qu'apprenaient les enfants à la maternelle. Et pourtant, là, c'était la chose la plus importante au monde pour moi.

Mes pas ont fait trembler l'escalier quand j'ai gravi les marches jusqu'à ma chambre. J'ai laissé tomber mon sac et me suis mis à tourner en rond. À faire les cent pas. Est-ce que je devais l'appeler maintenant ? Peut-être que je devrais attendre. La Floride est dans le même fuseau horaire que la Caroline du Nord (ou du moins assez proche), donc il était probablement en train de se préparer à dîner, lui aussi. Ce n'était peut-être pas le moment le plus opportun pour un coup de fil.

Mais bon, c'était quoi, le bon moment pour appeler et dire : « Salut, papa. Tu te souviens de moi ? Ton fils à qui tu n'as pas parlé depuis des années ? Ce n'était ni ta faute ni la mienne, cela dit. Alors, quoi de neuf ? »

Qu'est-ce que j'allais lui dire ?

Les yeux rivés sur le petit bout de papier, j'entendais la voix de Taylor dans ma tête. Et pas particulièrement dans un sens agréable, puisqu'elle me criait d'arrêter de faire ma mauviette et de composer ce fichu numéro. Et elle avait raison.

Pourtant, mes mains tremblaient quand j'ai tapé le numéro. Je me sentais nauséeux tellement j'avais le ventre serré et noué. Une sensation qui augmentait à chaque sonnerie.

– Allô ?

Et voilà. La voix que je n'avais pas entendue depuis plus de quatre ans.

Alors, juste comme ça, ma nervosité a disparu. Comme s'il n'était jamais rien arrivé. J'avais à nouveau onze ans, j'attendais qu'il rentre du travail pour qu'on aille à l'aquarium.

– Salut, papa.

25

EVAN

En chemin vers chez Taylor, je me repassais en boucle dans ma tête ma conversation avec mon père. Et son offre d'emménager chez lui après mon bac. Il avait une chambre libre dans sa location, et l'université de Troy était toute proche. Université qui proposait un bon programme de biologie marine, dans lequel j'avais été accepté grâce à Taylor. Pour être honnête, j'avais juste rempli la paperasse pour ne plus l'avoir sur le dos. Je ne m'attendais pas vraiment à être accepté. Mais maintenant... tout se mettait en place. C'était parfait.

Même si l'idée d'être débarrassé de Brandon était plus que séduisante, je ne savais toujours pas comment quitter ma mère. Elle ne voulait pas que je parte, pourtant je devais le faire pour elle. Elle n'aurait plus à se trouver coincée entre Brandon et moi. Elle pourrait enfin être heureuse.

Pendant qu'elle informait Brandon de la situation – j'aurais parié qu'il avait sorti sa meilleure bouteille de vin pour fêter ça –, je filai chez Taylor. Je voulais lui parler de mon père. Je voulais lui parler de mon acceptation à l'université. J'avais besoin de lui raconter tout ça.

Dans mon excitation, je ne me suis souvenu de M. Simmons qu'après avoir sonné à la porte. *Merde.* L'espace d'une fraction de seconde, je me suis demandé si j'avais encore le temps de me cacher.

La porte s'est ouverte juste au moment où j'allais plonger derrière les rosiers. Dieu merci, c'est Taylor qui m'a ouvert.

– Evan ? Qu'est-ce que tu fais ici ?

Elle était magnifique. J'ai dû me retenir de la serrer dans mes bras.

– Je voulais te parler de quelque chose. La voie est libre ?

– Euh, ouais, papa est sorti avec des amis. Et maman est au téléphone avec ma grand-mère dans la cuisine. (Elle a regardé quelques secondes autour d'elle, avant de faire un pas en arrière.) Tu veux entrer ?

Je n'ai pas bougé.

– Tu es sûre que ça ne dérangera pas ta mère ?

– Ça n'a pas d'importance. Elle te laisserait rentrer, à ma place, a marmonné Taylor tout bas.

– Quoi ?

– Rien. C'est bon, a-t-elle éludé, me prenant par le bras pour me tirer à l'intérieur. En fait, je voulais aussi te parler de quelque chose. Laisse-moi juste aller prévenir maman que tu es ici.

– OK.

Je suis passé au salon pour l'attendre. Oreo était déjà couché sur le tapis et il a laissé échapper un aboiement excité en me reconnaissant. Il ne s'est pas levé, mais il a roulé sur le ventre pour que je puisse le grattouiller. Je lui ai frotté le ventre du bout du pied.

En attendant que Taylor revienne, j'ai ramassé une marguerite rose posée sur la table basse, sur deux feuilles de calcul où figurait la date d'aujourd'hui. Bizarre. Vu que Taylor n'était pas venue à l'école, comment s'était-elle déjà procuré son devoir ?

Elle est entrée dans la pièce au moment où je prenais une des feuilles.

– C'est Carly qui est passée te déposer ça ?

– Euh... non, pas vraiment.

En l'observant, j'ai analysé son visage dans tous les détails. Elle avait l'air fatiguée, ce qui n'enlevait rien à sa beauté, avec ses cheveux bruns tirés en arrière. Elle est venue s'asseoir à côté de moi. Pas aussi près que je l'aurais voulu, mais c'était probablement mieux ainsi. Je ne tenais pas à recevoir un autre coup de pied aux fesses de la part de son père.

– Alors, qu'est-ce que tu voulais me dire ?

Ma jambe tressautait malgré moi, tant j'étais pressé de voir la réaction que mon annonce allait susciter chez Taylor. Mes mouvements frénétiques ne faisaient qu'exciter encore Oreo.

– Vas-y, toi, dis-moi en premier. La nouvelle que j'ai à te dire est vraiment importante, et je suis presque sûr qu'elle va exploser la tienne.

Elle m'a adressé un demi-sourire.

– Alors ça, je n'en suis pas sûre. Parce que j'ai de grandes nouvelles moi aussi.

– De bonnes nouvelles ?

Son sourire s'est un peu effacé et ses yeux se sont posés sur la fleur dans ma main.

– Pas toutes.

J'ai regardé tour à tour la marguerite rose et le devoir de calcul sur la table basse. Et quand les pièces du puzzle se sont emboîtées dans mon esprit, j'ai aussitôt senti ma bonne humeur retomber. Merde. Papa et l'université sont devenus un peu flous dans le décor, tandis que je regardais Taylor fixement, en espérant que je me trompais.

– Qui t'a apporté ces devoirs ?

Taylor a dégluti bruyamment avant de répondre.

– Brian. Il est passé ce matin.

– Et la fleur ?

Cette fois, elle n'a pas répondu. Elle a juste hoché la tête.

Brian était venu. Elle ne m'avait ni appelé ni envoyé de message, mais lui, il était venu. Ici. Et moi qui croyais naïvement être le seul mec à débarquer chez elle. Cela dit, il avait probablement reçu une vraie invitation de sa part, lui. Ce qui signifiait...

J'ai laissé retomber la fleur sur la table basse. Les poings serrés, je me suis adossé contre le canapé, m'éloignant de Taylor. Instinctivement, je prenais de la distance vis-à-vis de ce que je m'attendais à entendre.

– Est-ce que tes nouvelles ont quelque chose à voir avec lui ?

– Oui.

Elle a pris une profonde inspiration avant de poursuivre, les doigts agrippés au coussin qui nous séparait. Et puis, les mots se sont déversés en cascade.

– L'autre jour, avant que tu m'emmènes à l'aquarium, Brian m'a avoué que je lui plaisais, et on s'est embrassés. Je suis désolée. C'était totalement inattendu et je ne savais pas comment réagir. Je n'avais jamais imaginé qu'il ressentait ça...

J'ai à peine entendu le reste de son histoire. Seuls quelques mots s'étaient imprimés dans ma mémoire. *L'autre jour. Brian. Embrassés.*

Ce n'était pas vraiment une surprise. Je les avais observés ensemble. Chaque fois qu'elle lui souriait. Chaque fois qu'il la regardait. Brian était M. Parfait. Tout comme Taylor était Mlle Parfaite. Littéralement. C'était le titre qu'ils avaient gagné en classe, ainsi que celui d'élèves les plus susceptibles de réussir. Ils étaient faits l'un pour l'autre. Tout ce que j'avais gagné, moi, c'était le titre de perturbateur des cours. Et celui du plus craquant. Brian avait probablement hâte de venir se présenter à M. Simmons comme le nouveau petit ami de sa fille. Connard.

J'avais beau m'y être attendu, la douleur m'a quand même frappé comme une vague déferlante. On a beau la voir venir, on peut même se préparer à l'impact, n'empêche qu'elle vous renverse quand même de votre planche. Le choc du froid et la piqûre du sel dans les sinus. Encore et encore. L'idée de Taylor et Brian officiellement ensemble me rendait malade.

– Tu sais quoi ? Je dois y aller.

Taylor m'a attrapé la main.

– Non, Evan, écoute-moi jusqu'au bout ! Embrasser Brian m'a fait réaliser quels étaient mes vrais sentiments. Je sais enfin...

Je l'ai repoussée avant qu'elle ait le temps de finir sa phrase. Je ne voulais pas l'entendre. Je ne voulais rien entendre à ce sujet. Tout ce que je voulais, c'était m'en aller.

– Je comprends. Tu es désolée. Excuses acceptées.

Et en quelques enjambées, j'étais dehors.

– Mais...

Aussi vite que j'étais venu chez Taylor, j'ai dû conduire deux fois plus vite et battre mon record dans le sens inverse. J'ai entendu Taylor m'appeler, me demander de l'écouter, mais je ne me suis pas retourné. J'ai sauté dans ma voiture et j'ai démarré en trombe.

Les images de Taylor et Brian s'embrassant et riant continuaient à défiler dans ma tête comme une foutue vidéo qui tournait en boucle. Tous deux se tenant la main, allant à l'université ensemble et vivant heureux pour toujours comme le couple parfait qu'ils étaient.

Cédant à une impulsion, j'ai sorti mon téléphone de ma poche et composé un numéro.

– Salut, Lauren, tu es libre, là ?

Elle s'est glissée sur le siège passager, un grand sourire aux lèvres. Ayant jeté son sac à main sur la banquette arrière, elle a replié les jambes sous elle avant de pivoter face à moi.

– Il était temps que je t'aie enfin pour moi toute seule. J'ai été jusqu'à envisager de jouer la demoiselle en détresse pour attirer ton attention. Je sais que tu ne peux pas résister à une fille dans le besoin.

Aussi irrité que je l'étais par Taylor, je n'ai pas pu m'empêcher de ricaner.

– Non seulement tu n'as rien d'une demoiselle mais tu dérouillerais quiconque oserait te causer le moindre tort.

– J'avoue, tu as raison pour la première partie, mais pas la seconde. La cause de ma détresse est juste devant moi.

Je n'ai pas mordu à son hameçon.

– Bon, où est-ce que tu as envie d'aller ?

– N'importe. (Lauren s'est penchée encore plus près jusqu'à poser le menton sur mon épaule.) C'est toi qui m'as appelée, je te rappelle.

Ma mâchoire s'est crispée. J'ai attrapé mes lunettes de soleil dans le compartiment sous la radio et je les ai passées avant d'actionner le levier de vitesse, d'un mouvement brusque qui a délogé Lauren de mon épaule.

– Je n'avais pas vraiment d'endroit en tête. Je voulais juste prendre un peu le large.

Elle a hoché la tête.

– Pourquoi pas le lac, dans ce cas ?

Le lac en question n'était pas vraiment un lac, plutôt une mare géante qui se trouvait à un kilomètre ou deux de l'autoroute. Ce qui était cool, c'était que quelle que soit la chaleur – même s'il n'avait pas plu depuis des semaines – ou la quantité de pluie, la mare avait toujours la même taille. Jamais son eau ne s'évaporait ou quoi que ce soit. C'était aussi le premier endroit où Lauren et moi, on se retrouvait quand on avait commencé à sortir ensemble, tout au début.

Les doigts tambourinant sur le volant de cuir à un feu rouge, j'ai coulé un regard discret de son côté. Elle était vautrée sur le siège du passager, la tête par la vitre ouverte et ses boucles rousses rejetées en arrière.

J'ai quitté l'autoroute quasi déserte pour m'engager sur la route tout à fait déserte. Une fois la voiture garée sous un arbre au bord du lac, j'ai baissé toutes les vitres pour respirer l'air humide. Des nuages noirs s'accumulaient au loin. Il ne tarderait pas à pleuvoir. C'était probablement une mauvaise idée d'être venus là.

J'ai tourné la tête pour suggérer à Lauren qu'on aille au centre commercial ou ailleurs, quand elle m'a sauté dessus.

Alors qu'elle pressait ses lèvres pulpeuses contre les miennes et qu'elle faisait courir sa langue le long de mes lèvres pincées, des dizaines d'images ont envahi mon esprit. Notre première fois au bord de ce même lac dans cette même voiture. Nous deux au parc. Blottis l'un contre l'autre au fond d'une salle de cinéma, devant le pire des nanards afin d'être sûrs qu'on serait seuls.

Et soudain, une image de Taylor et Brian dans la bibliothèque a surgi. Des bras qui se touchent. Une étreinte amicale. Un léger baiser. Et un peu plus. Et beaucoup plus. Et puis voilà. Quelque chose a cédé en moi. Je voulais me prouver à moi-même que je n'avais pas besoin d'être avec Taylor. Mes lèvres se sont entrouvertes contre celles de Lauren, juste entrouvertes.

Mais elle n'a pas eu besoin de plus, en matière d'invitation. Avec la grâce d'un chat et sans jamais interrompre le baiser, à croire qu'elle ne pouvait plus se passer de mes lèvres, elle a grimpé sur mes genoux. Sa main droite s'est enfoncée dans mes cheveux tandis que l'autre prenait la mienne pour la poser sur sa taille, sous son chemisier. Au contact de sa peau soyeuse, j'ai avancé la main dans le bas de son dos. Son corps s'emboîtait parfaitement avec le mien.

Elle a laissé échapper un soupir et renversé la tête en arrière pour que mes lèvres puissent descendre le long de sa gorge.

On bougeait ensemble avec aisance, comme si on avait fait ça des milliers de fois, ce qui était le cas. Dans son cou, j'ai respiré l'odeur familière de son parfum. Fleuri, de la lavande ou quelque chose comme ça. Lauren portait toujours le même parfum. Dont la seule fragrance suffisait à m'exciter, avant, mais maintenant, c'était juste ça. Une odeur. Et que je n'aimais plus. Si seulement elle était un peu plus sucrée, comme la vanille ou la cannelle. Ou peut-être l'odeur fraîche des pommes.

Comme celle de Taylor.

Avec un soupir, j'ai doucement repoussé Lauren pour la faire descendre de mes genoux. Je ne devais pas faire ça. Je ne pouvais pas. Pas quand ma tête était remplie de Taylor.

– Qu'est-ce qui ne va pas ?

Oui, qu'est-ce qui n'allait pas ? J'ai jeté un coup d'œil au visage indigné de Lauren, chemisier froissé et encore assez relevé pour que je voie son ventre plat et bronzé... qui m'a tiré un grognement. Merde, elle était sexy, quand même. *Merde.* Les yeux fermés, je me suis frotté les tempes en maudissant mentalement l'idiot que j'étais.

– Rien, je pense juste que ce n'est plus une bonne idée.

– C'est à cause de Taylor ? Tu es tombé amoureux d'elle, sérieux ?

Je ne sais pas ce qu'elle a vu sur mon visage, mais quelque chose l'a convaincue qu'elle avait raison, car elle a ajouté :

– Écoute, ça ne me posait pas de problème que tu fricotes un peu avec la petite vierge, parce que je pensais que tu ne faisais que t'amuser. Mais elle est différente de nous. Elle ne te comprendra jamais.

Elle avait raison. Sur toute la ligne. N'empêche que ça ne changeait rien à mes sentiments pour Taylor. Au contraire, je ne l'en aimais que plus.

Et d'une certaine manière, Taylor me comprenait mieux que je ne me comprenais moi-même.

– Je ne sais pas ce que tu attends que je te dise.

– Je veux que tu me dises qu'il n'y a rien entre vous deux.

– Je ne peux pas. (J'ai grimacé à la façon dont ma voix s'est brisée et j'ai secoué la tête.) Qu'est-ce que ça peut te faire, ce que je ressens pour elle ?

– C'est la façon dont tu m'as regardée à la fête de la plage ! Comme si je ne comptais pas ! a lâché Lauren, furax, les mains comme des griffes sur ses cuisses vêtues de jean. Parce que peu importe le nombre de filles avec qui tu es sorti ou avec qui tu as couché, tu es toujours revenu vers moi. Parce que tu tenais à moi.

J'ai posé la main sur les siennes pour la faire arrêter.

– Je tiens à toi, Lauren.

– Et je tiens à toi, aussi, a-t-elle lâché dans une expiration rauque. (Elle a resserré la main sur la mienne.) On est faits pour être ensemble, Evan. Toi et moi.

Alors là, je n'en revenais pas. Lauren ne parlait jamais de ses sentiments, du coup je n'avais jamais imaginé qu'elle ressentait quoi que ce soit de ce genre-là pour moi. D'autant moins que je n'avais jamais rien ressenti de tel pour elle. J'ai retiré ma main, avec la sensation d'être le salaud de l'histoire.

– Lauren...

– C'est parce que je refuse de m'engager ? Je peux, tu sais. On pourrait aller au bal de promo ensemble ou inscrire à la vue de tous sur le panneau d'affichage qu'on est dans une relation exclusive, si tu veux. Et après le bac, on pourrait...

– Après le bac, je vais à l'université.

Même si je venais de prendre cette décision, c'était bizarre de l'énoncer à voix haute. Ça la rendait plus réelle.

– Ouais, c'est ça, et moi je vais à Yale.

Comme je n'ai pas répondu, son rire s'est fané jusqu'à ce qu'il n'y ait plus que le silence. Les gouttes de pluie ont choisi ce moment pour commencer à tomber, éclaboussant le pare-brise.

– Attends, tu es sérieux ? Tu vas où ?

– À l'université de Troy, ai-je répondu, levant enfin les yeux vers son visage stupéfait.

– Et c'est... ?

– En Floride. À Fort Walton, précisément.

– Donc tu vas déménager là-bas après le bac. Juste comme ça. À cause d'elle ?

J'ai laissé échapper une profonde expiration.

– Ce n'est pas pour elle. C'est pour moi. Mon père vit là-bas. Enfin, à Destin. Et je vais vivre avec lui quelques années, le temps des études.

Elle me dévisageait comme s'il venait de me pousser des cornes et que je faisais du hula hoop sur le siège avant.

– Ton père ? Il n'est pas en prison ou quelque chose comme ça ? Je ne comprends pas pourquoi tu veux vivre avec lui. Tu es bien ici.

C'était vraiment bizarre de penser que, même si on était amis, je n'avais jamais pris la peine de lui parler de mon père. Ou de quoi que ce soit d'important. La seule personne à qui je m'étais ouvert, c'était Taylor. Ce qui aurait dû me donner un premier indice quant à mes sentiments.

– Tu as raison. Taylor est différente, mais elle me rend différent aussi. Elle me donne envie d'avoir un avenir. De faire quelque chose de ma vie. Et j'aime bien la personne que je deviens avec elle.

– Eh bien, pas moi. J'ai l'impression que je ne te connais plus. (Lauren fourrageait dans ses cheveux, tant et si bien qu'elle les avait tout emmêlés sur ses épaules.) Tu as déjà planifié ton avenir ? Sans moi ? Est-ce que tu m'as seulement envisagée dedans, est-ce que tu as pensé à moi, tout court ?

Non. J'avais longuement réfléchi à chaque petit détail de ma décision, mais Lauren n'était jamais apparue dans le tableau. Pas une fois.

– On sera toujours amis.

– Amis ? a-t-elle répété, railleuse. Vraiment ? C'est ça qu'on est ?

Elle a fermé les yeux et a dégluti plusieurs fois avant de tourner son corps face à la route. Et de croiser ostensiblement les bras.

– Tu sais quoi ? Je pense que tu devrais me ramener chez moi. Je préfère n'importe quoi plutôt que de rester assise ici à t'écouter t'extasier devant Little Miss Sunshine.

– Lauren...

J'ai voulu lui toucher le bras, mais elle a reculé aussi brusquement que si je l'avais frappée. Ses yeux écarquillés étaient rivés sur l'étendue d'eau en face de nous.

– Ramène-moi à la maison. Maintenant.

Avec un soupir, j'ai allumé le moteur. D'abord je perdais Taylor comme petite amie, et maintenant je perdais Lauren comme amie. Ce qui avait commencé comme une journée géniale s'était rapidement transformé en enfer.

26
TAYLOR

Evan n'était pas chez lui, et il ne répondait pas à mes coups de fil. Mais il ne pouvait pas m'éviter jusqu'à la fin des temps. Je camperais dehors sur sa pelouse s'il le fallait.

Indécise, j'ai jeté un coup d'œil à l'allée déserte. Je regrettais presque de lui avoir parlé du baiser, mais je devais lui dire la vérité. Je devais lui expliquer pourquoi j'étais heureuse que Brian m'ait embrassée puisque, mise face à mon cœur, j'avais ainsi réalisé que je voulais être avec Evan.

La porte s'est ouverte à la volée et Mme Willard a failli me marcher dessus en sortant. Son sac à main a heurté l'arrière de ma tête.

– Désolée, Taylor, je ne t'avais pas vue. Qu'est-ce que tu fais ici ?

Je me suis levée d'un bond en frottant ma tête qui m'élançait à présent.

– J'attends Evan.

Elle a froncé les sourcils.

– Tu n'es pas avec lui ? J'aurais juré qu'il était parti chez toi pour t'annoncer la bonne nouvelle...

– Il est venu, mais je... (Je me suis sentie rougir et je ne savais plus comment continuer.) On n'a pas vraiment eu l'occasion de parler.

Les lèvres pincées, elle me scrutait en silence.

– Tu veux entrer et l'attendre ? Il va peut-être rentrer bientôt.

– Non, je peux l'attendre dehors si vous êtes sur le point de sortir.

– Ça n'a rien d'urgent. (Mme Willard est venue me prendre le bras, pour m'entraîner vers la porte.) Entre. Tu veux manger quelque chose ?

– Merci, ça va.

Je l'ai suivie dans le salon et me suis assise sur le canapé face à la télévision. Les mains serrées sur les genoux, j'ai balayé la pièce du regard en m'efforçant de ne plus penser à la façon dont j'avais tout gâché avec Evan.

– Vous avez dit tout à l'heure qu'Evan avait une bonne nouvelle ?

Elle a lâché un petit rire, comme pour elle-même, et appuyé sa hanche contre le bras du canapé.

– Eh bien, c'est une bonne nouvelle qui est triste à la fois. Du moins pour moi. Je n'ai pas très envie qu'il parte, mais c'est son choix. Je ne peux plus le protéger.

Je me suis soudain sentie un peu étourdie et ma vision s'est troublée. Je ne comprenais toujours rien à ce qu'elle disait, mais je n'aimais pas la direction que ça prenait.

– Je ne... attendez, Evan s'en va ?

Son sourire s'est lentement effacé.

– Il ne t'a rien dit ? a-t-elle demandé avec une grimace, avant de porter l'ongle de son pouce à ses lèvres. Oh là là. C'est un peu gênant, du coup. Il vaut mieux que tu attendes Evan.

Comme si je pouvais attendre ne serait-ce qu'un instant de plus ! Je lui ai attrapé le bras.

– Non, dites-moi, ai-je fait avec mon regard de chiot le plus tristounet, façon Oreo les soirs où on mange du steak. S'il vous plaît ?

Ça a pris une minute ou deux, mais elle a fini par céder.

– Il a appelé son père.

J'ai cillé sous l'effet de la surprise. C'était une énorme nouvelle ! Donc il l'avait enfin passé, ce coup de fil. Pas étonnant qu'Evan ait eu l'air si excité, tantôt. Enfin, avant de découvrir pour Brian et moi.

– C'est génial ! Et il va aller lui rendre visite ?

Mme Willard a baissé les yeux vers ses pieds.

– En fait, son père a proposé à Evan d'aller vivre avec lui, à Destin, l'année prochaine pendant qu'il ira à la fac. Et Evan a accepté.

Bam ! Le monde s'est écrasé à mes pieds. Je me suis enfoncée dans le canapé en la dévisageant, le regard fixe. Destin ? Mais... mais c'était hyper loin. Comment pouvait-il... où était-il... et l'université ? Quand avait-il été accepté ? J'avais l'impression d'avoir vraiment tout raté.

– Honnêtement, je suis fière qu'il ait pris cette décision. Ne le lui répète pas, hein, a ajouté Mme Willard en mimant la fermeture Éclair sur ses lèvres. Je compte toujours le faire culpabiliser suffisamment pour qu'il revienne me voir aussi souvent que possible.

– OK...

– En fait, c'est grâce à toi que tout ça est arrivé, a-t-elle poursuivi avec un sourire reconnaissant, en me prenant la main. Pour être honnête, j'étais inquiète au sujet d'Evan. Je ne savais pas ce qu'il allait faire de sa vie. Mais il m'a dit que tu l'avais aidé à choisir les écoles pour lesquelles il devait postuler, et l'une d'entre elles s'est avérée l'université de Troy en Floride. Sacrée coïncidence, non ?

Sacrée coïncidence, en effet. Je me rappelais avoir regardé la brochure de l'université de Troy et trouvé le campus très joli. Bien sûr, c'était la Floride, donc il y avait du soleil et des fleurs colorées partout. C'était en fait l'une des rares facs pour lesquelles j'avais aidé Evan. Mais même en remplissant la candidature, je n'y croyais pas beaucoup à cause de son attitude nonchalante. Je n'avais pas réalisé à quel point c'était loin et ce qui se passerait si Evan y entrait. Je n'y avais pas pensé. Du tout.

– Quand est-ce qu'il part ?

– Juste après l'obtention du bac. Son père lui a déjà trouvé un boulot sur le quai des pêcheurs, le week-end, pour qu'il se fasse un peu d'argent de poche. Il commence une semaine après la remise des diplômes.

– Ah.

Apparemment, tout était déjà planifié. Mais où est-ce que ça me laissait, moi ? Evan avait sa vie toute tracée, alors que je ne savais toujours pas ce que j'allais faire. Pas mal, en matière d'ironie du sort, non ?

À ce moment-là, le téléphone fixe a sonné, me tirant de mon étourdissement. Mme Willard a gagné la cuisine à reculons.

– Je vais répondre. C'est peut-être Brandon qui appelle pour le dîner.

Dès qu'elle a quitté le salon, j'ai sorti mon téléphone et consulté les sites de plusieurs compagnies aériennes. Peut-être serait-il quand même possible de nous rendre visite et de passer du temps ensemble. Peut-être que ce ne serait pas une catastrophe.

Peut-être.

Vingt minutes plus tard, j'avais lâché l'appareil sur mes genoux. Ben si, c'était la catastrophe. Un aller-retour en avion entre la Floride et New York coûtait environ trois cents dollars. Mettons deux cents, si je réservais quelques mois à l'avance et si j'acceptais de faire deux escales en chemin. Ça ne me dérangeait pas, si ça me permettait de voir Evan.

En supposant qu'il veuille bien donner une chance à notre relation, comment cela pourrait-il marcher ? J'économisais déjà tout ce que j'avais pour le loyer et tout ça à New York. Je n'aurais pas d'argent en rab pour aller voir Evan. Et je n'imaginais pas Brandon lui donner de l'argent pour que lui vienne me voir. Evan devrait probablement effectuer des heures supplémentaires.

Et même, est-ce que ça serait suffisant ? Les relations étaient déjà assez compliquées comme ça quand on n'était pas séparés par des milliers de kilomètres. Au sens propre, en l'occurrence. Columbia se trouvait à mille huit cents kilomètres de l'université de Troy. J'avais vérifié.

Même si on arrivait à s'arranger, d'une façon ou d'une autre, il devrait quand même garder de l'argent pour rendre visite à sa mère aussi souvent que possible. Je ne pouvais pas la priver de ça. Je ne voulais pas l'accaparer ni qu'il s'inquiète pour moi non plus. Être son fardeau. Il en aurait déjà assez à gérer. La fac. Un nouveau job. Sa famille. Sa nouvelle relation avec son père. C'était sa chance de rétablir le lien avec lui. Il attendait ça depuis si longtemps, il ne pouvait pas risquer de tout foutre en l'air.

J'ai serré le poing autour de mon pendentif pièce de monnaie sur ma gorge. *Je ne le laisserai pas faire.*

Avec un soupir, j'ai enfoncé le téléphone dans ma poche. L'idée de ne pas voir Evan tous les jours était douloureuse. Il me manquait déjà. Mais si autant d'obstacles se dressaient entre nous, si on avait autant de problèmes maintenant, qu'en serait-il plus tard ? Mieux valait en finir tout de suite, ici, avant que je fasse – qu'on fasse – quelque chose de stupide. C'était la meilleure solution pour tout le monde. Notre avenir était déjà tracé. Nos rêves étaient sur la bonne voie. C'était juste dommage qu'ils partent dans des directions opposées.

Ma décision prise, j'ai enlevé son collier. C'était la première fois que je l'enlevais depuis qu'il me l'avait passé au cou.

Mme Willard est revenue dans le salon au moment où je me levais.

– Tu t'en vas déjà ? Je pensais que tu voulais parler avec Evan ?

– Non, je dois rentrer à la maison.

Je me suis passé les doigts dans les cheveux, les tirant un peu sur mon visage pour cacher mon mensonge. Et les larmes que je tentais de retenir. Je lui ai tendu le collier.

– Vous pourrez le lui rendre ?

Elle l'a pris, même si son visage exprimait la plus grande confusion.

– Mais...

J'ai reculé pour être hors de sa portée.

– Je dois vraiment y aller. Merci pour tout, Madame Willard.

Avant qu'elle ait pu dire mon nom ou essayer de me retenir, j'ai quitté la maison en courant. J'ai sauté dans la voiture de maman et démarré, en faisant de mon mieux pour empêcher mes larmes de couler. Parce que je savais que si je les lâchais, elles ne s'arrêteraient pas.

Quand je suis arrivée à la maison, mon père m'attendait sur le perron, un énorme sourire aux lèvres. Dans ses mains, il tenait une grande enveloppe jaune avec une étiquette indiquant qui en était l'expéditeur : Columbia. Elle était épaisse et volumineuse. Bien trop volumineuse pour être une simple lettre de refus.

Ils m'avaient donc acceptée. Enfin, tout ce pour quoi j'avais travaillé et souffert, tout ce à quoi j'avais renoncé prenait son sens. J'obtenais ce que j'avais toujours voulu. Mon rêve d'aller à Columbia et de vivre à New York se réalisait enfin. J'aurais dû être exaltée. En extase.

Alors pourquoi je me sentais aussi vide ? Comme si je voyais pratiquement les mille et quelques kilomètres séparant New York et la Floride se dessiner devant moi.

– Je voulais attendre que tu rentres à la maison pour fêter ça, a lancé mon père en agitant le courrier, mais je n'ai pas pu tenir. Eh, attends, ce ne sont pas des larmes de joie, ça. Taylor, qu'est-ce qui ne va pas ?

Sans répondre, je me suis jetée dans ses bras et j'ai enfoui mon visage contre son épaule, incapable de rien faire d'autre que le serrer de plus en plus fort alors que les larmes déferlaient.

27

EVAN

Après avoir déposé Lauren, je suis resté assis sur la plage pendant des heures pour me vider la tête, mais ça n'a pas marché. Pour une fois dans ma vie, même l'eau ne parvenait pas à me faire oublier mes problèmes. J'étais toujours en colère contre Taylor, et en même temps je voulais la voir. Lui parler. Mes doigts me démangeaient, littéralement, de la toucher. Le temps s'étirait en longueur, jusqu'à ce que chaque seconde devienne une heure, chaque heure un jour, et... bon, vous saisissez l'image. Et tout ça parce que Taylor me manquait. Elle me manquait vraiment. Genre, j'étais à deux doigts d'écrire des sonnets. Punaise, je ne savais pas ce qu'elle m'avait fait. Et bon Dieu, j'aurais dû lui en vouloir de foutre ma vie en l'air, si je ne l'aimais pas autant.

L'heure du dîner était passée depuis longtemps quand je suis finalement rentré à la maison. Les mains couvertes de farine, ma mère m'a sauté dessus dès que j'ai passé la porte.

– Où étais-tu passé ? Je n'ai pas arrêté d'essayer de te joindre.

– Désolé, j'avais éteint mon portable.

Pour ne pas être tenté d'appeler Taylor.

J'ai pris un cookie à l'avoine sur le plan de travail.

– Qu'est-ce qui se passe ?

– Taylor est venue.

Le biscuit s'est effrité dans mon poing alors que je la dévisageais.

– Pourquoi ? Quand ?

– Dans la journée, elle te cherchait. Elle a dit qu'elle avait besoin de te parler de quelque chose. (Avec un soupir, elle a désigné le comptoir d'un geste du menton.) Et elle voulait te rendre ton collier.

– Mon col...

Sur une pile de magazines, j'ai repéré la chaîne en argent enroulée autour de la pièce tordue. *Non.* Je l'ai attrapé sur le comptoir, refusant de croire que c'était vraiment mon collier. Qu'elle me l'avait vraiment rendu. Que c'était vraiment terminé.

– Merde. J'ai tout foiré avec elle.

J'ai abattu le poing sur le comptoir de granit pour exprimer ma frustration. Peut-être que si je l'avais laissée parler... peut-être que j'aurais été capable de la faire changer d'avis. Je parie que ce fichu Brian l'aurait écoutée, lui. Brian, cet escogriffe de mes deux toujours là pour elle.

Bon Dieu, je détestais ce mec.

Ma mère a posé la main sur mon avant-bras, y laissant une empreinte de farine.

– Dans ce cas, va tout arranger. Va lui dire que tu es désolé, quoi que tu aies fait.

J'ai secoué la tête.

– Ça n'a pas d'importance. Elle a choisi Brian. Elle va être avec lui maintenant.

– Tu es sûr ? Parce qu'elle a eu l'air vraiment triste quand je lui ai dit que tu partais vivre avec ton père.

J'ai relevé brusquement la tête vers elle.

– Tu lui as dit quoi ?

Elle a croisé les doigts et une poussière blanche est tombée sur le carrelage.

– Oui... j'ai laissé échapper l'info par accident. Je croyais que tu lui en avais déjà parlé toi-même !

Je voulais le faire. J'allais tout raconter à Taylor sur papa et ce que je comptais faire, lui dire que si j'avais des projets, c'était grâce à elle. Et que mes projets d'avenir l'incluaient, elle, maintenant. Mais quand elle m'avait avoué son baiser avec Brian, tout avait disparu. Je ne savais plus quoi faire.

J'étais un peu vexé qu'elle ne soit pas restée pour me parler. Pour me dire qu'elle était fière de moi. Pour rompre avec moi en face. Mais à quoi je m'attendais ? Elle avait essayé, c'était moi qui étais parti le premier.

Je n'aurais peut-être pas dû fuir. J'aurais dû rester, ne serait-ce que pour lui parler. Ç'aurait été l'attitude responsable. Au moins, elle aurait pu me rendre le collier elle-même, et on aurait pu se dire au revoir correctement. Et j'aurais pu la serrer dans mes bras une fois de plus.

Ou j'aurais pu aller chez Brian et lui botter le cul. Ouais, c'est ce que j'aurais dû faire.

Bon, il n'était pas encore trop tard pour ça.

Ce soir-là, allongé sur mon lit, je fixais les étoiles au plafond, la main serrée si fort sur le collier que le bord de la pièce me rentrait dans la paume. Et je me fichais bien de la douleur. Je n'avais même pas réagi quand Brandon était venu dans ma chambre, un peu plus tôt, pour déposer avec joie un calendrier où il avait coché les jours jusqu'à la remise des diplômes, date à laquelle je déménagerais.

On a encore frappé à la porte, et maman a passé la tête pour la dixième fois en une heure.

– Tu as de la visite.

Je me suis redressé d'un bond, mais à ma grande déception, c'est Aaron qui est apparu au lieu de Taylor.

– Oh, salut.

Au lieu de s'éclipser, maman est restée sur le seuil tandis qu'Aaron entrait s'asseoir sur la chaise du bureau. Qui a un peu grincé sous son poids.

– Ta mère m'a tout raconté. Écoute, on a tous l'habitude que tu joues au con, ce n'est pas vraiment nouveau. En général, c'est plutôt amusant à regarder. Mais cette déprime, là, c'est juste triste.

Maman s'est éclairci la gorge.

– Chéri, ce qu'Aaron essaie de dire, c'est qu'on s'inquiète pour toi.

– Ouais, on s'inquiète.

– Rassurez-vous, ça va. Je ne déprime pas. Je n'ai juste pas envie de bouger.

Je me suis rallongé et j'ai repris le décompte des étoiles.

– Mec, tu es le maire de Déprimeville, a commenté Aaron avec un air désabusé. Et sans raison, en plus. Taylor n'est pas avec Brian.

– Qu'est-ce que tu en sais, toi ?

La chaise a grincé un peu plus.

– Carly me l'a dit. Je l'ai appelée pour lui demander.

J'ai roulé sur le flanc pour le dévisager.

– Qu'est-ce qu'elle t'a dit d'autre ?

– Carly ? Elle vient de me dire que Taylor n'est absolument pas avec Brian et euh... (Il a toussoté et jeté un coup d'œil à ma mère.) En gros, elle m'a chargé de te dire de te comporter en homme et de récupérer Taylor avant qu'il ne soit trop tard. Enfin, je te fais la version polie.

Une étincelle d'énergie a fusé en moi et je me suis assis. Alors... elle n'était pas avec Brian. Pas encore.

– « Avant qu'il ne soit trop tard » ? C'est-à-dire avant qu'elle sorte avec Brian, selon Carly ?

– En fait, je ne pense pas que Taylor ait l'intention de sortir avec lui. Jamais, est intervenue ma mère depuis l'embrasure de la porte.

– Comment ça ?

Ses grands yeux gris étaient l'image de l'innocence. La fausse innocence.

– Je ne suis pas sûre, mais je crois avoir entendu dire que Brian aurait refusé la bourse d'études à NYU. Encore une fois, rien de certain, mais est-ce que ça ne serait pas logique qu'il aille à NYU s'ils sortaient ensemble ?

– Où as-tu entendu ça ?

– Oh, ça se dit.

– Mais...

J'ai regardé le collier dans mes mains. Je ne doutais pas une seconde des sources de maman, quelles qu'elles soient. Mais si Taylor ne sortait pas avec Brian, alors pourquoi me rendait-elle mon collier ? Pourquoi n'était-elle pas restée pour me parler ? À quoi pensait-elle ?

À moins que... elle n'ait pensé faire ça pour moi.

Tout se mettait en place. Je voyais tout à travers ses yeux logiques et pragmatiques. Tout ça, c'était pour moi. Elle croyait sans doute agir de façon noble en se mettant en retrait. En me laissant faire ce que je voulais sans être un fardeau pour moi. Cette noble idiote... Je n'en serais pas là sans elle. Je n'aurais pas cette chance. J'avais besoin d'elle à mes côtés, pour m'encourager et me pousser à être meilleur.

Le problème, c'était de trouver comment la faire changer d'avis.

– Qu'est-ce que je dois faire maintenant ?

Avec un soupir irrité, maman est venue s'asseoir sur le bord du lit.

– Fais tout ce qu'il faudra pour la récupérer ! Tu ne vas quand même pas perdre une fille qui est si douce, intelligente, belle, bien élevée...

– Têtue, malpolie, casse-pieds et hargneuse, ai-je continué.

Aaron a ricané.

– Vous êtes vraiment faits l'un pour l'autre.

Maman affichait un sourire content d'elle.

– Tu l'aimes, n'est-ce pas ?

– Ouais.

Pas la peine de le nier. J'aimais son sourire. J'aimais l'avoir assise à côté de moi, qui tripotait les boutons de la radio de Rudy. Merde, j'aimais même quand elle se plaignait de mon travail scolaire. On était vendredi, et tous mes devoirs étaient faits parce qu'en les faisant, je me sentais plus proche d'elle.

Et dire qu'elle était inquiète pour sa réputation, avant. Ma réputation était partie en fumée à cause d'elle. Vous voyez ce que je voulais dire quand j'affirmais que Taylor avait fichu ma vie en l'air ?

Maman m'a tapoté le dessus de la tête comme si j'étais redevenu un enfant.

– Tu n'es pas trop mal non plus. Tu as mes gènes, donc tu es assez beau garçon. Et tu es intelligent, même si tu n'aimes pas le montrer. Bon, très paresseux, par contre. Tu ne réfléchis pas beaucoup avec ta tête. Impulsif. Et têtu. Mon Dieu, tu te rappelles quand tu t'es cassé le bras dans la cage à écureuil à huit ans ? Ou la deuxième fois, deux mois plus tard, parce que tu voulais me montrer que ton bras était guéri alors que le docteur t'avait dit que non ?

– Euh, c'est censé m'aider à me sentir mieux, ces insultes ?

Elle a secoué la tête.

– Ce que j'essaie de dire, c'est que tu es têtu. Et tout à l'heure, j'ai bien vu qu'elle t'aimait aussi. C'était évident, je le voyais écrit sur son visage. Maintenant, va la récupérer.

Maman avait raison.

– Alors je vais chez elle ? Je lui apporte des fleurs ? Des bonbons ?

Une pizza et une barbe à papa bleue, ce serait probablement mieux.

Aaron s'est éclairci la gorge.

– Carly a dit que tu avais intérêt à sortir le grand jeu. Enfin, tu vois, romantique à mort.

J'ai reniflé. Oui, ça ressemblait bien à Carly.

– Et elle avait quelque chose en tête, peut-être ?

– J'sais pas. Quelque chose de vraiment grand, de grandiose même, pour lui montrer que tu n'as pas peur de ce que pensent les autres du moment qu'elle est avec toi. Mais aussi quelque chose de personnel et de mignon, pour qu'elle sache que tu penses à elle. Pourquoi pas un message dans le ciel au-dessus de l'école ? Ou un pique-nique dans une montgolfière !

– Taylor a peur dès qu'on est sur un pont. Je suis à peu près sûr qu'elle préférerait mourir plutôt que de monter dans une montgolfière. Une petite amie morte, ce n'est pas vraiment le but que je vise, là.

J'avais presque la tête qui me tournait. Je n'avais aucune idée de ce que je pourrais faire. Quelque chose de grandiose mais personnel et mignon ? Sérieux, qu'est-ce que j'étais censé faire de ces indications ?

Le visage d'Aaron s'est décomposé et il a fait tournoyer ma chaise.

– OK, peut-être pas ça, alors.

Maman s'est appuyée sur les coudes.

– Tu sais, quand ton père m'a invitée à sortir avec lui, il m'a emmenée à une fête foraine dans la ville voisine. Ou du moins, il a essayé. Son pick-up est tombé en panne à mi-chemin, et il s'est mis à pleuvoir tellement fort pendant qu'il le réparait qu'on a été tous les deux trempés jusqu'aux os. Il avait une couverture à l'arrière, et...

Oh, bon Dieu. Je me suis levé d'un bond, les bras croisés en X devant mon visage pour essayer de la faire taire.

– S'il te plaît, ne finis pas cette phrase.

Pas question d'imaginer mes parents à l'arrière d'un quelconque pick-up. J'ai gagné mon bureau, commencé à faire les cent pas, puis j'ai abattu la main contre le dossier de la chaise en me tournant vers Aaron.

– Je suis surpris que tu aies eu le courage d'appeler Carly, dis donc. Je croyais que tu avais peur d'elle ?

Aaron a encore ricané.

– Pas du tout. Je suis dans l'équipe de football. Elle fait à peine la moitié de mon poids et puis... je ne l'ai pas vraiment appelée. Je lui ai envoyé un texto.

– Ah oui, t'es vraiment un dur à cuire !

J'ai levé le collier devant mon visage pour le regarder tournoyer. Il a attrapé la lumière et scintillé comme une étoile.

– Merci, mec. À toi aussi, maman. J'apprécie vraiment votre aide.

Rayonnante, ma mère a tendu la main pour taper dans celle d'Aaron.

– On est là pour toi, mon chéri. Chaque fois que tu as besoin.

Aaron a acquiescé.

– Tu sais qu'on assure tes arrières.

28

TAYLOR

– Alors c'est vrai, Evan et toi, vous avez rompu ?

Kimmy a passé la tête par la porte de ma chambre, encore plus petite que d'habitude dans un pull violet trop grand pour elle. Ses cheveux bruns s'échappaient des côtés de sa queue-de-cheval, ce qui donnait à sa tête une forme étrange. Elle s'était coiffée toute seule ce matin. Bon, je lui donnerais quand même un A pour ses efforts. Je me suis détournée de la bibliothèque. Laissant tomber le chiffon à poussière par terre, je me suis assise sur le lit.

– Qu'est-ce que tu fabriques ? Je croyais que tu étais allée faire les magasins avec maman.

– Elle avait trop de courses à faire, alors je lui ai dit que je restais à la maison avec toi.

Sans attendre mon invitation, elle est entrée dans ma chambre et a sauté sur mon lit, ce qui m'a fait rebondir sur le matelas.

Ça ne me dérangeait pas. J'étais contente d'avoir sa compagnie. De la compagnie tout court, au fond. J'avais parlé à Carly plusieurs fois durant le week-end, mais elle était toujours occupée à quelque chose. Et comme, je la cite, elle ne pouvait « supporter mes pleurnicheries qu'à petites doses », elle avait promis de me prêter à nouveau une oreille attentive demain au lycée, mais pas avant.

Lorsque Kimmy a penché la tête vers moi, j'ai tiré sur son chouchou rose et peigné ses mèches bouclées avec mes doigts. Séparant ses cheveux en trois sections, je les ai tressés, bien concentrée sur ma tâche pour que la natte soit régulière.

Elle jouait avec les fils de ma couette.

– Alors ? Maman a dit à papa que tu avais cassé, mais je ne l'ai pas crue.

Mes mains ont interrompu leur mouvement dans sa nuque.

– Ouais. J'ai cassé.

– Ah.

Le silence est tombé sur la chambre tandis qu'elle se balançait d'avant en arrière sur le lit en attendant que je finisse. J'ai pris tout mon temps, afin de coincer chacune des mèches qui tentaient de s'échapper jusqu'à obtenir la tresse parfaite au centre de son dos. J'ai terminé en nouant un élastique à l'extrémité.

Kimmy s'est gratté le dessous du menton avec la pointe de sa tresse.

– C'était sa faute ?

– Non, non, pas vraiment. C'était... on ne pouvait pas...

Comment j'étais censée expliquer notre relation à une enfant de neuf ans ? Sérieux, je ne comprenais pas moi-même pourquoi on ne pouvait pas être ensemble. Enfin, si, les raisons, je les connaissais, mais je ne pouvais pas m'empêcher de les trouver stupides maintenant. Et moi aussi, j'étais stupide.

– C'est compliqué.

– Tu voulais rompre ?

– Non, ai-je admis, incapable de lui mentir.

Ses lèvres ont formé une moue dubitative.

– Alors c'est forcément sa faute.

Voilà une logique contre laquelle je ne pouvais pas argumenter.

– Peut-être.

Elle s'est adossée à ma poitrine et m'a laissée l'enlacer.

– Taylor ?

– Oui ?

– Il me manque. Il était gentil. Je ne pense pas qu'un autre garçon serait d'accord pour que je le maquille.

J'ai posé le menton au sommet de sa petite tête, toute douce, et j'ai fermé les yeux.

– Il me manque aussi.

Quand Kimmy est repartie pour aller regarder la télé, j'ai fini de réorganiser ma bibliothèque par genres et par auteurs favoris, après quoi je me suis attaquée à l'armoire. J'avais déjà séparé les vêtements que j'emporterais à la fac, ceux que je laisserais derrière moi et ceux que je donnerais à une œuvre de charité, mais je pouvais toujours revérifier tout ça. J'avais peut-être oublié quelque chose. Quelque chose dont je pourrais avoir besoin à l'avenir.

Voilà pourquoi j'étais partiellement enterrée sous des piles de tee-shirts et de pulls quand papa est arrivé avec une assiette de cookies.

– Tu veux faire une petite pause ?

– D'accord. (Contournant précautionneusement les piles, je suis allée m'asseoir avec lui sur le lit.) Tu as… (Sans attendre que je finisse, il a sorti deux assiettes supplémentaires de sous l'assiette de cookies et m'en a tendu une avec un sourire.) Merci, papa.

– Pas de problème. Il ne s'agirait pas que des miettes tombent sur ta moquette immaculée, pas vrai ? a-t-il ironisé en s'adossant contre mon oreiller. Qui t'a appris à être aussi ordonnée ?

J'ai étouffé un rire. Quel ringard il faisait parfois !

– Ça doit être toi. Tu ne te souviens pas ? Dès que tu as épousé maman, tu m'as appris que l'organisation et les projets structurés étaient la clé du bonheur.

– C'est vrai, j'oublie parfois à quel point je suis brillant.

J'ai éclaté de rire et j'étais sur le point d'engloutir un cookie quand j'ai réalisé qu'il était fait maison.

– Euh, d'où ils viennent, les gâteaux ? C'est maman qui les a préparés ? ai-je demandé en reniflant le cookie.

Il semblait à peu près inoffensif. Et c'était ce que je préférais : flocons d'avoine et pépites de chocolat.

Papa s'en est servi un aussi, qu'il a posé dans son assiette.

– Grand Dieu, non ! Tu entends sonner les détecteurs de fumée ? Quelqu'un en a donné tout un panier à ta mère. Elle ne m'a pas précisé qui, en revanche.

Avec un soupir de soulagement, j'ai pris une énorme bouchée. Délicieux. Sucré et moelleux. En l'espace d'une minute, j'en avais boulotté deux autres. Et je vous jure que je n'avais même pas besoin de les mâcher. Un clin d'œil et ils avaient disparu.

Le chocolat, c'est vraiment la clé du bonheur. Je me sentais déjà mieux, même si l'abus de sucre allait probablement faire sentir ses effets plus tard. En même temps, les cookies m'ont rendue un peu nostalgique, en me rappelant les gâteaux que la mère d'Evan me préparait. Et bien sûr, ça m'a fait penser à Evan, et *bam !* Retour au point de départ.

Papa avait la dent très sucrée, j'ai été surprise qu'il ne mange que deux biscuits. Il s'est épousseté les mains au-dessus de l'assiette avant de la reposer sur ma table de nuit.

– Alors, tu es prête à quitter le vieux nid ?

J'ai levé les yeux au ciel et me suis esclaffée.

– La remise des diplômes n'est pas pour tout de suite, papa. Et je ne déménage pas avant fin juillet. Crois-moi, il reste plein de temps.

– Un mois, trois semaines et deux jours avant la remise des diplômes. J'ai l'impression que le temps va filer à toute allure. Pourquoi tu fais déjà tes bagages s'il reste encore plein de temps ? a-t-il ajouté en désignant du pouce le bazar qui avait envahi le sol. Tu es à ce point pressée de partir ?

– Non, bien sûr que non. J'avais juste... (J'ai haussé les épaules.) Je n'avais rien d'autre à faire.

Il m'a fixée de ses yeux plissés.

– C'est à cause de ce garçon, Evan ?

J'ai fourré un autre cookie dans ma bouche, histoire de retarder ma réponse. Si je mentais en niant, il allait continuer à m'interroger jusqu'à découvrir la vérité. Seulement l'idée de parler avec lui de mes problèmes de cœur me donnait envie de vomir tous les cookies que je venais de manger. C'est le genre de cas où avoir un père avocat, ça craint.

Au bout du compte, j'ai juste hoché la tête et gardé les yeux baissés.

– Je ne peux pas dire que je suis triste que vous ayez rompu. Je veux dire, il avait l'air très bien au premier abord. Mais c'était avant que vous... enfin, je ne dis pas que vous... j'espère bien que vous ne l'avez pas fait. C'est juste que... je sais que les garçons aiment bien... euh...

Oh, mon Dieu ! À ce stade, j'envisageais de vomir délibérément pour changer de sujet. Je ne l'avais jamais vu bredouiller autant. Même pas le jour où il avait malencontreusement écrasé le chien d'une dame et qu'il avait dû payer sa crémation en définitive.

Papa a laissé échapper un soupir.

– Tu es ma petite fille. Pour être honnête, je pense que je ne veux pas que tu sortes avec qui que ce soit. Jamais. Du moins, pas tant que je suis encore en vie. Ou tant que ma vue fonctionne encore.

– Eh bien, le problème ne se pose plus vraiment maintenant...

– Mais je ne veux pas non plus que tu sois triste, a-t-il précisé en tirant sur une de mes mèches de cheveux. Je ne dirai ça qu'une fois, alors écoute bien. L'organisation et les projets structurés *ne sont pas* la clé du bonheur et du succès. Ça pourrait faciliter la vie à condition que les choses soient parfaites tout le temps, mais elles ne le sont pas. On ne peut pas tout planifier. Les choses arrivent. Et ce n'est pas grave. Il ne faut pas faire les choses juste parce que c'est facile et tout bien ordonné. Parce que parfois, le désordre, ça n'est pas si mal.

Je l'ai dévisagé, les yeux ronds.

– Tu peux répéter ça ? Je pense que je vais enregistrer ces propos comme preuve de ta folie.

J'ai sorti mon téléphone et l'ai agité devant lui.

– Pas question, je t'avais avertie que je ne le dirais qu'une fois.

Il a ramassé les assiettes et s'est dirigé vers la porte.

– De plus, je te signale que pour pouvoir utiliser une conversation enregistrée comme preuve, il faudrait que les deux parties soient consentantes, or je ne donnerais pas mon accord. Par conséquent, cette conversation serait irrecevable devant un tribunal.

Je lui ai adressé un doux sourire.

– Et je te rappelle que cette règle ne s'applique que dans certains États. De plus, un bon avocat pourrait trouver un précédent dans la conversation et l'utiliser comme preuve si nécessaire.

Il a secoué la tête en riant.

– Je ne sais pas si c'est une bonne idée que tu ailles en fac de droit. Que Dieu me vienne en aide si tu deviens plus intelligente encore que tu ne l'es déjà. Je dis juste que si c'est quelque chose ou quelqu'un qui vaut la peine de se battre, alors bats-toi. Et qu'on n'appellerait pas ça « se battre » si la chose était facile.

Comme d'habitude, il avait raison. J'ai grignoté un autre cookie en réfléchissant à ses paroles.

Papa s'est arrêté sur le seuil de la porte.

– Au fait, ta mère m'a demandé de te dire qu'elle avait racheté des ingrédients pour une salade de thon. Je peux lui dire que tu n'en as plus besoin ?

– Dis-lui de les ranger. J'en aurai peut-être besoin plus tard, mais ça ira pour l'instant, ai-je répondu en souriant.

Mieux valait être préparée. Car on ne sait jamais ce que l'avenir nous réserve. La vie est inattendue, voilà.

29
TAYLOR

J'ai parcouru des yeux les tables et les banquettes préparées à la cafétéria. Des groupes de seconde et de première faisaient le tour pour prendre connaissance des prospectus. J'ai laissé échapper un soupir de satisfaction. La première moitié de la Journée des métiers s'était déroulée comme prévu, c'est-à-dire de façon géniale. Des tonnes de gens s'étaient présentés (surtout parce que ça les autorisait à sécher les cours pour la journée) et avaient recueilli des informations sur les programmes d'alternance et les stages. Il ne restait plus que la présentation à l'auditorium. Tout ce que j'avais à faire, c'était lancer le diaporama et présenter notre orateur invité.

J'ai feuilleté les papiers dans mes bras, faisant semblant d'être occupée à chercher quelque chose pour que les gens ne me parlent pas. En fait, j'aurais dû être en train de répéter mon discours, c'était d'ailleurs plus ou moins ce que je faisais, sans pouvoir cependant m'empêcher de lever les yeux chaque fois qu'un blond entrait dans la salle.

Où était Evan ? Il aurait déjà dû être là. Tous les terminales avaient obligation d'être présents. Non pas que ça l'ait jamais dérangé auparavant. Mais quand même, il savait à quel point ça comptait pour moi. Je pensais qu'il se serait au moins montré.

– Mademoiselle Simmons.

J'ai plaqué un sourire éclatant sur mon visage lorsque M. Peters s'est approché, flanqué d'une jolie femme asiatique vêtue d'une petite robe jaune toute simple.

– Voici Mme Ann Nguyen. C'est l'oratrice d'aujourd'hui. Elle est diplômée...

– Sortie major de sa promotion à Columbia, et non seulement elle est la plus jeune associée de Ludwin, Pennington et Nguyen – où toutes les associées sont des femmes – mais son rêve est de siéger un jour à la Cour suprême. Un objectif qui est clairement en bonne voie d'être atteint, ai-je récité, impressionnée.

J'étais en train de parler à Ann Nguyen, en chair et en os. LA Ann Nguyen. Cette femme était mon idole. Elle devançait même mon père dans la liste de mes héros. (Évidemment, je n'irais jamais avouer ça à papa.)

– Je crois n'avoir mentionné ce rêve de Cour suprême qu'une seule fois dans un article universitaire, juste après le début de mes études de droit, a répliqué Mme Nguyen avec un sourire admiratif à mon endroit. Je suis surprise que vous ayez déniché cette information.

– Taylor a toujours été très au fait de tout. C'est elle qui a planifié et organisé toute cette Journée, a commenté M. Peters avec une esquisse de sourire.

Quelqu'un m'a dit un jour qu'il n'était rien dont elle ne soit capable, et c'est vrai.

J'étais aussi étonnée que ravie de son éloge. Qui revenait presque à admettre, ne serait-ce qu'indirectement, que lui-même s'était trompé à mon sujet. Bon, ça n'était pas exactement des excuses, mais je prenais.

Des cris ont retenti à l'autre bout de la cafétéria. M. Peters a tourné brusquement la tête, et le froncement de sourcils que je connaissais bien a plissé son front tandis qu'il s'excusait.

Aussi reconnaissante que j'étais de son compliment, j'ai poussé un soupir de soulagement intérieur quand il est parti. Il était sympa (plus ou moins) et tout, mais avec le stress accumulé des dernières semaines, il ne me manquerait pas quand le lycée serait terminé, c'était une certitude.

Mme Nguyen s'est approchée de quelques pas.

– J'ai entendu dire que vous alliez à Columbia à la rentrée prochaine.

Je l'ai dévisagée.

– Je ne l'ai appris que le week-end dernier. Comment êtes-vous au courant ?

Elle a porté son index à ses lèvres avec un clin d'œil.

– Vous n'êtes pas la seule à savoir faire des recherches.

Je n'ai réussi qu'à cligner des paupières. Le moment aurait été idéal pour montrer ma repartie et mon charme, seulement rien ne me venait à l'esprit. Rien du tout.

– Vous faites beaucoup plus jeune que je ne l'aurais cru, ai-je lâché.

Sitôt les mots sortis, je grimaçai intérieurement. Ouais, j'aurais peut-être mieux fait de me taire.

– C'est les gènes. Les gens m'ont donné vingt et un ans pendant toute la durée de mes études de droit. C'était ennuyeux à l'époque, quand ça m'empêchait d'entrer en boîte de nuit, mais maintenant, ce n'est pas si mal.

OK, elle était de plus en plus géniale. Toute conversation banale que j'avais prévu de lancer s'évaporait avec chaque seconde que je passais avec elle. Dieu merci, les lumières de la cafétéria ont commencé à clignoter, signalant le début de la présentation – je n'ai donc pas eu le temps de lui demander des nouvelles de son chien et elle de comprendre que j'étais une fouineuse et une crétine.

Elle a lissé les plis de sa robe pourtant parfaitement lisse.

– Prête ?

– Bien sûr ! Je...

Une voiture gris vert familière est passée juste devant la fenêtre, me distrayant momentanément.

Rudy.

Mes pieds se sont précipités, comme de leur propre chef, et je me suis penchée par la fenêtre juste à temps pour voir Rudy se garer devant l'entrée de l'auditorium au bout de la rue. Je distinguai vaguement la silhouette d'Evan à l'intérieur de la voiture, mais il n'a pas bougé. Il est resté assis là, à tapoter sur son volant.

Pourquoi ne bougeait-il pas ?

Une main légère a touché mon épaule, me ramenant à la réalité.

– Est-ce que tout va bien ?

J'ai hoché la tête, sans parvenir à m'empêcher de regarder à nouveau par la fenêtre, de peur qu'il disparaisse. Mon cœur a fait un bond à la vue de la vieille guimbarde rouillée. Et de la personne à l'intérieur.

Mme Nguyen a jeté un coup d'œil par la fenêtre, suivi d'un petit sourire, à croire qu'elle avait tout compris.

– Vous pouvez y aller si vous avez quelque chose à faire.

– Mais votre présentation...

– Quelqu'un d'autre peut me présenter. D'ailleurs, je peux le faire moi-même. Qui me connaît mieux que moi ? Et puis vous... ajouta-t-elle avec un geste taquin de la main. Filez.

Avec un sourire reconnaissant, j'ai empilé tous mes papiers et mes notes. Mon ventre vibrait d'un autre type d'excitation maintenant. En regardant autour de moi, j'ai repéré Lin qui se tenait sur le côté et observait tout le monde avec une mine renfrognée.

– Tiens, Lin, tu peux faire le discours.

Sa mâchoire s'est décrochée et elle a regardé la liasse dans ses mains comme si c'était une bombe à retardement.

– Qu'est-ce que tu... Je ne peux pas... Je ne suis pas prête...

– Écoute, le diaporama est déjà chargé et prêt. Il suffit de cliquer sur « Play » et de lire les fiches.

J'ai effectué de grands cercles avec les mains pour m'expliquer, tout en reculant déjà vers l'escalier. Une pointe de regret et de déception m'a frappée à l'idée de manquer la présentation et pour tout le travail finalement effectué en vain, mais je les ai refoulés au fond de moi. Ce n'était pas aussi important. J'avais autre chose à faire et qui primait.

Quelqu'un que je devais voir absolument.

– Fais le discours et prends-en tout le crédit. Tu en meurs d'envie.

Et avant qu'elle ait pu répondre, j'ai tourné les talons et l'ai laissée en plan.

M. Peters a ouvert grand la bouche quand je suis passée devant lui en courant.

– Taylor ! Où est-ce que vous allez enfin ? Vous devez lancer la présentation ! Vous ne pouvez pas partir avant même que ça commence !

La sévérité de ses paroles a failli m'immobiliser. D'autant plus qu'il avait parlé si fort que tout le monde s'était retourné pour me regarder. Au lieu de quoi, je me suis forcée à penser uniquement à Evan et j'ai accéléré encore plus. Les regards et les chuchotements m'ont suivie jusqu'à la porte et même dans le couloir, mais pour une fois je m'en fichais, parce que je savais qu'Evan était juste là, dehors, et c'était tout ce qui comptait en cet instant.

Je dévalais le trottoir dans sa direction au moment où il est sorti de voiture. J'ai freiné brusquement derrière lui, mais pas assez vite : je l'ai heurté en plein dans les fesses parce qu'il s'était penché vers la banquette arrière pour attraper quelque chose.

J'ai écarquillé les yeux en prenant toute la mesure de son allure. Par la fenêtre, je ne l'avais pas vu en détail, juste aperçu. Là, il se tenait debout sur le trottoir à côté de Rudy, dans un élégant costume. Je répète, dans un costume. Noir. Chemise blanche. Cravate noire. Simple et classique.

Oh. Bon. Dieu. Mon cœur a commencé à cogner dans ma poitrine, et ce n'était qu'en partie à cause du costume. J'avais attendu, aspiré à le voir pendant des jours, et maintenant qu'il était enfin là, je savais à peine quoi dire. Je voulais m'excuser. Je voulais le féliciter. Je voulais lui dire à quel point j'étais fière de lui, et pourtant une seule phrase tournait en boucle dans mon esprit.

Je l'aimais.

30
EVAN

J'ai eu juste le temps de repousser les ballons en forme de cœur sur la banquette arrière de Rudy avant que Taylor me rejoigne. Même si je ne l'avais pas entendue descendre les escaliers en haletant, j'avais senti sa présence. Comme la Force. Ou Patrick Swayze dans ce vieux film que Taylor m'avait obligé à regarder avec elle.

Elle s'est arrêtée à quelques mètres, pliée en deux. Son visage était rouge, sa queue-de-cheval humide lui collait dans la nuque.

– Qu'est-ce que tu fais ?

En guise de réponse, Taylor a agité sa main tout en portant l'autre à son ventre, froissant son chemisier bleu entre ses doigts. Je ne l'avais jamais vue aussi débraillée. Et puis, sur un grand soupir, elle s'est redressée.

– J'étais à la cafétéria, et je t'ai vu. (*Pfff. Pfff.*) J'ai dû sauter par-dessus pas mal de gens pour réussir à arriver jusqu'ici. J'ai peut-être aussi donné quelques coups de pied malencontreux à des enfants, mais il fallait que je te voie. (Grande inspiration.) Alors comme ça, tu pars ?

– Oui, je...

La voir là m'a distrait et j'en ai oublié ce que j'allais dire. Elle était en face de moi. Ici. Maintenant. Ne vous méprenez pas, j'étais ravi de la voir, mais ça ne faisait pas partie du plan.

– Tu n'es pas censée faire un discours en ce moment ?

– Oh, ça. (Elle a eu l'air un peu troublée.) J'ai décidé de le zapper.

J'ai haussé les sourcils. Elle se préparait pour ce truc depuis qu'on « sortait » ensemble. Bon sang, elle m'avait même demandé de l'aider. Et maintenant elle le zappait ? Juste comme ça ?

– Pourquoi ?

Elle m'a regardé avec des yeux brillants.

– Je te l'ai dit. Il fallait que je te voie.

Bon sang, je ne voudrais pas passer pour un sentimental ou quoi que ce soit, mais je vous jure que mon cœur a fondu à ces mots. J'avais planifié toute cette installation élaborée pour la conquérir, et elle venait de tout gâcher en quelques simples mots. Et je m'en fichais.

Elle était douée. Elle était vraiment douée.

Je me suis approché d'elle d'un mouvement souple et harmonieux et je l'ai prise dans mes bras. C'était si bon de l'enlacer. Comme si tout était soudain redevenu normal.

– Bon Dieu, j'ai eu envie de faire ça tout le week-end.

Taylor s'est laissée aller à mon étreinte.

– Pourquoi tu ne l'as pas fait alors ? Pourquoi tu as attendu tout ce temps ?

– Parce que je suis un pauvre crétin.

Je l'ai senti sourire contre mon bras.

– Tu ne peux pas utiliser cette excuse à chaque fois, tu sais.

Je l'ai embrassée sur la joue.

– Je sais. (Un baiser sur l'autre joue.) Mais je suis aussi un sale con. (Un baiser sur son front.) Et je me trompe tout le temps, je ne sais pas ce que je veux, c'est très irritant. (Un baiser sur le bout de son nez.) Et naïf, alors que tu es si clairvoyante.

Elle a plaqué sa main sur sa bouche pour m'empêcher de l'embrasser là aussi, et a baissé les yeux vers nos pieds.

– La flatterie et les baisers, ça ne marche pas sur moi.

J'ai rigolé.

– J'avais oublié à quel point tu es têtue. Une des nombreuses raisons pour lesquelles je t'aime.

Elle a relevé la tête si rapidement qu'elle a failli me heurter la mâchoire, comme ce fameux matin dans ma chambre. Heureusement, je l'ai esquivée à temps d'un petit bond. Mes réflexes étaient aiguisés par toutes les blessures qu'elle m'avait causées. Ses yeux se sont éclairés et elle m'a souri.

– Tu m'aimes ?

Je lui ai effleuré la joue, avant de la pincer légèrement.

– Je pensais que c'était évident.

Ses yeux bruns sont devenus ronds et humides, comme si elle était sur le point de pleurer. Au lieu de quoi, elle m'a pris de court en me sautant dessus. Littéralement : elle m'a sauté dessus. Ses pieds ont quitté le sol. Ses bras se sont enroulés autour de mon cou comme si j'étais sa bouée de sauvetage tandis qu'elle m'embrassait. Ses lèvres douces et sucrées écrasées contre les miennes.

Et c'était la chose la plus sexy que j'avais jamais vécue.

Je n'ai pas pu m'empêcher de l'embrasser en retour, de toute la force de mes sentiments.

– Sacré baiser, ai-je réussi à commenter lorsque j'ai pu reprendre mon souffle.

Mon cœur tonnait dans mes oreilles.

– Tu sais, moi, si je peux faire plaisir, a-t-elle répliqué avec un sourire ironique. Au fait, pourquoi tu portes un costume ?

Je me suis frappé le front.

– C'est entièrement ta faute ! J'avais prévu une grande surprise : j'allais me pointer devant tout le monde après ta présentation, avec des fleurs et des ballons...

Des aboiements frénétiques ont retenti, mettant un terme à mes explications. Taylor s'est écartée, juste au moment où Oreo se mettait à bondir sur le siège passager, alors que je l'avais installé sur la banquette arrière. Le nœud papillon bleu marine que j'avais clipsé à son collier se décrochait déjà. Il avait réussi à se faufiler à l'avant, ne me demandez pas comment. Son excitation a redoublé sitôt qu'il a vu Taylor et il a entrepris maladroitement de passer par la vitre.

– ... J'avais même embauché Oreo, ai-je fini avec un soupir.

Tout ce week-end de brainstorming et de préparatifs avec Carly et Aaron venait de tomber à l'eau.

Taylor a essayé d'étouffer son rire derrière sa main, tout en m'étreignant de plus belle.

– C'est tellement ringard. Tu as aussi prévu des feux d'artifice et un message écrit dans le ciel ?

Derrière sa tête, j'ai agité la main dans l'espoir qu'Aaron et Carly comprendraient que le bouquet final était annulé. Si elle trouvait déjà que c'était ringard, je n'avais pas besoin qu'elle connaisse la suite.

– Non, ce serait *too much*. Pour quel genre de mec tu me prends ?

– Pour mon mec.

– En effet. (Incapable de m'empêcher de sourire, j'ai balayé la frange de son visage.) Donc à propos de mon déménagement en Floride...

Ses bras se sont encore resserrés autour de moi.

– On va s'arranger pour que ça marche. On pourra faire des tchats vidéo et s'appeler tout le temps. Et on pourra même coordonner nos visites en Caroline du Nord pour se voir et voir nos parents en même temps, ça nous reviendrait moins cher. On pourrait aussi se retrouver à mi-chemin.

Elle m'ôtait les mots de la bouche.

– Tu es merveilleuse, comme d'habitude. Qu'est-ce qui t'a fait changer d'avis ?

– J'ai simplement réalisé que tu valais la peine que je me batte pour toi. (Soudain, elle s'est penchée un peu en arrière et m'a donné un coup de poing sur l'épaule.) Pourquoi tu ne m'as pas parlé de ton père et de l'université plus tôt ? Je suis tellement fière de toi que je pourrais pleurer !

– Je voulais le faire, mais j'ai été perturbé par l'affaire Brian.

Elle s'est mordu la lèvre et a baissé les yeux.

– Ah. Je suis désolée. Je ne voulais pas...

Je lui ai pincé les lèvres entre mon index et mon pouce – pas assez pour lui faire mal, juste pour qu'elle se taise.

– C'est mon tour de parler maintenant, et je veux te dire que tout va bien. Tu n'as pas besoin d'expliquer quoi que ce soit. Je comprends.

Je lui ai passé la main sous le menton pour soulever son visage. Avec un soupir, j'ai essuyé la larme sur sa joue.

– Laisse-moi deviner, encore des allergies ?

– Ouais, le printemps, ça craint du boudin, a-t-elle répliqué en riant, avant d'essuyer ses larmes. On dit qu'on oublie tout, d'accord ? La journée d'aujourd'hui pourrait être notre nouveau départ à tous les deux. Pas d'excuses, pas de contrat. Juste nous.

– Donc tu veux recommencer à zéro ?

– Ouaip.

– C'est un peu du gâchis, non ? (Je me suis penché jusqu'à ce que mes lèvres soient à nouveau près de son oreille.) Je commence à retrouver mes souvenirs de la fameuse nuit et, crois-moi, il y a des choses que je préférerais ne pas effacer.

Elle a rougi jusqu'à la racine des cheveux.

– Tu ne préférerais pas plutôt qu'on se fasse de nouveaux souvenirs ? Et ceux-là, je te garantis que tu ne les oublieras jamais, même si tu essaies.

J'ai haussé un sourcil intéressé.

– Ah vraiment ? Tu as encore des pensées coquines ?

– Je ne vois pas de quoi tu parles.

– C'est tentant. Je pense que je vais devoir relever le défi. (J'ai baissé la tête jusqu'à ce que nos lèvres se touchent presque.) Et si on commençait maintenant ?

Au moment où on allait s'embrasser, on s'est soudain retrouvés entourés de bulles. Des centaines de bulles qui descendaient vers nous, flottant et tourbillonnant dans le vent pour créer une atmosphère de conte de fées. Ou du moins l'idée que Carly s'en faisait. Distraite, Taylor s'est écartée. Sidérée, elle a regardé autour de nous.

– Qu'est-ce qui se passe ?

Bon, apparemment mes complices n'avaient pas compris mon signe de tout à l'heure. J'ai fermé les yeux et laissé échapper un soupir déconfit.

– Lève les yeux.

Elle s'est exécutée et a soudain éclaté de rire. Penchés par les fenêtres de l'auditorium au-dessus de nous et armés d'un pistolet à bulles dans chaque main, Aaron et Carly mitraillaient des bulles dans notre direction. Ils devaient attendre sur le balcon depuis nos retrouvailles.

Carly s'est arrêtée pour souffler sur la pointe du canon d'un de ses pistolets comme s'il fumait.

– Ne faites pas attention à nous. Continuez à vous embrasser ! a crié Aaron.

Taylor riait tellement qu'elle devait se serrer le ventre à deux mains. Quand elle s'est redressée, ses yeux brillaient à nouveau.

– Je croyais que tu n'étais pas un mec ringard ?

J'ai sorti le collier avec le pendentif en pièce de monnaie de ma poche et je le lui ai passé autour du cou. Une fois le bijou bien en place – à la place qui lui revenait de droit –, j'ai glissé un bras autour de sa taille.

– Je ne l'étais pas du tout, avant que tu me transformes. Avant, j'étais cool. Et maintenant, je suis juste un idiot qui se morfond sans toi. Et puisque tu as bel et bien ruiné ma réputation, je pense que tu dois te rattraper. À partir de maintenant. (Je lui ai tendu ma main en agitant les doigts.) Marché conclu ?

Elle a coulé sa main dans la mienne et elle l'a serrée fort.

– Marché conclu.

AVANT
EVAN

Taylor a attiré mon attention dès que je l'ai aperçue, à la fête. Elle traversait la foule, un verre dans une main, tandis que son autre main écartait ses cheveux bruns de ses yeux parce qu'elle balançait la tête au rythme d'une musique des plus bruyantes.

Je ne sais pas vraiment pourquoi je l'ai remarquée en premier lieu. Elle était un peu mieux habillée qu'au lycée, mais il y avait beaucoup d'autres jolies filles en tenues plus moulantes et plus révélatrices. Notamment celle qui était sur mes genoux. Abby, je pense. Ou Annie ?

J'ai passé les doigts le long de la clavicule et des épaules d'Abby/Annie.

– Alors, tu t'amuses bien ?

Tout sourire, elle s'est penchée plus près pour fourrer le nez dans mon cou.

– Surtout maintenant que tu es là.

– Je te retourne le compliment.

Je tentais bien de me concentrer, mais mes yeux revenaient systématiquement sur Taylor. Cette fois, elle ondulait toute seule près de la cheminée, une main appuyée contre le manteau de brique. Il y avait quelques gars qui la regardaient, mais personne ne l'approchait. Probablement parce qu'ils ne voulaient pas se faire rembarrer par la Reine des Glaces, comme tout le monde l'appelait.

J'ai fini par céder et, après un baiser sur la joue à Abby/Annie, je me suis levé. Elle a glissé de mes genoux avec un couinement.

– Je reviens.

Je me suis détourné de son visage outragé et faufilé à travers la foule pour rejoindre Taylor. Elle ne m'a pas remarqué. Pas même quand je me suis planté juste derrière elle.

– Salut.

Elle a fait volte-face pour me dévisager.

– Ah, c'est toi.

Un peu frais, comme entrée en matière. Je commençais à comprendre pourquoi tout le monde la surnommait la Reine des Glaces. Je me suis appuyé contre la cheminée pour l'examiner.

– Euh, ouais. Est-ce que ça va ? Tu n'as pas l'air d'aller super.

– Ça va. Super bien. Merveilleusement bien. (Taylor a soudain lâché un petit rot et s'est couvert la bouche.) Roteusement bien.

Éclatant de rire, j'ai secoué la tête, trop surpris par la situation pour savoir comment réagir.

– Tu ne devrais peut-être pas boire autant si tu es un tel poids plume.

– C'est quoi, un poids plume ?

– Quelqu'un qui ne tient pas l'alcool. Comme toi, ai-je ajouté tout bas.

Le visage rayonnant, elle s'est penchée vers moi et m'a tapoté le bras.

– Alors non, ce n'est pas moi. J'ai bu deux verres ! Et je me sens parfaitement bien.

– Ah oui ? (J'ai montré trois doigts.) J'ai combien de doigts, là ?

Elle a levé les yeux au ciel.

– Trois. Si tu veux vérifier si je suis ivre, il va falloir utiliser une meilleure méthode que ça. Je sais compter depuis l'âge de quatorze mois.

Elle a fouillé dans sa poche et en a sorti un stylo dont elle a fait sauter le capuchon, pour écrire sur son bras.

– Regarde, je suis encore parfaitement capable d'écrire. Les gens ivres ne peuvent pas écrire, si ?

J'ai saisi son bras et l'ai examiné. Elle avait effectivement écrit son nom très proprement. Avec beaucoup de boucles. *Taylor Simmons.* Comme son écriture était parfaite, on aurait presque dit un tatouage. Sans réfléchir, j'ai passé la pulpe du pouce sur l'intérieur de son poignet. Elle avait la peau douce et chaude.

– N'importe qui peut écrire son propre nom.

– D'accord, alors je vais écrire le tien.

– Il ne faudrait pas que tu le connaisses, pour commencer ?

Elle m'a attrapé un bras et a frotté sa paume contre ma peau. Comme j'aimais bien la façon dont elle me touchait, j'ai fait un pas de plus vers elle.

– Oh, tout le monde sait qui tu es, Evan.

Pas qu'un peu flatté, je l'ai regardée écrire mon nom. La langue légèrement sortie, elle se concentrait sur chaque lettre. Terminant par une longue boucle à la fin du « y », comme un éclair de foudre, elle a jeté le stylo par-dessus sa tête. Qui est tombé sur l'épaule d'un mec.

– Voilà.

Et elle a fait glisser sa main vers le bas, vers ma main.

– Sympa. Maintenant que je sais que tu n'es pas saoule, je pense que je devrais aller te chercher un verre.

Sans lui lâcher la main, j'ai passé mon autre bras autour de sa taille et l'ai guidée à travers la foule vers le tonneau de bière et les bouteilles d'alcool sur le comptoir de la cuisine. Une glacière bleue géante remplie de Coca et d'autres sodas était posée par terre.

Taylor m'a suivi d'une démarche légèrement sautillante.

– Et moi, comment je fais pour savoir que tu n'es pas saoul ?

– Oh, crois-moi, je tiens l'alcool mieux que quiconque ici.

Pétillants d'intérêt, ses yeux sombres se sont mis à briller dangereusement. Elle s'est appuyée contre le comptoir et a tendu un doigt vers moi.

– Ah oui ? C'est un sacré défi que tu lances là. Pourquoi on ne vérifierait pas cette affirmation ? Pour chaque shot que je bois, tu dois en boire trois.

Sérieux ? Elle essayait vraiment de me mettre au défi ? Je regrettais de moins en moins d'avoir rejoint Taylor. La fête était en train de devenir un peu ennuyeuse, mais cette conversation avec elle valait mieux qu'embrasser cinq filles. Plutôt content de moi, je lui ai tendu une pile de petits gobelets en plastique blanc.

– Marché conclu.

Avec un sourire de triomphe, elle a attrapé une bouteille de tequila et entrepris de verser des shots, en s'efforçant de bien servir la même quantité dans chaque verre, jusqu'à ce qu'il y en ait trois devant elle. Je pensais qu'elle allait n'en boire qu'un seul, mais elle a pris une grande inspiration et les a tous vidés à la queue leu leu : trois shots d'affilée, après quoi elle s'est envoyé une longue goulée directement à une cannette de Coca. Ma mâchoire s'en est décrochée.

S'essuyant le menton, elle m'a tendu la bouteille.

– J'en ai bu trois, donc ça veut dire neuf pour toi, Monsieur Big Shot.

Je lui ai jeté un regard admiratif. Bon sang, elle était coriace ! Beaucoup plus coriace que je ne l'avais pensé au départ. Ma fierté me criait de relever le défi, alors que ma tête me conseillait de laisser tomber. Comme d'habitude, ma fierté l'a emporté. Oh, j'allais regretter ma décision demain matin, c'était sûr, mais je ne pouvais pas refuser son défi. Alors j'ai rempli de tequila – un peu moins soigneusement qu'elle – les gobelets qu'elle venait d'utiliser.

Rien ne va plus. J'ai avalé d'un trait chaque shot avant que l'envie me prenne de renoncer. Au neuvième, je n'ai pu réprimer un haut-le-cœur. J'étais un bon buveur, mais j'avais déjà pris quelques verres avant ceux-ci. Sans compter que je détestais la tequila. Les alcools ambrés descendaient beaucoup plus facilement. J'ai agité le dernier gobelet vide sous le nez de Taylor en signe de triomphe. La pièce commençait déjà à tourner un peu mais, déterminé à ne pas me ridiculiser, j'ai gardé les pieds fermement plantés dans le sol.

– Heureuse ?
– Génial. On remet ça.

J'ai dû l'arracher au comptoir quand elle a essayé de se jeter sur la bouteille. Fierté ou pas, je n'avais pas prévu de me mettre minable à la fête de ce soir, et je savais que j'avais déjà atteint ma limite.

– Allons plutôt danser.

Dans le salon, la foule s'est un peu écartée quand on est entrés. Ou alors on a bousculé tout le monde ? Je ne sais pas. Je n'ai pas vraiment remarqué. Je ne voyais plus rien que la fille fascinante à mon bras.

On a dansé sur quelques morceaux, puis quelqu'un a mis un slow. Sans aucune hésitation, Taylor a noué les bras autour de mes épaules. Le visage renversé en arrière, elle ondulait sur la musique, les yeux fermés. De minuscules mèches de cheveux noirs étaient collées sur son front humide.

Moi, j'avais les mains agrippées à ses hanches. Son débardeur remontait un peu au-dessus de son corsaire, et je sentais sa peau douce. Juste un centimètre ou deux. J'y ai insinué le bout de mes doigts et je l'ai caressée jusqu'à ce qu'elle commence à se réchauffer. Sans quitter son visage des yeux tandis qu'elle se balançait au rythme de la musique. Son expression était calme, mais ses joues prenaient une jolie teinte rosée. Je ne savais pas si c'était à cause de mon contact ou de l'alcool qui s'insinuait peu à peu en elle. Tout devenait déjà un peu flou pour moi.

Taylor a ouvert les paupières et m'a dévisagé, les yeux écarquillés et fixes. Pour une raison que je ne me suis pas expliquée, je me suis figé. J'étais incapable de détourner le regard. Je ne pouvais plus qu'étudier son visage, son petit front, son grain de beauté sur la pommette gauche et, plus bas, ses lèvres roses.

Soudain, elle a passé la langue sur sa lèvre inférieure, un mouvement très bref, avant de se hausser sur la pointe des pieds pour m'embrasser. C'était doux et dur. Chaud et électrisant. Malgré tout l'alcool qu'elle venait de boire, elle avait un goût de bonbon. Sucré et addictif.

J'ai enroulé les bras autour de sa taille et l'ai serrée plus fort contre mon corps. Elle s'emboîtait parfaitement dans mes bras, comme si elle était faite pour être là. Que c'était sa place. Sur mes épaules, ses mains se sont resserrées, à croire qu'elle m'avait entendu et qu'elle était du même avis.

TAYLOR

Main dans la main, on tanguait dans la rue vide. Mes pieds sautillaient encore sur la musique de la fête qui résonnait toujours dans mes oreilles.

– C'est moi ou il y a vraiment du brouillard ce soir ? Tout est flou. Les étoiles, les arbres... j'ai commenté en regardant le ciel, soudain perplexe. Pourquoi il y a deux lunes ?

Au lieu de lever les yeux, Evan a juste pointé un doigt vers moi et a ricané.

– Tu es carrément saoule.

– Pas du tout.

Il mentait, forcément. Je ne me sentais pas différente de d'habitude. Enfin, je me sentais heureuse, par contre. Et légère. Soulagée de mes poids habituels. Juste au cas où, je l'ai lâché et j'ai marché selon une ligne droite. Parfaitement droite. Elle n'aurait pas été plus droite si j'avais eu une règle. J'ai tournoyé sur moi-même. Une fois. Deux fois.

– C'est peut-être toi qui es saoul.

– Oh, ça oui, je le suis. Mais je suis mieux que toi.

J'ai tendu un doigt accusateur dans sa direction.

– Personne n'est jamais mieux que moi – oups ! (Mon téléphone, tombé de ma poche, venait de heurter le bitume avec un craquement sonore. Je me suis baissée pour le ramasser.) Oh merde !

Evan s'est penché pour observer l'appareil avec moi. Ses cheveux blonds hérissés m'ont chatouillé le nez.

– Qu'est-ce qu'il y a ?

– Carly m'a appelée et envoyé quelques SMS. (J'ai cligné des yeux. Et encore.) OK, plus que quelques-uns.

J'ai essayé de répondre par texto que tout allait bien. Mes doigts tapotaient le minuscule écran, mais bon sang, ce que c'était difficile ! Les boutons étaient minuscules ! Et le correcteur automatique n'arrêtait pas de mettre des mots bizarres et des virgules partout, m'obligeant à effacer le texte et tout recommencer. *Concentre-toi, Taylor. Tu peux le faire.*

J'en étais à mon dixième essai, quand la main d'Evan est apparue et m'a pris le téléphone des mains.

– Bon sang, laisse-moi faire.

– Ce n'est pas ma faute si mon correcteur automatique est stupide.

J'ai essayé de récupérer l'appareil, mais il l'a levé au-dessus de sa tête tout en tapant. Tout ce que j'ai réussi à faire, c'est cogner le haut de mon sein contre son épaule. *Oups.*

– Arrange-toi pour ne pas faire de fautes de grammaire ! Je déteste les textos incorrects.

– OK, nazie de la grammaire. C'est fait. (Il a mis le téléphone dans sa poche et m'a repris la main.) En route.

Mon sourire heureux s'est transformé en une grimace. Je sentais ma poitrine se gonfler bizarrement, et ça me donnait la nausée.

– Je crois que je vais vomir.

Evan a écarquillé les yeux et s'est écarté. Les deux mains sur mes épaules, il m'a éloignée de la rue et poussée vers une haie au bord du trottoir, devant chez quelqu'un. En retenant mes cheveux pour qu'ils ne retombent pas sur mon visage, j'ai vomi. Ou du moins, j'ai essayé. La seule chose qui est sortie, c'était un liquide super amer. Mais une fois que j'ai commencé, c'était comme si je ne pouvais plus m'arrêter. Prise d'un frisson de dégoût, j'ai continué à avoir des haut-le-cœur, mais rien d'autre n'est sorti. Et pendant tout ce temps, Evan est resté auprès de moi à me frotter le dos.

Quand il a été clair que j'avais fini, il m'a tendu une serviette. C'est seulement après avoir fini de m'essuyer que je me suis rendu compte que ce n'était pas du tout une serviette. C'était son tee-shirt bleu. Et maintenant, il était taché d'une couleur sombre.

– Beurk, tu es sale.

– À cause de toi, a-t-il marmonné, moqueur. De rien, au fait.

Il m'a attrapé la main et m'a de nouveau entraînée dans la rue. Un peu plus lentement. Son autre bras passé autour de mes épaules.

Au bout d'un moment, j'ai commencé à me sentir un peu mieux. Je l'ai lâché et me suis remise à virevolter dans la rue. Une fois. Deux fois. Les bras levés au-dessus de la tête comme une ballerine. Tout sourire, Evan m'a rejointe en moonwalk. Même ses bras bougeaient en cadence alors qu'il fredonnait un drôle d'air guilleret.

Je ne sais pas combien de temps on a dansé dans la rue, mais je vous jure qu'à un moment donné, j'ai cligné des yeux et on s'est retrouvés dans sa chambre. Comme si on avait été téléportés.

La première chose que j'ai faite, ça a été de me précipiter dans sa salle de bains pour me brosser les dents et enlever ce goût poisseux de ma bouche. Quand j'en suis ressortie, Evan était toujours debout, qui se grattait le sommet du crâne comme s'il ne savait pas où il était. Une sorte de singe trop mignon et perdu.

J'ai ricané.

– Pour quelqu'un qui tient l'alcool...

Evan s'est adossé contre le mur et laissé glisser jusqu'au sol.

– Ce soir, ce n'est pas mon meilleur moment. Mais tu veux voir en quoi d'autre je suis bon ?

Tout en fredonnant, je me suis approchée de son bureau d'un pas chancelant.

– Pas le rangement, ça c'est sûr. Regarde-moi ce bazar.

Il y avait une pile de trucs en tout genre éparpillés sur le bureau. Magazines, bandes dessinées, clés, stylos et fils électriques. D'une main, j'ai poussé une partie de ces trucs inutiles par terre.

– Eh, c'est pas comme ça qu'on range. Et attention à cette BD de Spider-Man ! a-t-il glapi en se redressant, quelque peu instable. C'est le tome où apparaît la Torche Humaine. Il vaut probablement dans les dix-sept mille dollars en parfait état.

J'ai contemplé l'exemplaire en lambeaux dans mes mains.

– Celui-là n'est pas en parfait état.

– Oui, bon, non, il est en plutôt mauvais état, mais il vaut quand même dans les cinquante balles.

Les garçons, je ne les comprendrai jamais. Malgré tout, j'ai reposé la bande dessinée sur le bureau. Ahh, ça, en revanche, avait l'air intéressant. J'ai pris une pile de photos et je les ai parcourues.

– Oh, elle est jolie. J'aime ses cheveux. Super brillants et bouclés. Tu sais quel genre d'après-shampooing elle utilise ?

Il a croisé les bras.

– Désolé, on n'a pas beaucoup parlé ce jour-là, a-t-il répliqué avec un sourire diabolique. Mais je lui demanderai la prochaine fois que je la verrai.

J'ai ricané.

– Je doute que tu te rappelles qui elle est.

Avant qu'il puisse répondre, j'ai tourné mon attention vers la planche de surf turquoise légèrement ternie posée contre le côté du bureau.

Lâchant les photos par terre, j'ai fait courir mes doigts sur le bord de la planche, incurvée au niveau de la pointe. Jolie. C'était elle, la planche légendaire ? Avec toutes ces encoches et ces rayures à la surface ? Ce n'était pas possible qu'il soit sorti avec autant de filles. Je ne savais même pas s'il y avait autant de filles à Wilmington.

J'avais toujours voulu essayer le surf. Enfin, il y avait beaucoup de choses que j'avais toujours voulu essayer. Or, comme on dit : c'est maintenant ou jamais ! J'ai posé la planche de surf sur le sol et j'ai sauté dessus.

Enfin, j'ai essayé. Ce satané truc était glissant apparemment. Impossible de me tenir droite.

Evan a gloussé et il est venu me stabiliser. Sa main gauche s'est enroulée autour de ma taille, de façon que je ne puisse plus tomber. J'ai alors déployé les bras de chaque côté, en imaginant me trouver sur une corde raide.

Il a souri.

– Fais-moi penser à t'emmener à la plage un jour.

– Parce que j'ai l'air d'une surfeuse expérimentée ?

– Non, parce que je veux voir la tête que tu feras quand tu seras balayée par la première vague que tu prendras.

Je lui ai coulé un regard noir, mais son sourire n'a fait que s'agrandir. Qu'est-ce qu'il en savait ? *Je n'échoue jamais. Jamais, jamais, jamais.*

Mon Dieu, j'avais mal aux pieds. Fichues chaussures sexy. J'ai sauté de la planche, les ai arrachées de mes pieds et les ai jetées dans le petit espace sous son bureau. Elles se sont écrasées contre le mur avec un bruit satisfaisant.

– Deux points !

Il a enlevé sa chemise et me l'a jetée dessus.

– Punaise, non seulement tu es très bavarde mais, en plus, tu as l'alcool bruyant.

– Je t'ai déjà dit que je ne suis pas saoule. Je suis juste heureuse.

J'ai plissé les yeux et tenté de me concentrer sur le type à moitié nu en face de moi. Mais il n'arrêtait pas de devenir flou, comme s'il s'agissait d'un mirage. Est-ce que tout ça était réel ? Peut-être que cette soirée dans son ensemble n'était pas réelle ?

J'ai tendu la main pour tâter son torse, côté gauche, puis droit. Hmm, bien ferme.

Il a baissé les yeux vers mes mains, toujours sur son torse nu.

– Si tu voulais me peloter, tu n'avais qu'à demander.

– Ne sois pas arrogant. Personne ne veut te peloter. Je vérifie juste que je ne suis pas dans un rêve.

En reculant, j'ai trébuché sur des vêtements par terre. Mes jambes ont flageolé, impossible de bouger. Mes pieds étaient coincés ! C'était quoi, ce tour de magie ? J'ai plongé en avant et j'aurais atterri sur la moquette si Evan ne m'avait pas rattrapée.

À ma grande surprise, il ne m'a pas relâchée ensuite. Il a tiré sur mes mains.

– Assieds-toi avant de te faire mal.

J'ai gloussé et me suis laissée tomber au pied du lit.

– Oui, papa.

Il s'est esclaffé à son tour.

– Tu ne sais pas à quel point c'est cochon, dit comme ça.

Les pieds devant moi, j'ai agité les orteils.

– Mais si. Pourquoi tu crois que je l'ai dit ? En temps normal, je ne peux pas dire ce que je pense vraiment. Ça risquerait vraiment de ruiner ma réputation.

– Quoi donc ?

– Les gens finiraient par découvrir que je ne suis pas parfaite et bien propre sur moi, tout ça. Qu'en fait je suis moqueuse, sarcastique et grossière. Une affreuse mégère. Une vraie sorcière.

Comme j'agitais les deux bras en l'air, genre je confessais tous mes secrets les plus enfouis, je lui ai accidentellement donné une gifle. En plein sur la joue. Je me sentais tellement libre de dire enfin tout ce que je voulais ! Même si c'était juste à Evan. Je me suis tapoté la tempe avec l'index et lui ai adressé un sourire effronté.

– Et qu'il entre et sort des pensées cochonnes très déplacées d'ici. Mais je ne peux pas l'admettre. Non, impossible.

Il m'a coulé un regard intime et s'est penché un peu plus vers moi.

– Hum-hum. Et donc, tes pensées cochonnes très déplacées... elles me concernent ?

– Tu voudrais bien le savoir, hein ?

Evan a rigolé.

– Oh, là-dessus, tu as raison. Carrément. Beaucoup trop. (Il m'a passé un bras autour des épaules.) Pourquoi tu ne te reposes pas un peu ?

Je voulais argumenter, mais ma tête était soudain lourde. Très, très lourde. J'avais besoin de me reposer. Tellement fatiguée. J'ai grimpé sur le lit et j'ai posé la tête sur l'oreiller frais et propre. Et j'ai tapoté sur celui d'à côté.

– Viens. Allonge-toi.

Quand il a fini par me rejoindre, je me suis pelotonnée contre son épaule nue. Hmmm. Malgré tous ses muscles, c'était doux et spongieux comme de la barbe à papa. Bon Dieu, j'aurais pu tuer pour avoir de la barbe à papa en cet instant. Sucrée, moelleuse et fondante en bouche. Je ne mange que de la barbe à papa rose. La bleue, ça vous colore les lèvres.

Quoique, au fond, c'est stupide. Pourquoi ? POURQUOI ? Personne ne va me juger si ma bouche est un peu bleue. Tout le monde s'en fiche. Sauf moi. Or je ne pouvais pas me forcer à changer. Impossible.

– Pourquoi pas ?

J'ai levé la tête et regardé Evan, nos visages n'étaient qu'à quelques centimètres l'un de l'autre. Je n'avais pas encore remarqué qu'il avait de légères taches de rousseur sur le nez. Elles se confondaient pratiquement avec son bronzage mat. Je ne savais pas si elles étaient naturelles ou provoquées par des heures passées au soleil.

Evan a dégluti et reculé un peu.

– De quoi tu parles, cette fois ?

– De ce que je veux faire maintenant.

Sa voix est devenue rauque, et ses yeux ont glissé jusqu'à mes lèvres.

– Et alors, qu'est-ce que tu veux faire ?

– Manger de la barbe à papa. De la barbe à papa bleue.

Il a cligné des yeux, médusé. De toute évidence, ce n'était pas la réponse à laquelle il s'attendait. Il s'est mordu la lèvre et a détourné le visage. Mais à la façon dont ses épaules tremblaient, je savais qu'il se moquait de moi.

Ça ne me dérangeait pas. Enfin, un peu, mais pas tant que ça.

Il a passé un bras autour de mes épaules, appuyé ma tête contre lui et posé le menton sur le sommet de mon crâne.

– Je t'apporterai de la barbe à papa demain. Pour le moment, dormons.

Il y avait quelque chose de bizarre, qui n'allait pas là-dedans. Mais me concentrer sur quoi que ce soit me demandait trop d'énergie, alors j'ai lâché l'affaire. Avec un peu de chance, ce n'était pas trop important. Rien n'était important maintenant.

J'ai fermé les yeux et je me suis laissée aller contre son torse, la tête calée sous son menton. J'étais en sécurité et bien au chaud. Et c'était parfait. Rien d'autre ne comptait.

ARGUMENTS ET STRATÉGIE
POUR CONVAINCRE EVAN
D'ACCEPTER D'ÊTRE
MON FAUX PETIT AMI

Amélioration de sa réputation auprès de tous, enseignants et adultes. Ils m'adorent (notes et assiduité parfaites, activités extra-scolaires telles que la Honor Society, le conseil des élèves, le tutorat, l'annuaire de l'école, etc.), et cet amour ruissellera sur Evan.

Aide aux devoirs/amélioration des notes (bon, ça ne devrait pas être trop difficile, vu ses notes actuelles).

Aide dans ses lettres de candidature à l'université (probablement trop tard car les demandes doivent être déposées depuis un certain temps déjà). Se rabattre sur l'université communautaire ?

Recherches sur les facs qui acceptent les candidatures tardives.

Chercher à savoir si Evan a un animal de compagnie. Lui proposer de le promener ou de le laver.

Promettre de ranger sa chambre trois fois par semaine. Ou de nettoyer sa planche de surf – de la cirer ?

Travail juridique gratuit pendant les trois années suivant l'obtention de mon diplôme à Columbia.

Le soudoyer en lui proposant des bandes dessinées rares. Note à moi-même : rechercher des bandes dessinées rares.

Protection contre les filles ?

~~Parce qu'il m'aime bien ?~~ IMPOSSIBLE

LE CONTRAT

À la lumière des récents événements, à savoir les conséquences de la Fête Qui Ne Doit Pas Être Mentionnée (FQNDPEM), il a été brillamment déterminé qu'afin de sauver ce qui reste de nos réputations, une fausse relation sera établie entre les deux parties mentionnées ci-dessous, avec les lignes directrices et les stipulations idoines exigées de cette relation.

Le présent accord, signé le ____________ 2016, entre Taylor Elizabeth Simmons et Evan McKinley* est un contrat contraignant qui ~~vouera le fautif aux gémonies~~ pénalisera le fautif s'il en enfreint l'une des règles. Des punitions et des amendes pourront être ajoutées ultérieurement au présent contrat, si nécessaire. Une fois qu'un résultat aura été atteint à la satisfaction des deux parties, les deux parties se sépareront à l'amiable en public pour rompre officiellement les liens et dissoudre ce contrat. Jusque-là, elles se conformeront aux règles énumérées ci-dessous.

* trouver le 2e prénom d'Evan ?

Partie 1 : Exigences en matière de comportement en public

1. Manifestations publiques d'affection. Se tenir la main et s'embrasser sur la joue sont acceptables en public à l'école.

Tout autre comportement doit être discuté et accepté par les deux parties.

2. Petits noms. Les petits noms ne sont pas nécessaires, sauf situations extrêmement romantiques. Ex : Saint-Valentin ou anniversaire. Même dans ces cas, ils ne sont utiles que si entendus par d'autres personnes.

3. Rendez-vous. Au moins une fois par semaine, les deux parties se rendront à un vrai rendez-vous pour montrer qu'elles sont dans une vraie relation. Ex : cinéma, dîner. (Un rendez-vous pour étudier à la bibliothèque peut même entrer dans cette catégorie.)

Partie 2 : Interdits

1. Dans le cadre de cette relation, aucune des deux parties ne sortira avec des personnes du sexe opposé ni n'aura d'interactions inappropriées avec elles, à moins d'avoir obtenu l'approbation de l'autre partie. Cela inclut le flirt en live par texto ou en ligne.

2. Évidemment, toute mention de ce contrat à qui que ce soit violera l'intégralité de cet accord et entraînera l'application de la Punition Ultime.

(Punition Ultime qui sera déterminée ultérieurement.)

Cette règle exclut Carly, vu que c'est plus ou moins elle qui a eu cette idée et qu'elle est au courant de tous les secrets. Sans compter qu'elle le découvrira de toute façon avec ses pouvoirs mystérieux de fouineuse.

Partie 3 : Divers

3.1. Pour le cas où quelqu'un s'interrogerait, l'évolution de notre relation est expliquée en détail dans les pages suivantes. La version courte se trouve ci-dessous. Notez également que notre relation était déjà officielle et en cours lorsque des événements de la FQNDPEM.

« Evan et Taylor se connaissaient déjà, toutefois ils ne s'étaient jamais officiellement rencontrés jusqu'à un après-midi fatidique au Starbucks, il y a deux mois. Tous deux ont commandé un latté mocha, à cette différence près que celui d'Evan contenait du lait écrémé et que la serveuse l'a accidentellement attribué à Taylor. Après l'échange de leurs lattés, Evan était tellement occupé à reluquer Taylor qui s'éloignait qu'il a failli se faire écraser par un SUV noir. Heureusement, elle a crié pour le mettre en garde et il a regagné le trottoir à temps. Après qu'elle s'est assurée qu'il allait bien, Evan l'a invitée à dîner pour la remercier de l'avoir sauvé. Taylor a d'abord refusé car il n'était pas exactement son type, mais il a insisté en se présentant chez elle avec un latté mocha frais tous les matins avant l'école, jusqu'à ce qu'elle cède.

Après quoi, ils se sont parlé au téléphone et sont sortis secrètement ensemble pendant plus de deux mois avant d'officialiser. La fête a été leur façon d'annoncer leur relation au reste du lycée. »

En signant le présent contrat, les deux parties en acceptent tous les termes et conditions.

Signature : ______________________________

Signature : ______________________________

* Note à moi-même :

En rédigeant le projet final, fais en sorte que ça ait l'air plus légal et sévère, histoire de faire peur à Evan et qu'il signe. Intimidation en vue de la victoire !

Emprunter le papier à lettres officiel de papa. Celui avec l'en-tête ivoire.

Le faire plastifier par la suite ?

REMERCIEMENTS

Tout d'abord, je tiens à te remercier tout particulièrement, toi, cher lecteur. Toi qui as lu mon livre jusqu'à la fin ! Ou du moins, j'espère que tu l'as lu au lieu de sauter directement à la fin. Non qu'il y ait quoi que ce soit de mal à le lire de cette façon, après tout. C'est grâce à toi que j'écris et que je continuerai à le faire. Je t'adore !

Ma plus profonde gratitude va à mon éditeur, Jean Feiwel, pour avoir donné à *Shame* la chance d'être publié. Je ne sais vraiment pas ce qui serait arrivé à mon livre si je ne l'avais pas soumis à Swoon Reads, mais je sais qu'il n'aurait pu être entre de meilleures mains. Merci d'avoir donné une chance à Evan et Taylor !

Holly, y a-t-il un moyen de te faire nommer pour le prix de la meilleure éditrice ? On devrait vraiment y réfléchir, car tu es tout simplement incroyable ! Je ne savais pas vraiment à quoi m'attendre en travaillant avec une maison d'édition, mais tu as dépassé toutes les attentes que je pouvais avoir. Tes commentaires et ta perspicacité sont incroyablement pertinents. Je me considère comme très chanceuse d'avoir pu travailler avec toi.

Un grand merci à Lauren, Emily, Rich, KB et à toute l'équipe de Swoon Reads pour avoir fait en sorte que *Shame* soit aussi beau à l'intérieur qu'à l'extérieur. Je n'aurais jamais pu imaginer que mon roman puisse être aussi merveilleux, et tout ça, c'est grâce à votre dur labeur. J'ajoute un énorme câlin à toute la communauté Swoon Reads pour ses lectures, ses évaluations et ses critiques.

Tout plein d'amour pour mes copines d'écriture, Shayda, Rachel et Ashley. Sérieusement, merci d'avoir répondu présentes à toutes mes demandes d'informations, lors de soumissions aux éditeurs et quand je m'effondrais. Pour m'avoir tapé sur l'épaule et m'avoir dit que tout irait bien. Pour avoir lu et critiqué *Shame* quand il s'appelait encore *The Love Contract*. Pour les discussions nocturnes et les séances de brainstorming. Et pour avoir été les pom-pom girls les plus incroyables qu'on puisse imaginer. Je suis tellement heureuse de vous avoir rencontrées. Nous aurons notre retraite d'écrivains de rêve, un jour !

Mes premiers écrits, je les ai postés sur un site de fans d'Harry Potter. HE-Hogwarts Experience, pour ne pas le nommer. Il y a eu d'innombrables heures de travail sur des projets, d'écriture de fan fiction et de jeux de rôle avec le meilleur groupe qui soit. Et je ne peux pas évoquer les jeux de rôle sans adresser un clin d'œil spécial à Elana, Lifey et Veronica. Merci de m'avoir ouvert les yeux sur l'importance des biographies des personnages et aidée à peaufiner ma voix de mec. Ou plutôt, c'est Evan qui vous remercie !

À ma merveilleuse famille et à mes amis. Il m'a fallu du temps pour dire à quelqu'un que je voulais être écrivaine. Et encore plus longtemps pour admettre que j'avais écrit un livre. Aujourd'hui encore, il m'est difficile de dire que je suis autrice, car cela ne me semble pas encore réel. Il y a des moments où doutes et peurs s'insinuent encore. Mais ensuite, j'entends la fierté et la joie dans votre voix quand vous dites aux gens que je suis autrice, et ça fait que tout cela en vaut la peine. Merci de me soutenir depuis toutes ces années. Même si vous ne le saviez pas.

Je dis toujours aux gens que j'ai commencé à lire, au départ, parce que mes sœurs ne voulaient pas jouer avec moi quand on était petites et qu'il n'y avait rien d'autre à faire (ce qui est totalement vrai). Donc d'une certaine manière, Thuc et Kien, vous êtes la vraie raison pour laquelle ce livre existe. Mais pour être honnête, vous m'avez appris énormément de choses dans la vie et vous avez toujours été là pour moi. Que je le veuille ou non. Et même si vous avez presque chassé Quynh le soir du bal de fin d'année, il n'y a pas de mal maintenant que nous sommes mariés. Et ça fait une histoire hilarante à raconter. Je ne veux pas paraître trop sentimentale, mais vous êtes vraiment les meilleures sœurs qu'on puisse espérer.

À mes merveilleux parents, je sais à peine quoi dire pour vous témoigner ne serait-ce qu'un millionième de ma reconnaissance et de mon amour pour vous. Un nouveau livre entièrement dédié à vous n'y suffirait pas. Je n'en serais pas là sans votre soutien et votre amour. D'ailleurs, je ne serais pas là tout court, sans vous. Maman, rien ne me rend plus heureuse que de passer du temps avec toi, à regarder des séries asiatiques toute la nuit. Tu m'écoutes toujours parler et radoter sur tout et n'importe quoi, le sourire aux lèvres. Et papa, l'un de mes plus beaux souvenirs d'enfant, c'est quand tu rapportais à la maison un carton plein de livres que tu avais achetés pour moi dans un vide-greniers ou un dépôt-vente. Même si tu n'es plus avec moi, je sais que tu es toujours là pour me guider dans tout ce que je fais, dans chaque mot que j'écris. Je ne sais pas comment j'ai pu avoir la chance de vous avoir comme parents, tous les deux. Merci de m'avoir élevée, de m'avoir appris la valeur du travail et de m'avoir poussée à réaliser mes rêves.

À Quynh, mon mari, le vrai propriétaire de la VRAIE Rudy. La première fois que tu m'as offert une pizza, c'était le 28 avril 2003. Même s'il n'y avait pas assez de champignons dessus, c'était quand même l'un des mets les plus délicieux que j'aie jamais mangés. Et Dieu sait qu'on en a BEAUCOUP mangé ensemble depuis. Mais cette pizza restera toujours spéciale pour moi, parce que c'était le premier repas qu'on ait pris ensemble. Le début de notre relation et le début de mon bonheur éternel. Merci d'être là pour moi. Pour les centaines de virées chez Barnes juste pour que je puisse regarder les livres et trouver l'inspiration. Pour avoir pris soin de moi pendant que je me débattais avec les corrections. Ce livre ne serait pas un livre sans toi. Je ne serais pas moi sans toi. ❤

Composition et mise en pages
Nord Compo à Villeneuve-d'Ascq